나는 될 놈이다 23

글쓰는기계 게임 판타지 장편소설

초판 1쇄 찍은 날 | 2020년 10월 14일
초판 1쇄 펴낸 날 | 2020년 10월 21일

지은이 | 글쓰는기계
펴낸이 | 예경원

기획 | 위시북스
편집책임 | 이은송
편집 | 위시북스

펴낸곳 | 예원북스
등록번호 | 제396-2012-000132호
등록일자 | 2012. 7. 25
KFN | 제1-564호

주소 | 경기도 고양시 일산동구 호수로 646-24 위너스21Ⅱ빌딩 206A호 (우)10401
전화 | 031-819-9431 팩스 | 031-817-9432
E-mail | yewonbooks@naver.com

ⓒ글쓰는기계, 2019

ISBN 979-11-365-4307-3 04810
       979-11-6424-237-5 (Set)

Wish Books

나는 될 놈이다

23 글쓰는기계 게임 판타지 장편소설

WISHBOOKS GAME FANTASY STORY

CONTENTS

CHAPTER 1	7
CHAPTER 2	69
CHAPTER 3	133
CHAPTER 4	197
CHAPTER 5	259
CHAPTER 6	320

나는 튈 놈이다

CHAPTER 1

무인도로 가는 배 위. 태현은 출연자들과 인사를 나눴다. 대부분의 출연자들은 태현이 누군지 잘 알고 있었다. 판온의 인기가 얼마나 대단한지 알 수 있는 모습이었다.

태현은 대부분을 몰랐지만!

"대회 잘 보고 있어요. 이번에 2위로 올라가셨던데! 하하. 축하드립니다."

꿈틀-

상대방은 칭찬이라고 한 말이었지만 태현에게는 도발로 들릴 뿐!

"태현 씨. 오랜만입니다."

양성규의 체육관에서 만난 연예인, 김춘식이 반갑게 손을 흔들었다.

"앗. 김춘삼 씨!"

"······김춘식인데요?"

"하하. 농담이었습니다."

"역시! 농담도 잘하셔."

둘은 웃으면서 인사를 나눴다. 김춘식은 이 프로그램의 고정 게스트 중 한 명이었다.

"이거 많이 어렵나요?"

"네. 많이 어렵습니다."

부정도 안 하고 바로 수긍해 버리는 김춘식!

"제가 해본 프로그램 중 제일 빡센 축에 들어가는 거 같아요!"

"······."

"무엇보다 PD가 타협이 없거든요. 매번 하는 거면 좀 익숙해질 만도 한데, 맨날 아무것도 없는 데에서 잠잘 곳 만들고 먹을 거 구하고 해야 하니까······."

태현은 얼굴을 찡그렸다.

"이 사람이 그 김태현이야?"

덩치가 크고 근육질인 사람이 다가왔다. 모델 출신 연예인인 최창성이었다.

"아니. 난 케인인데."

"어??"

"농담이야. 김태현 맞아."

최창성의 얼굴이 찡그려졌다. 그는 손을 내밀었다. 악수하자는 것 같았다. 태현은 어깨를 으쓱하더니 손을 맞잡았다.

'흐읍!'

최창성은 힘을 주었다. 자기 힘을 자랑하려는 속셈이었다.

그러나 태현은 별 표정 변화 없이 가만히 있었다.

'뭐 하냐 얘는?'

최창성의 얼굴이 붉어지더니, 손을 풀고 '흥' 하고 가버렸다. 태현은 최창성을 가리키며 물었다.

"정신적으로 어디 아픈 친굽니까?"

"그, 그런 건 아니고요."

김춘식은 손을 흔들며 최창성을 변호했다.

"창성이도 여기 출연한 지 두 번밖에 안 됐거든요. 나름 그⋯⋯ 운동 잘하는 캐릭터로 잡고 있는데."

모델 출신에 몸도 저러니, 방송에서 운동 잘하는 캐릭터로 밀고 나가기 좋았던 것이다. 특히 생존의 법칙처럼 몸 쓸 일이 많은 방송에서는 더더욱 쓰기 좋았다.

"제가 태현 씨 칭찬을 좀 많이 했더니 불안했나 봐요."

"뭘 칭찬이요? 게임 칭찬?"

"아뇨. 운동이요. 체육관 다니는 선수들을 이길 정도로 대단하다고 했더니 자기보다 더 눈에 띨까 봐⋯⋯."

"흠, 그러니까 제가 처음 보는 사람한테 시비 걸리는 이유가 김춘식 씨가 말을 잘못해서⋯⋯."

"그러려고 한 건 아니었어요!"

"농담입니다. 김춘식 씨 잘못은 아니죠."

어쨌든 최창성이 왜 저러는지는 알 수 있었다. 그래서 엄청나게 기분이 나쁘지는 않았다. 판온이 주목표인 태현과 달리,

최창성이란 사람은 방송에 목숨을 걸고 있는 것 아닌가. 당연히 자기와 캐릭터가 겹치는 사람을 보면 불안해할 수밖에 없을 것이다.

흑흑이가 새로 나타나자 불안해하는 용용이처럼!

최창성이 들었다면 분노했을 비유를 생각하며, 태현은 고개를 끄덕였다. 물론 그렇다고 봐주는 건 없었다.

'그건 그거고, 이건 이거지.'

원래 태현은 미운 놈에게 떡 하나 더 주지 않고 떡이 될 때까지 패는 사람이었다. 안 패는 것만으로도 감사해야지!

섬에 도착할 때까지 잠이나 잘까 생각하던 태현은 이세연과 마주쳤다.

두두둥-

'효과음이 들리는 거 같아!'

뒤에서 이세연을 따라오던 하연은 속으로 생각했다. 그러나 벌어지는 일은 더 놀라웠다.

"안녕하세요?"

"……안, 안녕하세요?"

하연은 당황했다. 저 태현이 왜 저렇게 공손하게 인사를 하는 거지? 그것도 이세연은 무시하고?

하연은 아직도 태현과의 첫 만남을 기억하고 있었다. 스스로를 케인이라고 속인 덕분에 정작 케인과 만나게 됐을 때…….

"어휴, 잘 지내셨어요? 그…… 뭐시냐…… 걸즈 파이브 신곡 좋더라고요."

"파이브 걸즈고 최근에 신곡은 낸 거 없는데요."

"젠장."

그러는 사이 이세연이 옆에 서서 말했다.

"하연아. 네 옆에 있는 사람한테……."

"하연 씨. 그쪽 옆에 있는 사람한테 남 대화하는데 끼어드는 건 어디서 배운 버릇이냐고 말해주세요."

빠직-

이세연의 이마에 힘줄 하나가 돋았다. 사실 이미 톱급 연예인인 이세연은 〈생존의 법칙〉에 출연하지 않아도 크게 상관이 없었다.

PD가 애걸복걸해도 문제없었다. 그 PD와 사이가 안 좋아져도 나갈 방송은 많았으니까. 게다가 이거 하나 안 나간다고 PD와 사이가 나빠질 리는 없었고. 그런데도 〈생존의 법칙〉에 나가게 된 건 약간의 죄책감 때문이었다.

너무 놀린 거 아닌가 하는 죄책감!

그렇지만 얼굴을 맞대자마자 그런 죄책감은 싹 사라졌다.

"하연아. 네 옆에 있는 사람한테……."

"하연 씨. 그쪽 옆에 있는 사람한테……."

이세연이 말하자 또 말을 자르고 들어가는 태현!

이세연에게 말을 할 기회를 주지 않을 생각이었다.

"으아아아아!"

하연은 일어서더니 비명을 지르고 달아나려고 했다.

정말 예상치 못한 반응!

"미, 미안. 하연아. 장난이 너무 심했나 봐."

"그냥 해본 거니까 너무 그러지 마. 맞다, 케인하고는 요즘 연락하고 지내?"

하연은 입을 삐죽대며 고개를 돌렸다. 방금까지 존대하던 건 역시 일부러 한 거였다.

'배배 꼬인 인간 같으니……'

'음. 내 욕을 속으로 하고 있는 것 같군.'

이런 부분에서는 아주 발달한 태현의 감각이었다.

"안 하고 지내거든."

"왜? 역시 케인이 짜증 나게 굴어서? 하긴, 그런 거라면……."

"아, 아니야! 그냥 그…… 케인이 자기는 잠잘 시간도 아껴서 열심히 준비하고 있다고 하니까 괜히 부르면 방해될까 봐 연락 안 하고 있었어."

태현은 고개를 갸웃거렸다. 케인이 잠잘 시간도 아껴서 열심히 준비하고 있다니. 처음 듣는 소리였다.

"걔가 너한테 그런 소리를 했다고?"

"나한테 한 건 아니고, 그…… 인터뷰 있잖아."

"설마 케인 인터뷰를 찾아본 거야?"

"왜, 왜! 찾아보면 안 돼?!"

이세연이 태현의 옆구리를 찔렀다. 친한 동생의 파릇파릇한 연애 문제에는 눈치 있게 행동하라는 뜻이었다.

물론 태현이 이세연의 말을 들을 리 없었다.

'싫은데? 더 파고들 건데?'

'야……!'

태현은 이세연의 눈빛은 무시하고 계속해서 물어봤다.

"뭔 인터뷰? 걔가 많이 하지는 않았을 텐데."

"이거."

보아하니 정식 인터뷰가 아니라, 판온에서 만난 팬들이 한 질문에 대답한 영상 같았다. 케인은 딱 봐도 폼을 잡으면서 대답하고 있었다.

"하하, 제 하루 일과요? 저는 언제나 규칙적으로 생활하면서 연습하고 있습니다. 이번 해에 있을 대회들이 있으니까요. 잠잘 시간마저 아껴가면서 연습하고 있고, 다른 모든 건 다 내려놓은 상태입니다."

'그 자식 어제는 만화책 보던데……'

입에 침이나 바르고 그런 소리를 해라!

태현은 그렇게 생각했다. 어쨌든 하연은 손가락을 비비적거리며 말했다.

"그래서 내가 방해하는 것도 좀 아니다 싶고…… 대회 끝나면 연락을 할까 싶었지. 음…… 그렇지만 케인 정도면 다른 여자 친구가 생길지도…… 팬도 많을 테니까……."

그렇게 말하면서 하연은 힐끗 태현을 쳐다보았다.

'너하고 케인은 같이 지내고 있을 테니 케인이 누군가 만나고 있다면 냉큼 말해줘!'라는 눈빛이었다.

"없는데."

"은근슬쩍 넘기지 말고! 없을 리가 없잖아!"

태현은 자세를 바로잡고 하연 앞에 섰다. 그 위압감에 하연은 움찔했다. 태현은 진심을 담아서 말했다.

"없어. 없다고. 정신 차려. 케인에게 그런 상대는 없어."

"……진, 진짜?"

"없다니까!"

확실하게 못을 박고서, 태현은 고개를 절레절레 저었다.

"세상일이란 건 참 알 수가 없어. 그 케인이 뭐가 좋다고."

"네가 할 소리는 아니거든?"

"흠…… 하긴 네가 인기 있는 걸 보니……."

태현은 이세연을 빤히 쳐다보며 말했다. 이세연은 한 대 치려다가 말았다.

"야."

"왜."

"방송 때는 협력하자."

"널 바닷속으로 밀어버리는 데에 협력하란 뜻인가?"

"……여기 방송 보면 알겠지만, 보통 고정 출연자들끼리 뭉치고, 초대받은 게스트들끼리 뭉치거든?"

"난 저기 끼고 싶은데."

태현은 고정 출연자들을 가리켰다. MC, 김춘식, 최창성, 그리고 배우인 신연주. 이 넷이 고정 출연자였고, 거기에 매번 초대받은 손님들이 껴서 방송을 진행했다. 당연히 이런 고생을 많이 한 고정 출연자들이 더 유리할 수밖에 없었다.

"저쪽이 널 받아줄까? 너는 배신자 컨셉이랑 잘 맞지도 않

아. 차라리 도동수가 나왔으면 웃겼겠네."

"그럴듯한데?"

방송에 나와서 아예 첩자 캐릭터로 활동하는 도동수라……. 생각하니 웃겼다. 물론 당사자는 절대 하지 않겠지만.

최창성은 태현과 눈이 마주치자 다시 고개를 홱 돌렸다. 견제하는 게 명백하게 드러났다.

"처음 보는데 너무한 거 아니야?"

"뭐…… 저 사람도 열심히 방송하는데 방송 안 나오는 네가 훨씬 더 인기 많고 하는 게 억울하겠지."

"저런. 그러면 어쩔 수 없이 저 사람을 배려해 줘야겠네. 난 조용히 있어야겠어."

"마음에도 없는 소리는 하지 말고. 분량 만드는 것도 만드는 거지만 안 뭉치면 저쪽보다 고생하면서 방송해야 할 거야. 아무리 방송이라지만 난 일부러 불리하게 고생하기는 싫어."

"좋아. 손을 잡자고."

둘의 대화를 듣던, 파이브 걸즈의 보라는 작은 목소리로 하연에게 물었다.

"언니. 둘이 사이가 좋은 거야, 나쁜 거야?"

"글쎄…… 그건 나도 잘……."

옆에서 계속 지켜봤지만 아직도 알쏭달쏭한 둘의 관계!

일단 협력하기로 하자, 이세연은 궁금했던 걸 물었다.

"그런데 너희 팀은 어떤 식으로 던전을 공략했어?"

"내가 진짜 대답할 거라고 생각하고 묻는 건 아니지?"

"자세하게는 대답할 필요 없고, 간단하게는 말해줘도 되잖아. 어차피 1차전만 하면 다들 전략 나올 텐데."

게임단들이 자기 전략을 숨기고 있어도, 본선 1차전만 치루면 다 공개되게 되어 있었다.

태현은 이세연을 빤히 쳐다보았다. 그 시선에 이세연은 약간 부담을 느꼈다.

"너 혹시 폭탄 썼냐?"

이세연은 살짝 놀랐다. 어떻게 알았지?!

"썼군."

이세연은 대답하지 못하고 침묵했다. 그렇지만 태현과의 대화에서 이런 침묵은 인정이나 다름없었다.

이세연은 표정 관리를 하며 말했다.

"안, 안 썼거든."

"안 썼다고 말해도 본선 1차전부터는 방송 나오는 거 알지?"

"너 다른 팀들 방송은 보지도 않을 거잖아."

"아, 아니거든."

서로 잠깐 침묵하고 나서, 태현은 입을 열었다.

"어쨌든 폭탄을 쓰긴 썼다 이거지? 이야. 생각보다 사람이 추하네요. 남의 아이템 사서 꼈으면서……."

"쓸…… 쓸 수도 있지! 너도 언데드 소환 스킬 썼잖아!"

상황이 불리해지자 이세연은 억지라는 걸 알면서도 우길 수밖에 없었다.

"어라? 언니. 그런데 남이 만든 아이템을 사서 쓴 거랑 일반

적으로 퍼져 있는 스킬을 쓴 건 경우가 다르지 않나요?"

옆에서 듣고 있던 보라가 순진무구한 눈빛으로 그렇게 말했다. 잘 모르는 사람이었기에 냉정한 지적이 가능!

이세연은 아픈 곳을 찔린 표정을 지었다. 태현은 박수를 치며 고개를 끄덕였다.

"바로 그거야! 뭘 좀 아는군. 그런데 그쪽은 누구지?"

"……파이브 걸즈의 보라잖아……!"

하연은 이를 갈며 말했다. 태현이 요즘 아무리 잘나간다고 해도 그렇지, 〈파이브 걸즈〉도 요즘 만만치 않게 잘나가는 아이돌이었다. 심지어 같은 회사 소속!

그런데 저렇게 '너희는 누구니?' 같은 태도로 나오니 열이 받을 수밖에 없었다.

'아, 이래서 세연 언니가 저 자식 이름만 말하면 화를 내는 거구나!'

뒤늦은 깨달음! 하연은 왜 이세연이 태현 이름만 나오면 유치해지는지 알 것 같았다.

"아, 걸즈 파이브의 음…… 레드?"

"보라!!"

"심지어 그룹 이름도 틀렸어."

이세연은 옆에서 중얼거렸다. 저거 일부러 틀리는 거 아닌가? 싶을 정도였다. 그렇지만 태현의 얼굴을 보니 정말로 헷갈리는 게 맞는 것 같았다.

'다른 데에는 엄청 머리 굴리면서 자기가 관심 없는 부분은

무슨……'

"그래, 그래. 보라. 알고 있었어. 어쨌든 간에 이분이 아주 맞는 소리를 하네. 이세연은 내가 만든 아이템을 사서 잘난 척을 했고, 나는 이세연한테 받은 거 하나 없지. 그 차이가 아주 크다고."

"네, 네가 만든 게 아니라 그 영지에 있는……."

"게네들한테 물어봐라. 게네들이 누구 제자인지."

태현은 뻔뻔하게 그렇게 말했다. 제자라고 해놓고 딱히 가르쳐 준 건 별로 없긴 했지만, 대장장이들은 태현을 스승으로 여기고 있었다.

"어쨌든 사람이 저렇게 살면 안 되는데 말이야. 그렇죠?"

마지막 말은 보라에게 한 말이었다. 보라는 당황해서 하연 뒤로 숨었다.

"겁이 좀 많은 애야."

태현은 보라가 왜 겁을 먹었는지 깨달았다. 태현의 얼굴을 보고 겁을 먹은 것이다. 옆에서 이세연이 고소하다는 듯이 웃었다. 태현이 이세연을 빤히 쳐다보며 말했다.

"너 대회 때 두고 보자."

"설, 설마 파는 폭탄에 무슨 짓을 하려고? 난 이미 다 구매했으니까 의미 없는 짓이야."

"그런 얄은 생각은 하지도 않고 있었는데. 좋은 아이디어긴 하네. 앞으로 참고하지."

원래 다른 사람들이 '두고 보자'고 하면 별로 안 무서웠지만,

태현이 '두고 보자'고 하면 정말로 무서웠다.

　결국 이세연이 한 발짝 양보했다. 한번 마음먹으면 정말 끝을 모르고 날뛰는 태현과 달리, 이세연은 양심과 상식이 아직 살아 있는 사람이었던 것이다.

"우리 정정당당하게 하자."

"그래. 그래. 물론이지."

"……내가 뭘 해야 화를 풀래?"

"과거로 돌아가서 나한테 문자를 보내는 널 쏴."

"그런 말도 안 되는 거 말고!"

"안녕하세요! 오늘은 요즘 가장 뜨거운 아이돌 〈파이브 걸즈〉의 두 분, 그리고 가장 뜨거운 프로게이머 두 분을 모셨습니다! 이렇게 모시기도 쉽지 않은데, 저희 프로그램이 참 뜨긴 떴어요!"

　MC의 소개와 함께 웃음소리가 터져 나왔다. 능숙한 말솜씨에 방금까지 싸웠던 태현과 이세연도 작게 웃을 정도였다.

"그리고 또, 우리 두 분은 다른 의미로 뜨겁던데요?"

"??"

"프로게이머 선남선녀 커플로 말이에요! 하하하!"

'죽여 버릴까?'

'죽여 버려야지.'

꽉-

하연과 보라는 똑똑히 볼 수 있었다. 태현과 이세연의 주먹이 꽉 쥐어지는 것을!

'무서워!'

"두 분의 인연은 판온 1 때부터라고 들었는데, 역시 싸우다 보면 정이 드는 건가요?"

"아…… 하하하. 네. 그렇다고 볼 수 있겠죠?"

이세연은 웃으면서 대답했다. 그 모습에 태현은 감탄했다.

과연 연예인은 다르구나! 태현 본인이었다면 '오냐 내가 널 팰 테니까 어디 한번 정 드나 봐라!'라고 했을 테지만, 이세연은 웃는 얼굴을 유지하며 넘기고 있었다.

솔직히 존경심이 드는 프로 의식이었다.

물론 이세연은 이세연이고 태현은 태현이었다.

"네? 전 정 안 들었는데요."

이세연의 얼굴이 싸늘해졌다. MC는 폭소를 터뜨렸다.

"으하하하! 이세연 씨만 일방적으로 정이 드신 건가요?"

"끄득…… 아뇨. 끄드득. 말만 이런 거지 카메라 안 돌아가면 친하게 지내요."

"아닌데? 무슨 소리야? 정은 무슨 정?"

"아하하하. 농담도 적당히 해."

이세연은 태현의 손을 붙잡으며 말했다. 누가 보면 서로 장난치는 친근한 사이로 보였다.

콰직!

'와우.'

태현은 다시 한번 감탄했다. 손톱에 살기를 담아서 찌르고 있었다.

'무슨 암살술이냐?'

'너는 아프지도 않아?!'

'하하. 내가 운동 한 게 몇 년인데 이거 가지고 그러겠어?'

양성규의 체육관에서 어렸을 때부터 온갖 고통을 다 겪은 태현에게 있어서 이 정도 고통은 엄살떨 정도도 되지 않았다.

"휘이익, 두 분. 여기 와서까지 그렇게 뜨거우시면 안 됩니다! 저희는 그런 프로그램 아니에요!"

MC의 말에 이세연은 얼굴을 붉히며 손을 놓았다.

태현이 헛소리만 안 했어도 이 정도까지는 안 갔을 텐데!

"자, 저 아름다운 섬의 풍경을 보십시오! 가슴이 두근거리지 않으십니까?"

"두근거리기는 무슨, 고생만 잔뜩 할 텐데……."

"대체 이런 섬들은 어떻게 계속 찾아내는 거예요?"

MC의 말에 고정 출연하는 연예인들이 투덜거렸다. 태현은 뒤에 펼쳐진 섬을 훑어보았다. 아름답기는 했지만 확실히 여기서 1박 2일을 보내려면 고생은 고생일 것 같았다.

'뒷산을 보니 가파르고 울창하니 저기서 움직이려면 고생 좀 할 거 같고…… 날씨도 쌀쌀한 편이니 자는 것도 귀찮겠네.'

게다가 〈생존의 법칙〉은 제작진이 짜증 날 정도로 출연자들을 굴리는 프로그램이었다. 그냥 여기서 버티는 것도 힘들었지만 추가로 미션들까지 내주는 것!

'아까 스태프들 이야기 들어보니까 저 산에 동물도 좀 푼 것 같던데. 설마 잡아서 먹으라고 하려나?'

태현의 예측은 정확히 맞아떨어졌다. 프로그램을 본 적이 없어서 짐작만 했지만, 실제로 예전 방송에서 몇 번 있었던 것이다.

'저것 봐. 당황했네. 귀여워라.'

'처음 출연하면 어쩔 수 없지. 낄낄. 이해한다.'

신연주와 MC는 기분 좋게 웃으며 태현을 쳐다보았다. 주변을 두리번거리는 게 당황한 것처럼 보였던 것이다.

판온 대회나 방송에서는 언제나 냉정하고 침착한 모습만을 보여주던 태현이 저렇게 당황하는 것만으로도 재밌었다.

원래 처음 나오는 이상 어리바리 당황할 수밖에 없는 것!

그에 비해 고정 출연진들은 경험이 많아서 한층 여유로울 수밖에 없었다. 물론 그들도 힘들고 빡센 건 마찬가지였지만, 이런 경험을 몇 번 해봤다는 것만으로도 충분히 우위에 설 수 있었다.

'흥. 두고 보자. 이따 시작만 하면 망신을 줄 테니.'

최창성은 태현을 노려보며 생각했다. 초대받은 게스트들을 은근슬쩍 골리는 것도 이 프로그램의 재미 중 하나!

물론 심하지 않게 장난 수준으로 하는 정도였지만, 최창성은 이 기회를 잘 살려 태현을 망신을 줄 생각이었다.

안 그래도 질투가 나는데 이세연 같은 미녀와 저렇게 친하게(최창성이 보기에) 노는 걸 보니 더 배가 아팠다.

촤아아악-

PD와 스태프들이 모래사장에 이것저것 잡동사니들을 늘어놓기 시작했다. 태현이 그걸 보고 물었다.

"저건 뭐야?"

"……제발 출연하는 프로그램 한 편 정도는 보고 오자. 이거 시작하기 전에 고르게 해주는 거잖아."

톱, 망치 같은 공구 세트들부터 라면이나 쌀 같은 먹을 것까지. 종류별로 다양했다.

'아하. 여기서부터 잘 골라야 한다 이거군.'

태현은 금세 알아차렸다. 딱 봐도 쓸모가 적어 보이는 양초나 넥타이 같은 물건들. 저건 꽝이었다. 케인이나 고를 물건! 시작부터 저런 걸 잡고 시작하면 일이 귀찮아질 게 분명했다.

"뭐가 좋아 보여?"

"흠……."

"역시 인스턴트 같은 게 편하겠지?"

이세연이 가리키며 물었다. 태현은 고개를 저었다.

"왜?"

"라면 별로 안 땡겨."

배부른 태현의 소리에 이세연의 이마에 힘줄이 돋았다.

"……지금 땡기고 안 땡기고의 문제가 아니잖아……."

"아니, 억지로 먹어야 해? 며칠 전에도 먹었다고."

"애초에 저거 가져오고 싶다고 가져올 수 있는 것도 아니거든? 저 사람들 이겨야 해. 우리 넷이서 전략을 잘 짜야……."

"김 PD. 그래서 이번에는 종목이 뭐야?"

MC가 불안한 얼굴로 물었다. 언제나 귀찮은 미션과 종목으로 출연진들을 괴롭게 만드는 PD였다.

"이 날씨에 수영 같은 거 시키기만 해봐. 절대로……."

"하하. 걱정하지 마세요. 이번에는 새로 온 분들도 많으니 처음부터 힘 뺄 생각 없습니다. 처음은 바로…… 퀴즈입니다!"

"?"

"퀴즈면…… 다행인가?"

다들 놀란 얼굴이었고, MC는 떨떠름한 표정으로 고개를 갸웃거렸다.

"연주 너 퀴즈 잘 했니?"

"전혀…… 창성이 너는?"

"저, 저도 퀴즈는 좀."

"그나마 춘식이인가."

"춘식이가 공부를 좀 하긴 하지. 저쪽은……."

MC는 힐끗 시선을 돌렸다.

태현, 이세연, 파이브 걸즈의 하연과 보라. 제일 똑똑해 보이는 건 역시 이세연이었다. 이세연이 방송을 시작할 때, 학력좋고 얼굴 되고 게임 실력까지 되는 걸로 유명하지 않았던가.

"우리가 너무 압도적으로 불리한데?"

"맞아. 몸을 쓰는 걸 해야 좀 나은데."

"김 PD! 이거 너무 차이 나잖아! 우리도 저런 브레인 하나는 붙여줘야지!"

상황을 깨달은 MC가 투정을 부리기 시작했다. 약간 억지 같아 보여도 이런 걸 기분 나쁘지 않게 해내는 게 그의 능력이 었다.

"우리라뇨, 벌써 팀이 갈렸나요?"

"그런 것 같은데?"

"에이, 새로 오신 분들이랑 원래 있던 분들이랑 나뉘어서 팀 맺은 거면 저쪽이 불리할 텐데, 그 정도 핸디캡은 감수하세요. 아니면 좀 섞든가. 그러실래요?"

PD는 영 밸런스가 안 맞는다고 생각했는지 이세연한테 고개를 돌려 물었다. 그러나 이세연은 단호하게 거절했다.

"저희는 괜찮아요."

"한 명도요? 너무 불리하실 텐데."

"전혀요."

"앗. 그러면 나 가도 되나?"

태현의 물음에 이세연은 살기 섞인 눈빛으로 대답했다.

'와, 카메라 안 잡히는 각도에서 노려보는 거 봐.'

그러나 MC는 포기하지 않았다.

"그래도 그렇지 이거 퀴즈는 너무 불리하잖아. 우리 하나도 못 맞추면 어떡해?"

"그러면 어떻게 하자구요?"

"이세연 씨만 빼줘! 그러면 나중에 다른 미션 할 때 우리도 한 명 뺄게!"

그 말에 이세연은 고민했다. 딱 봐도 그녀들이 불리해질 것 같았기 때문이었다.

'내가 빠지면⋯⋯ 하연이나 보라가 잘 맞출 것 같지는 않고⋯⋯.'

그렇다면 남은 건 하나. 이세연은 빤히 태현을 쳐다보았다.

"뭘 봐?"

"네가 퀴즈를 잘했었나?"

저번에 퀴즈 방송에서 다 맞추긴 했지만 그건 대부분 판온 관련 문제였다.

"찍기는 잘하지."

"그냥 내가 해야겠⋯⋯."

이세연은 마음을 바꿔 그냥 진행하자고 하려고 했다. 그러나 그녀와 태현이 이야기하는 사이 PD와 MC는 이야기를 끝내고 있었다.

"좋아요! 그렇게 하죠!"

'아차. 늦었다!'

이제 태현을 믿을 수밖에 없었다.

"자, 모두 준비되셨죠?"

준비가 끝나자 출연자들은 긴장한 얼굴로 PD를 주목했다. 퀴즈가 나오는 순간 모래사장을 달려서 PD 앞까지 가야 한다! 남보다 늦게 반응하면 문제의 답을 알아도 못 맞히는 일이 생길 수 있었다.

'어라?'

태현은 앞에 깔린 모래사장을 쳐다보았다. 꽤나 두껍게 깔린 게 좀 넘어져도 다치지는 않을 것 같았다.

'으음?'

'뭔가 불길한데……'

태현의 눈빛이 사악하게 반짝이는 것을 보고, 이세연은 불안해했다. 판온에서도 저런 눈빛을 보여준 다음에는 뭔가 일어났던 것.

"와하하하! 김태현 없다! 김태현 없다!"

호랑이 없는 곳에는 토끼가 신나는 법.

케인은 양팔을 들어 환호하며 숙소 안을 돌아다녔다.

"이히힛! 히힉!"

'미친놈인가?'

'119 부를까요?'

'아냐. 원래 저랬으니까 이상할 건 없지.'

정수혁과 최상윤은 서로 시선을 교환했다.

그러거나 말거나 케인은 신이 나서 날뛰었다.

"오늘은 게임 안 해야지! 날 위해 쓸 거야!"

탁탁탁-

뒤에서 들리는 소리에 케인은 고개를 돌렸다. 이다비가 와 있었다.

"왜…… 왜?!"

찔리는 게 있는 케인은 주눅부터 들었다. 이다비는 태현의 눈이나 다름없었다.

'설마 이르는 건 아니겠지?'

"아. 아."

그러거나 말거나 이다비는 종이 한 장을 꺼내서 헛기침 후 읽기 시작했다.

"케인아."

"!!"

"내가 없다고 네가 놀고 있을 게 뻔히 보이는구나. 나는 팀 KL 홍보하려고 이리 뛰고 저리 뛰고 있는데……."

분명 이다비가 말하고 있는데 왠지 모르게 태현의 목소리가 떠오르는 케인이었다.

"생각하니 빡치네. 난 이세연하고 나오는 것도 참고 하고 있는데 넌 노냐?"

"진, 진짜 그렇게 쓰여 있어?"

"네. 보여 드려요?"

"아냐…… 됐어."

"다시 읽을게요. 넌 노냐? 돌아왔을 때 네 캐릭터 스킬 확인해서 달라진 거 없으면 내가 아는 사람들한테 부탁해서 넌 〈생생! 삶의 현장〉에 출연 부탁할 거다."

"안, 안 돼!"

케인은 비명을 질렀다. 〈생생! 삶의 현장〉은 정말 힘든 곳에 출연자들이 가서 같이 일하는 프로그램!

"지금쯤이면 네가 안 된다고 비명을 지르고 있겠지."

'귀, 귀신?'

'그냥 케인이 단순한 것 같은데……'

"알겠으니까 빨리 접속해서 게임해라. 쓸데없이 놀지 말고. 놀고 싶을 때는 이 편지를 떠올려라. 참고하라고."

"뭘 참고하라는 거야?"

케인은 고개를 갸웃거리며 편지에 딸린 게 있나 찾아보았다. 무슨 참고할 만한 게 있나?

"아. 그냥 참고하라고요."

"……그래."

이걸로 태현의 편지는 끝났다. 케인은 축 늘어져서 캡슐로 향했다. 그 뒷모습이 왠지 짠해 보였다.

"에이, 기운 내. 오늘은 네가 하고 싶은 거 하자."

"맞, 맞습니다. 저도 도와드리겠습니다."

최상윤과 정수혁이 달래자, 케인의 얼굴이 조금 풀렸다.

"그런데 이세연 씨와 나가는 게 그렇게 싫은 건가요?"

"태현이야 워낙 이세연하고 얽힌 게 많으니까……"

이다비의 얼굴이 살짝 밝아졌다. 그렇지만 최상윤은 눈치 없이 계속 말했다.

"그렇지만 원래 싸우다 보면 정드는 거 아닌가 싶기도 하고……"

이다비의 얼굴이 살짝 어두워졌다.

"그런데 걔네들 보면 정들기 전에 서로 찌를 거 같단 말이지."

"……"

"왜, 왜 그렇게 노려봐? 앗. 둘만 나가는 게 아니라 파이브 걸즈도 출연하네."

최상윤은 이다비의 시선을 피해 기사를 훑어보다가 별생각 없이 중얼거렸다. 그 소리에 케인이 반응했다.

"뭐? 파이브 걸즈 누구?!"

"하연이랑 보라네."

"오…… 오오……."

"얘 왜 이래? 팬인가?"

최상윤은 이해가 가지 않아 물었다.

"케인 씨는 파이브 걸즈의 하연 씨와 아는 사이입니다."

"뭐? 진짜?"

최상윤은 못 믿겠다는 눈빛으로 케인을 쳐다보았다. 그 눈빛에 케인은 울컥했다.

"왜!"

"아, 아니. 그냥…… 혹시 너 혼자 안다고 착각하는 건 아니지? 아이돌 팬들 보면 가끔 그런 사람이……."

"그런 착각 아닙니다."

보다 못한 정수혁이 다시 설명해 줬다. 설명을 듣고 나서야 최상윤은 납득할 수 있었다.

"그랬군. 그런…… 자식. 뭐야. 그렇게 잘 되어가고 있었으면 나한테도 말해주지 그랬어!"

"최근에는…… 연락을 별로 못해서……."

순식간에 최상윤의 얼굴이 안쓰럽다는 얼굴로 변했다.

툭툭-

"괜찮아."

"뭐가 괜찮아?"

"걔 말고도 좋은 사람이 있을……."

"뭔 소리를 하는 거야!"

케인은 분노해서 최상윤의 손을 쳐냈다. 이런 동정은 필요 없어!

"케인. 널 위해서 하는 소리인데…… 저쪽은 이미 끝났다고 생각할 수도 있어. 너는 사귀고 있다고 생각할지도 모르겠지만……."

"사귀고 있지도 않거든 이 자식아!"

"연락한 지 얼마나 됐는데?"

"……."

"에이. 알겠어. 네 말도 일리가 있긴 하니까 연락해서 물어보기나 해."

최상윤은 이미 케인이 차였다고 생각했지만, 일말의 가능성을 위해 말했다.

"뭐…… 뭘?"

"요즘 뭐 하냐, 이런 식으로 꺼내야지. 너는 연락도 안 해봤냐?"

'이 자식 진짜 아는 사이 맞아?'

"그게…… 내가 먼저 연락한 적은 없고 매번 저쪽에서 연락했거든……."

심지어 정수혁까지 '저건 좀 아니다'라는 눈빛으로 케인을 쳐다보았다.

"왜…… 왜?"

"아, 아니. 저쪽은 바쁜데 내가 연락하면 방해가 될까 봐……."

"그게 뭔 쓸데없는 배려야! 그래서 차인 거 맞구만!"

최상윤은 답답한 마음에 케인을 붙잡고 앞뒤로 흔들었다.

궁지에 몰린 케인은 이다비를 쳐다보며 물었다.

최상윤과 정수혁은 그렇더라도 이다비는 생각이 다를지도 모른다!

"내, 내가 그렇게 잘못한 건 아니지 않아? 열심히 하는 모습을 보여주는 게 더 좋은 방법이라고 생각했는데……."

이다비는 단호하게 고개를 저었다.

"문제 나갑니다!"

PD의 말과 함께 문제가 적혀 있는 팻말이 올라왔다.

출연진들은 긴장한 눈빛으로 앞을 노려보았다.

'계산 문제? 복잡한 곱셈이면 힘든데…….'

'수도 문제면 좋겠다.'

'난센스나 연예였으면…….'

'흠. 저쪽을 이용해서 한 명을 눕히고 바로 옆의 사람을 눕히면, 스타트가 늦은 둘 정도는 따라붙어서 다시 눕힐 수 있겠군.'

[두 방정식 P(x)=0, Q(x)=0의 서로 다른 실근의 개수는 7개, 9개이고 집합 A는…… 원소의 개수를 n(B)라고 하면 이것은 P(x), Q(x)에 따라 변한다. n(B)의 최댓값을 구하라.]

웬 처음 보는 문제가 나오자 출연진들은 당황했다.

"이, 이게 뭐야?"

"저거 뭔 문제야? 언어?"

"수학 문제 같은데…… 집합, 무한 나오잖아."

MC가 손을 들고 항의했다.

"아니! 김 PD! 이걸 어떻게 맞추라고!"

"아 참. 전원 다 못 맞추면 물건 하나 압수입니다."

그제야 출연진들은 깨달았다. 아무도 못 맞출 문제 몇 개 던져서 물건 몇 개를 없애고 시작하려는 속셈이구나!

'어쩐지 물건이 좋더라!'

'먹을 건 저렇게 많이 안 줘서 새로 온 사람들 배려해 주나 했는데, 김 PD 진짜 치사하다……!'

아무리 투덜거리고 불평해도 PD는 흔들리지 않았다.

철저한 직업 의식을 갖고 있는 프로가 바로 그였다.

출연진들을 최대한 힘들게 굴려야 재미가 있다!

"힌트 하나 드립니다. 0부터 99까지, 사이에 있습니다."

타타탁-

그 순간 태현이 달려 나갔다. 그걸 본 사람들은 당황했다.

"뭐야? 풀었어?"

"찍으려고?! 아니, 찍는 건 좀……."

"아냐! 찍는 게 더 나을 수 있어!"

MC는 손가락을 튕기며 말했다.

"찍는 건 나중에 할수록 확률이 올라가니까 가장 나중에……."

그러는 사이 태현은 정답을 말했다.

"15."

"정…… 정답입니다!"

"뭐여?!?"

PD도, 출연진도, 다른 사람들도 놀랐다. 뒤에서 풀고 있던 이세연은 놀라서 물었다.

"찍은 거야?"

"아니. 풀었는데. 보아하니 넌 아직 못 풀었군."

태현은 말과 함께 아주 미묘한 도발의 눈빛을 보냈다.

둘만 알아챌 수 있는 도발의 메세지!

그 뜻을 알아차린 이세연이 분노했다.

"나, 나는 어차피 못 풀어서 설렁설렁 푼 건데……."

"패배자의 변명이 추하다."

카메라에 들리지 않을 정도로 낮게 속삭이는 이세연의 저주를 무시하고, 태현은 당당하게 돌아왔다.

"어…… 어떻게 맞히신 겁니까?"

"풀어서요."

김 PD는 기겁했다.

'뭐 이런 사람이 다 있어?'

그가 낸 문제는 정답률이 1% 미만인 걸로 알려진 어려운 수학 문제였다.

'수학은 내지 말아야겠다.'

김 PD는 급하게 신호를 보냈다.

'수학 문제는 일단 내지 말아봐!'

물건 몇 개 없애고 시작하려고 했는데 불길하게 꼬이고 들어가는 예감!

"으하하! 김 PD 당황한 거 봐. 이럴 줄은 몰랐지?"

MC는 자기 일처럼 좋아했다. 김 PD가 당황한 게 눈에 보였기 때문이었다.

"당…… 당황 안 했습니다."

"에이, 말 더듬는데."

"김태현 씨! 물건 골라주세요!"

"흠……."

태현은 물건을 훑어보더니 하나를 집어 들었다. 그 순간 웃음과 함성이 터져 나왔다.

"낙장불입! 낙장불입! 다시 고르면 안 돼!"

태현이 고른 건 공구 세트였다.

"다시 고를 생각 없는데요?"

"으하하! 그래! 젊어서 좋다!"

MC는 부추기듯이 좋아했고, 김 PD는 득의양양한 미소를 지었다.

"이거 뭐 문제 있습니까? 이것저것 많이 들어 있어서 골랐는데요?"

김춘식이 안쓰럽다는 듯이 말했다.

"그게…… 새로 나오신 분들은 꼭 공구 세트 같은 거 고르시던데, 이게 대표적인 함정이거든요."

"왜요?"

"그야 이걸로 뭘 하려면 시간이랑 힘이 너무 드니까요. 초보자가 바로 붙잡아서 뭘 할 만한 물건이 아니에요. 예전에 나온 분 중 한 분은 나무 잘라서 벽 세우려다가 시간 다 가고 밤 와서 그냥 맨땅에서 자야 했어요."

"흠. 뭐 전 다르니까 괜찮습니다."

김춘식은 순간 당황했다. 태현이 말하니까 정말 그럴듯하게 들렸던 것이다.

'아, 아니. 말도 안 되는 소리인데……'

"그러면 다음 문제 가겠습니다!"

PD는 다음 문제를 꺼냈다. 이번에는 기필코 전원 틀리게 만들어서 물건을 없애고 시작하리라!

'오세아니아에 위치한 국가로, 넓이는 21…….'

'나우루.'

'뇌의 시상하부 중추에 존재하는……'

'세로토닌.'

김 PD의 얼굴에 좌절이 어렸다. 이 정도면 될 줄 알았는데! 다른 출연진들도 마찬가지였다. 특히 MC 팀은 매우 걱정하고 있었다.

"이세연 씨 말고 태현 씨를 뺏어야 했어!"

"이러다 다 뺏기는 건 아니겠지?"

"김 PD! 문제 난이도 좀 낮춰줘!"

김 PD는 정신을 차리고 고개를 끄덕였다. 괜히 물건 좀 뺏어서 출연자들 괴롭혀보겠다고 난이도 올렸다가 태현만 독식하는 상황이 벌어진 것이다.

난이도 낮추면 좀 괜찮겠지!

그러나 그건 틀린 생각이었다.

[2+2×2는······.]

타타타타탓!

그제야 사람들은 깨달았다. 이제까지 태현이 어려운 문제를 맞히는 것에만 주목해서 몰랐는데, 태현은······. 어마어마하게 빨랐다.

프로까지는 아니더라도 나름 체육관에서 운동 좀 한 김춘식과, 김춘식보다 더 운동 잘한다고 뻐기는 최창성이 승부가 안 될 정도!

쉬운 문제도 태현이 맞춰서 물건을 또 하나 챙겨 가자, 출연진들 사이에는 위기감이 돌았다.

이대로 가다가는 정말 태현이 다 가져갈지도 모른다!

이제까지 방송에서 한 번도 그런 일이 없었지만, 태현의 기세는 그럴지도 모른다는 위기감이 들게 만들었다.

'어떻게든 견제해야 해!'

'춘식이랑 창성이가 막아봐!'

그러나 그들은 알지 못했다. 이런 식으로 나오면 누가 더 유리한지를.

"다음 문제……."

문제가 나오는 순간 김춘식과 최창성이 일어났다. 그리고 태현의 앞으로 재빨리 움직였다. 그걸 깨달은 태현은 기민하게 대응했다. 둘이 오기도 전에 앞으로 뛰쳐나간 것이다.

"으악! 놓쳤어!"

"뭐 해, 그것도 못 막고!"

둘의 방해를 가뿐하게 제친 다음, 태현은 PD에게 물었다.

"저런 식으로 방해해도 됩니까?"

"네. 됩니다!"

"오호라……."

사실 이런 식으로 방해하는 건, 태현이 먼저 생각하고 있었다. 그것도 시작할 때부터! 그렇지만 이제까지 방해하지 않은 이유는 하나. 대부분의 문제가 태현이 답을 알고 다른 사람들이 답을 모르는 문제였던 것이다. 이런 상황에서는 굳이 방해할 필요가 없었다.

'그렇지만 아직 문제는 많이 남았으니까…….'

해도 되나 고민하고 있는데 PD가 저렇게 판을 깔아주니 고마울 뿐! 그리고 기회는 의외로 빨리 찾아왔다.

"다음 문제!"

[파이브 걸즈에서 가장 어린 멤버의 이름은?]

'거저 주는 문제다!'

'저건 맞춰야 해!'

'이번에는 꼭!'

연예계 문제! 태현을 제외하고 전원이 정답을 아는 눈치였다. 태현은 재빨리 일어서서 달려 나갔다.

"으아아! 태현 씨 막아! 안 그러면 또 뺏…… 어?"

태현은 정답을 맞히러 가지 않았다. 그냥 앞에서 버티고 섰다.

"뭐…… 뭐지?"

"달려! 일단 맞히고 보자!"

태현이 무슨 속셈인지는 모르겠지만, MC는 일단 달렸다. 그래야 맞힐 것 아닌가. 그 순간…….

탓!

태현이 번개처럼 움직였다. MC는 갑자기 사라졌다가 덤벼드는 태현의 움직임에 기겁했다.

MC의 허리춤을 잡아챈 다음 부드럽게 잡아서 한 번에 모래사장 위로 던져 버리는 태현! 미리 사전에 합을 맞춘 것 같은 모습이었다.

콰당탕-

아프지는 않았지만 MC는 기가 막혔다. 키는 작지만 나름 단단하게 다져진 몸인데 무슨 어린애처럼 한 번에 날아간 것이다. 태현의 실력이 어마어마하다는 것만 알 수 있었다.

뚝-

그제야 남은 사람들은 태현이 무슨 속셈인지 깨달았다.

"길, 길 막은 거야? 혼자서?"

"네. 거기 그……."

태현은 보라와 하연에게 고개를 돌렸다가 멈칫했다. 이세연은 설마 싶었다. 그새 까먹었냐?!

"……빨리 맞히러 가!"

"네, 넷!"

보라는 화들짝 놀라서 달려 나갔다. 그녀에게까지는 기회가 안 올 줄 알았는데!

"그냥 두고 볼 것 같습니까! 가자! 달려!"

김춘식이 재빨리 옆으로 뛰쳐나갔다. 먼저 달려 나갈 속셈이었다. 그리고 최창성도 움직였다. 안 그래도 태현을 견제하고 있었는데 혼자 저렇게 주목이란 주목은 다 받아가니, 속이 안 탈 수가 없었다. 마지막으로 MC 팀의 신연주까지. 총 셋이 달려 나가는 상황!

그러나 태현은 눈 하나 흔들리지 않았다.

탓!

먼저 김춘식에게 달려갔다. 김춘식은 긴장한 얼굴로 태현을 피해 움직이려고 했다.

갑자기 체육관에서 했던 대화가 떠올랐다.

'그러고 보니 태현 씨는 얼마나 잘합니까? 한번 스파링하면서

배워도 됩니까?'

'춘식아.'

'네?'

'요즘 힘든 거라도 있니? 왜 죽으려고 하는 거야?'

'아차! 딴생각을!'

달려오던 태현의 몸이 사라졌다. 확 아래로 숙인 탓에 그렇게 보인 것이었다.

탁-

김춘식의 허리가 잡히고 그대로 뒤로 넘어졌다. 깔끔한 태클이었다.

"큭!"

태현은 넘어진 김춘식에게는 눈도 주지 않고 최창성에게 달려들었다. 최창성은 무시하고 앞으로 달려갔다. 굳이 싸우지 않더라도 속도만 안 줄이면, 김춘식과 노느라 낭비한 태현이 따라붙을 수는…….

최창성은 앞에서 기다리고 있는 PD의 표정이 경악으로 물드는 걸 보았다.

왜 저러지?

탁-

그리고 허리에서 느껴지는 믿을 수 없는 감촉!

"미, 미치……."

쾅!

김춘식을 던져 버리고 따라붙어서 최창성까지 던져 버린 태현!

김 PD는 그걸 보고 터져 나오는 웃음을 참아야 했다. 기대했던 것과는 한참 다르지만, 이건 이거대로 대박이었다.

'역시 섭외한 보람이 있어!'

벌써 시작부터 이렇게 분량이 나오지 않는가.

"흑!"

뒤늦게 따라오던 신연주는 태현과 눈이 마주치고 멈칫했다. 설마 나까지 던지나?

타타탓-

태현이 다가오기 시작하자 신연주는 비명을 지르며 돌아섰다.

"꺄아악!"

'그냥 걸어간 건데……'

퀴즈가 끝나자, 태현 팀이 압도적인 차이로 이겼다. 팀 전원이 모르는 연예계 문제를 제외하고는 전부 맞힌 것!

"끙…… 아이고……."

MC는 끙끙대며 태현을 쳐다보았다. 설마 초대받은 출연자들한테 이렇게 호되게 당할 줄은 몰랐다.

"그래 가지고 되겠어요?"

"시끄러, 김 PD. 왜 문제는 이상한 걸 내가지고."

"그건 맞히는 게 이상한 건데…… 어쨌든 여러분, 퀴즈는 끝났으니 다음 미션 때까지 자유롭게 쉬셔도 됩니다!"

"쉬기는 개뿔!"

MC는 투덜거렸다. 맨 처음에는 김 PD의 저 말에 속았었다. 정말 자유롭게 섬을 구경하고 놀았다가는……. 나중에 저녁이 왔을 때 부족한 시간에 허덕이게 되어 있었다.

지금부터 준비에 들어가야 한다!

'그래도 몇 개 건지기는 제대로 건졌네.'

경험이 있어서 그런지 MC 팀은 나름 알짜배기로 골랐다.

"먹을 거 꽤 많이 골랐고…… 아니, 저쪽 팀은 무슨 생각으로 이걸 안 고른 거래?"

태현 팀은 양념이나 그런 건 골랐어도 바로 먹을 수 있는 즉석식품은 고르지 않은 것이다.

"잡을 생각 같던데요?"

"여기서 잡는다고? 하이고…… 그게 쉬운 게 아닌데."

MC는 그렇게 말하다가 멈칫했다. 아까 태현의 능력을 보니, 왠지 모르게 '설마 잡는 거 아냐?' 싶었던 것이다.

"일단 동굴 같은 곳 좀 찾아봐. 밤 지내야 하니까."

"너무…… 무모한 거 아니야?"

"왜? 이 정도면 충분할 텐데."

"동굴 같은 거 찾는 게 낫지 않나?"

"여기 지형 보니까 동굴 없을 것 같던데. 아까 저기 PD 얼굴 보니까 사악하게 웃더라."

일단 누울 곳부터 찾으려는 MC 팀과 달리, 태현은 꽤 제대로 된 숙소를 만들려고 하고 있었다. 땅 파고 비닐 깔고 나무 잘라 와서 벽과 지붕에 박고 다시 비닐을 덮어서 만들려는 계획!

'아무리 생각해도 시간 내에 안 될 것 같은데…….'

이세연은 입맛을 다셨다. 갈라지기 전에 MC 팀이 그들을 비웃었던 게 생각난 것이다.

'공구 세트라니, 그거 가지고 제대로 된 거 만들 수 있으면 내 손에 장을 지지겠어.'

'괜히 쓸데없는 거 고르지 말고 이런 걸 골랐어야지. 안 그래, 이세연 씨? 말리지 그랬어.'

'하하하…….'

이세연은 웃어넘겼지만, 화가 나는 것도 사실이었다.

김태현은 까도 내가 까지, 왜 니들이 까냐!

이세연의 자존심은 태현 못지않았다. 어떻게든 한 방 먹여줘서 코를 납작하게 만들어주고 싶었다.

'끙…… 그렇지만…….'

이세연은 말을 할까 망설였지만 태현이 워낙 자신만만해서 뭐라고 조언하기도 좀 그랬다.

'믿을 수밖에 없나?'

"난 뭘 하면 될까?"

"낚시 할 줄 알지? 저기서 낚시나 좀 해줘."

"알겠어."

이세연이 가자 보라가 다가왔다.

"저는 뭘 하면 될까요?"

"어…… 뭘 할 줄 알지?"

이세연과 달리 보라가 뭘 할 줄 아는지 태현은 전혀 몰랐다.

"시키는 건 뭐든지 할 수 있어요!"

"그러면 여기 한번 파볼래?"

푹푹!

"보, 보라야! 내 발이잖아!"

삽에 발을 찍힐 뻔한 하연이 기겁해서 소리쳤다. 그걸 본 태현은 고개를 끄덕였다.

"음. 너는 케인 같은 타입이구나."

"케인이라면…… 아, 그 같이 뛰시는 선수분! 언니, 저 칭찬받은 건가요?"

"어…… 뭔가 아닌 것 같은데……?"

하연도 고개를 갸웃거렸다. 아무리 봐도 칭찬이 나올 때가 아니었던 것이다.

"너희 둘에게 아주 중요한 걸 부탁할게."

"뭔데?"

"뭔가요?"

"저기 가서 이세연이랑 놀아. 나 방해하지 말고."

'스킬 레벨은 자연스럽게 올려야 하는 거 아닌가? 억지로 해봤자…… 꿍얼꿍얼…….'

케인은 그렇게 생각하며 검을 휘둘렀다. 검술 스킬은 올리기 힘든 스킬에 속했다. 그나마 강한 적과 싸울 때는 잘 오르는 편이었지만…….

케인뿐만 아니라 많은 플레이어들이 이런 식으로 연습해서 스킬 레벨을 올리는 게 미련한 짓이라고 생각했다.

너무 효율이 좋지 않은 것이다.

그러나 태현은 단호했다.

몬스터 잡을 때도 올리고 안 잡을 때도 연습해서 올리면 되잖아. 티끌 모아 태산이다.

'스킬 레벨 안 오르면 구박하겠지? 음…….'

케인은 좋은 꾀를 생각해냈다. 나중에 태현이 뭐라고 해도 변명할 수 있도록 영지의 퀘스트를 깨는 것이다.

영지 잘 굴러가도록 관리했어! 잘했지?!

'아주 좋은 생각이야. 크하하.'

케인은 사악한 미소를 지으며 아키서스 교단 사제들에게 퀘스트를 받기 시작했다. 대부분 귀찮은 퀘스트였지만 케인은 싹 다 받았다.

[밭에 나타난 몬스터를……]
[아키서스를 믿는다고 해놓고 도망친……]
[아키서스께 바칠……]

'의외로 안 깬 잡퀘들이 많네?'

케인은 의아해했다. 영지에는 레벨 낮은 플레이어들도 많았던 것이다. 그런 플레이어들에게 이런 퀘스트들은 요긴한…….

"인생…… 인생 한 방……."

"따서 갚으면 되잖아! 따서!!"

"……음. 알겠다."

케인은 고개를 돌리고 지나갔다. 영지에 워낙 일발역전 수단이 많다 보니, 레벨 낮은 플레이어들도 한 방에 대박을 터뜨릴 수 있는 퀘스트들만 찾아 헤매고 있었다.

[퀘스트를 완료했습니다.]
[퀘스트를……]

케인 정도 수준에서 이런 잡퀘는 쉬운 편이었다. 게다가 영지에서 케인의 얼굴은 보증수표나 다름없었다.

"앗! 케인 님! 안녕하세요!"

"헉! 케인 님, 혹시 저희가 도와드릴 거 없을까요?"

케인의 입가가 헤벌쭉 올라갔다. 저렇게 존경을 보여주는 플레이어들이라니!

"케인 님. 이번 대회 어떻게 생각하세요?"

"하하하, 다 별거 아닌……."

이제까지 쌓은 것도 모르고 또 입을 놀리는 케인이었다.

[퀘스트를 완료했습니다.]

[아키서스가 당신의 노력에 감동합니다.]

"응?"

동시에 귀에서 들려오는 천둥 같은 목소리!

-훌륭하다. 나의 노예여. 아무도 하지 않는 일들을 세심하게 처리하는 너의 헌신, 과연 노예답다.

칭찬 같긴 한데 들으면 기분이 묘해지는 칭찬! 케인은 화내지 않으려고 애썼다. NPC한테 화내봤자 뭐 하겠는가!

'나는 화가 나지 않는다, 나는 화가 나지 않는다…….'

-내 너의 그런 성의에 감동해 하나의 임무를 주려고 하니, 너 노예는 이를 받들라.

'아오.'

[신성이 크게 오릅니다.]

〈사디크 성기사단장을 추적하라-사디크 교단 흡수 퀘스트〉

사디크 교단은 멸망하고 남은 인원들은 아키서스 교단으로 흡수되었다. 대륙의 고지식한 다른 교단이 들었다면 반대했겠지만 아키서스 교단은 유연하고 합리적인 교단!

그렇지만 사디크 교단의 성기사단장은 혼자 도망쳐 세력을 부활시킬 날을 꿈꾸고 있다. 아키서스가 권능으로 길을 밝혀줄 테니, 사디크 성기사단장이 무슨 일을 꾸미기 전에 그를 추적해서 잡아라!

그리고 아키서스의 화신에게 권능을 바쳐라!

보상: ?, ??, ??, ??

'오…… 이거 좋은 거 아닌가?'

케인도 눈치가 있었다. 원래라면 받을 수 없는 퀘스트를, 케인이 땡땡이…… 아니, 잡퀘를 깨서 받게 된 것이다.

'이거 말해주면 최소한 구박은 안 들을 것 같다!'

케인은 그렇게 확신했다.

'아니, 아니…… 내가 성기사단장을 잡아버려? 김태현 오기 전에 붙잡아서 보고하면…….'

'김태현! 봐라! 너 없는 사이 내가 사디크 성기사단장을 추적해서 붙잡았어!'

'뭐라고?! 케인, 너한테 그런 재주가 있었다니……! 내 눈이 삐었던 게 분명해! 너 같은 녀석을 못 알아보다니! 앞으로 널 절대 구박하지 않으마!'

'완벽해!'

케인은 벌떡 일어섰다. 아키서스가 길을 밝혀준다는 게 허언이 아니었다. 앞으로 흰색 빛으로 가리킨 길이 쭉 나 있었던 것이다. 길만 따라가면 되는 쉬운 퀘스트!

"애들아! 내 말 좀 들어봐!"

"뭔데?"

태현 일행은 케인의 말을 들었다. 그리고 '음…….' 하는 눈빛으로 케인을 쳐다보았다.

"태현이 올 때까지 기다리지?"

"괜히 먼저 갔다가 쳐맞…… 아니, 꼬일 수도 있잖아."

"저번에도 잡히셨잖습니까."

정수혁의 마지막 말이 케인의 가슴을 아프게 찔렀다.

"그, 그건 정말 어쩔 수 없이 꼬였던 거였다고! 그리고 꼭 싸우자는 게 아니라, 가서 확인만 해놓으면 김태현이 돌아오더라도 처리하기 쉬워지잖아!"

"그건 그렇긴 해."

꼭 싸우지 않더라도 가서 맵 확인하고 주변 상황 확인하는 것만으로도 도움이 될 것이다.

최상윤은 그렇게 생각했다. 하지만…….

'불안하단 말이야…….'

'불안한데요…….'

'불안합니다…….'

"왜 그렇게 쳐다봐?"

"아무것도 아니야. 그래. 한번 가볼까?"

최상윤은 불안함을 떨치고 대답했다. 아무리 그래도 간만 보는 건데 설마 큰 문제가 생기진 않겠지!

"좋아! 가자고! 김태현이 다시는 날 무시하지 못하도록 해주겠어!"

'그런 속셈이었나?!'

최상윤은 짠한 눈빛으로 케인의 뒷모습을 쳐다보았다. 그래도 밖에서는 나름 손꼽히는 판온 선수에, 최상위권 랭커 중 한 명인데……. 왜 저렇게 궁상맞고 불쌍한지 알 수가 없었다.

"오스턴 왕국의 브소 요새가 결국 무너졌습니다!"

"좋았어!"

길드 동맹은 환호성을 질렀다. 오스턴 왕국이 점점 밀려가고 있었던 것이다. 올해 안에 오스턴 왕국 통일을 끝낸다!

"그래도 방심은 하지 마라. 오스턴 왕가는 저력이 있으니까."

당장 왕가의 창고 같은 것만 봐도 일반 플레이어들은 꿈에도 넣을 수 없는 유니크 아이템들이 우글거렸다.

"예!"

"쑤닝 님. 보고서가 올라왔습니다."

"갖고 와."

쑤닝은 의자에 털썩 앉았다. 태현의 영지에 첩자를 보낸 지 꽤 되었다. 예전이었다면 '내가 그런 놈 상대하면서 그런 짓까지 해야 해?'라고 반응했겠지만, 이제는 아니었다.

절대 수단과 방법을 가리지 않는다! 다 태현한테 당하면서…… 아니, 상대하면서 배운 것이었다. 원래라면 태현 주변 사람을 매수하거나 하려고 했는데, 전부 다 시작부터 실패했다.

"아, 또 인터넷 광고네. 안 산다고!"

"해외 번호? 보이스 피싱이잖아. 내가 속을 거 같냐!"

"매수요? 일단 선불로 주세요. 아니, 왜요. 믿어 보세요. 선불로 보내 보시라니까요? 제가 먹튀할 것 같아서 이래요?"

아무리 생각해도 안 될 거 같아서, 쑤닝은 그냥 새로 플레이어들을 뽑아서 태현의 영지로 보냈다. 어차피 태현의 영지는 사람들이 많아서 한둘 정도 섞여도 이상할 게 없었다.

목적은 태현 일행의 감시와 보고!

촤악-

쑤닝은 보고서를 펼쳤다.

-목표 대상. 케인.

-3시 20분, 케인은 신전 앞마당을 쓸었다.

-3시 45분, 케인은 신전 뒤의 텃밭의 잡초를 뽑았다.

-4시 5분, 케인은 김태현을 욕했다. 무슨 속셈인지 주의가 필요.

-4시 20분, 케인은……

"이거 어떤 새끼가 올렸어?!"

판온에서 무슨 일이 일어나고 있는지 모르는 채, 태현은 구슬땀을 흘리며 움직였다.

"대, 대단해……!"

보통 사람이라면 하루 종일 붙잡고 끙끙대도 못 할 걸 몇 시간 만에 끝내 버리는 위엄!

'인간 중장비인가?'

"뭐 해? 찍어. 찍어."

김 PD는 놀라워하면서도 숙련된 반응을 보여줬다. 이런 걸 안 찍으면 생존의 법칙 PD 자격이 없다!

"김태현 상의 탈의는 안 하나?"

김 PD는 아쉽다는 듯이 중얼거렸다. 그것만 하면 시청률이 몇 퍼센트는 더 뛸 거 같은데!

"이 날씨에 누가 그런 짓을 해요?"

"물 뿌리고 올래?"

"PD님이 뿌리고 오시죠. 아까 뛰던 거 보니까 그랬다가는 진짜 팰 거 같던데."

스태프들은 질린 목소리로 고개를 저었다. '정말 카메라고 뭐고 간에 빡치면 팰지도 모른다!'라고 느껴지게 만드는 게 태현의 무서움이었다.

"우와……! 진짜 만들었어!"

"대체 어떻게 만든 거야?"

섬을 돌아다니던 MC 팀은 구경 왔다가 완성된 간이 숙소의 퀄리티를 보고 경악했다. MC는 벽을 툭툭 두드려 보았다. 아무리 봐도 초보자가 만들 수 있는 수준이 아니었다.

'나보다 더 잘 만들잖아?!'

나름 손재주에 자신이 있었는데 태현이 만든 걸 보니 그런 생각이 싹 사라졌다.

"물고기 잡아 왔…… 응? 다른 사람들도 왔네요?"

낚싯대를 들고 오던 이세연은 다른 사람들을 발견했다.

구경하던 사람들은 어색한 눈빛으로 이세연의 시선을 피했다. 아까 놀리던 게 떠오른 것이다.

"지내실 곳은 찾았어요?"

"아직……."

"어머, 어떡해요? 아직도 못 찾으셨다니."

"곧, 곧 찾을 거야!"

자존심 때문에 MC 팀 출연진들은 호언장담했다. 이세연은 그걸 보며 싱글벙글 웃었다.

탁탁-

MC 팀이 물러가고 나서 이세연은 태현의 어깨를 두드렸다. 이렇게 땀나도록 고생한 것도 그렇고, 저쪽 팀의 코를 납작하게 만들어준 것도 그렇고, 여러모로 고마웠…….

"더우니까 저리 가라."

이세연은 물고기를 던지려다가 참았다.

"둘 사이가 정말 안 좋은 거 맞죠?"

"그건 왜?"

대답하던 하연은 살짝 붉어진 보라의 표정을 보았다. 저건 설마…….

"정신 차려, 보라야! 쟤는 아주 나쁜 놈이라고!"

"나쁜 남자는 인기 있……."

"그냥 나쁜 놈이라고!"

"그런 것 같지는 않은데요. 친절하고."

"네 이름도 제대로 기억 못 하는데 친절은 무슨!"

"언, 언니도 그 연락 안 하는 케인 씨 좋아하면서……."

제대로 허점을 찔린 하연은 반박하기가 어려웠다. 확실히 그건 그렇지!

"말 한번 다시 걸어볼래요."

"보라야."

"네?"

"판온에서는 유명한 말이 있어. 내가 입찰한 아이템 상회입찰하지 말라고."

케인에게 주워들은 말이었지만 의미만은 확실하게 와닿은 말! 하연은 진지하게 보라를 설득하려고 했다.

"그런 말이 있어요? 그게 무슨 뜻이죠?"

"남이 침 발라놓은 것에 손대지 말라는 거지."

"……?"

"세연 언니랑 싸우고 싶지 않으면 손대지 않는 게 좋을 거야."

"하지만 둘이 사이가 안 좋잖……."

"원래 싸우다가 정이 든……."

퍽퍽-

뒤에서 들리는 소리에 하연은 고개를 돌렸다. 태현과 이세연이 서로에게 돌멩이를 살벌하게 집어 던지고 있었다.

"저것도요?"

"저건 사랑싸움 같은 거지."

"……."

"진, 진짜야."

"저기, 태현 씨. 혹시 그 공구 세트 좀 빌릴 수 있을까?"

"가져가시죠. 다 썼는데."

너무 손쉽게 내주는 태현의 모습에 MC는 당황했다. 안 주려고 버티거나, 무슨 교환이라도 할 줄 알았는데?

"진짜? 진짜 그냥 빌려주는 거야?"

"그럼 빌려주지 뭐 어쩌게요?"

태현은 '이 인간이 뭔 소리를 하는 거야' 하는 눈빛으로 쳐다보았다. 그렇지만 MC에게는 다른 의미로 들렸다. 아까 대놓고 비웃었는데도 괴롭히지도 않고 그냥 빌려주다니!

'정말 착한 사람이구나!'

물론 그런 건 아니었다. 이세연이 듣고 태현에게 전달을 안 해서 그랬지, 만약 그랬다면 태현의 성질을 제대로 맛볼 수 있었을 것이다.

돌아온 MC는 입에 침이 마르도록 태현의 칭찬을 늘어놓았다.

"이야, 김태현 씨 진짜 그릇이 크네. 아까 그렇게 놀렸는데도 그냥 턱 빌려주고."

"그냥 호구 같은 거죠."

"어허. 무슨 소리를. 이렇게 빌려줬으면 사람이 감사해야지. 창성이 너 그러면 안 돼."

최창성이 투덜거리자 MC가 핀잔을 주었다. 동굴은 못 찾았기에 있는 걸 조합해서 대충이라도 만들어야 했다.

"태현 씨가 만든 것처럼 만드시게요?"

"음……."

'솔직히 그건 자신 없는데…….'

기대 가득 눈빛을 받은 MC는 부담스러운 표정을 지었다. 그냥 대충 지낼 곳을 만들 생각이었는데!

'왜 그렇게 잘 만들어서 사람을 이렇게 부담 주는 거야?'

그러는 사이 위기감을 느낀 최창성은 속으로 생각했다.

'두고 보자. 이따가 미션 때 뭔가 보여주겠어.'

"우르크 쪽인가?"

"우르크보다 더 동쪽인 것 같은데. 멀리도 도망쳤네."

"우르크보다 더 동쪽이면……."

최상윤은 기억을 되살렸다. 우르크 지역도 지금 막 플레이어들이 정착하고 있는 곳이었다. 그보다 더 동쪽은 정말 소수의 탐험가 플레이어나 랭커들 정도만 드나들었다.

"거기 거인들 나오는 곳이잖아?"

풀이나 나무는 찾아볼 수 없이 온통 바위투성이인 산맥.

거기에 사는 거인 몬스터들까지. 거인 몬스터들은 아무리 낮게 잡아도 최소 레벨 200은 넘기는 몬스터들이었다. 그중 정예나 준 보스 몬스터면…….

"음, 이 인원으로 될까 모르겠는데."

"우르크 지역에 아저씨들 있는데 좀 데리고 갈까?"

김태산과도 아는 사이였던 최상윤은 의견을 내놓았다. 다른 건 몰라도 오크 아저씨들은 확실히 든든한 전력이었다.

"그…… 그 아저씨들?"

케인은 질린 표정이었다. 뭔가 가까이하고 싶지 않은 겉모습이었던 것이다.

"겉모습은 그래도 실력은 확실해. 들렀다 가자. 이 인원으로 거인 사냥은 좀……."

최상윤의 말에 결국 케인은 고개를 끄덕였다.

"헉!"

산의 통로를 지나 원래 오크 부족들이 요새를 짓고 있던 곳에 도착한 일행은 깜짝 놀랐다.

"뭐, 뭐야?"

"언제 이렇게 지었대?"

생각보다 〈최강지존무쌍〉 길드의 영지가 넓고 대단했던 것이다. 시야의 끝에서 끝까지 차지하는 어마어마한 넓이! 게다가 그 넓은 영지에 허름한 천막들이 빼곡하게 박혀 있었다. 그 천막에서 나오는 건 오크 부족 전사들!

우르크 지역의 오크 부족들과 좋은 꼴을 본 기억이 없는 케인은 긴장부터 했다.

"어, 어떻게 쟤네들을?"

당장에라도 도망칠 기세!

"진정해. 아저씨는 오크 종족이니까 오크 종족 영지로 데리고 오기도 쉬웠겠지."

"아…… 그렇구나……."

"취익! 너희는 누구냐!"

"힉!"

오크 정찰대가 그들을 알아보고 부르자 케인은 기겁했다. 그렇지만 예전처럼 오크들은 공격부터 하지 않았다.

"저, 그 여기 영주님하고 아는 사이인데 안내 좀……."

"취익, 족장님과 아는 사이라고? 알겠다."

오크는 의심하는 눈빛이었지만 일단 데려다주려고 했다. 과거와 비교한다면 몇 배는 나아진 태도였다.

"취익, 그런데 너……."

"?"

"어디서 본 것 같은 얼굴이다. 취익."

오크는 케인을 보며 고개를 갸웃거렸다. 케인의 몸이 딱딱하게 굳었다.

"무, 무슨 소리. 난 여기 처음인데."

"췩, 그런가?"

오크 전사는 더 묻지 않고 고개를 갸웃거렸다.

[화술 스킬이 오릅니다.]

"숫자에는 숫자인 법이지. 음음."

"아저씨!"

"아, 깜짝이야!"

오크 전사들을 보며 흐뭇해하고 있던 김태산은 깜짝 놀라 뒤로 돌았다. 아들의 친구들이 들어오고 있었다.

"상윤이구나. 무슨 일이냐?"

"부탁이 있어서요……."

최상윤한테 설명을 들은 김태산은 뺨을 긁적거렸다.

"음, 나도 해야 할 일 많은데……."

"영지 관리요? 다른 아저씨들도 많잖아요."

"아니, 그거 말고."

김태산의 목표는 다시 힘을 길러서 길드 동맹에게 제대로 엿을 먹여주는 것이었다. 그렇지만 그건 먼 목표! 지금 당장의 목표는 전설 직업인 〈우르크 오크 대족장〉으로 전직하는 것이었다.

물론 쉽지 않은 일이었다. 나오는 연계 퀘스트도 열댓 개를 가볍게 넘겼고. 그리고 무엇보다, 아직 우르크 지역에 남아 있는 오크 대족장 카라그가 있었다.

'그놈을 잡아야 해.'

그러나 이게 의외로 만만치 않았다. 안 그래도 레벨 300을 넘기는 강한 보스 몬스터였는데, 악마의 피까지 받고 미쳐 버리자 정말로 상대하기가 힘들었다. 벌써 1차, 2차 토벌대 팀이 갔다가 완전히 박살 나서 후퇴한 상황!

"카라그를 잡을 생각이다."

"카라그를요? 너무 무모한 거 아니에요? 지금 플레이어 수준으로 잡을 놈이 아닌 것 같던데."

최상윤이 혀를 내두르며 말했다. 최상윤도 동영상을 봐서 카라그가 어떤 수준인지 알고 있었다.

태현이 우르크 퀘스트를 깨고 나서, 몇몇 겁 없는 랭커들이 카라그를 잡겠다고 나선 적이 있었다. 부하 오크들도 전부 사라졌으니 훨씬 쉬울 거라고 생각한 것이다.

결과는 전원 전멸!

눈이 있는 플레이어들은 바로 깨달았다. 카라그는 현재 수준으로 잡기 힘들다는 것을.

"그렇지만 잡아야 해. 〈오크 선조들의 해골 목걸이〉를 놈이 갖고 있을 테니까."

〈오크 선조들의 해골 목걸이〉. 대대로 오크 대족장에게 내려오는 대족장의 권위를 상징하는 아이템! 연계 퀘스트를 깨기 위해서는 그 아이템을 손에 넣어야 했다.

'응?'

케인은 고개를 갸웃거렸다. 분명 저 아이템, 그때 에드안이 훔쳐서……. 태현한테 주지 않았었나?

'말해야 하나?'

케인은 고민했다. 생각해 보니 지금 김태산의 도움을 얻어야 하는데, 이런 걸 말해주면 도움을 받는 게 더 쉬워질 수 있었다.

'그래. 말해야 겠…….'

"근데 아저씨, 대족장이 갖고 있는 거 확실해요?"

"확실하지. 그럼 누가 갖고 있겠어?"

"물론 보통이라면 대족장이 갖고 있겠지만 부하나 아들 같은 NPC가 갖고 있을 수도 있잖아요."

"그래서 다 찾아봤지. 우르크 지역 관련 책들 다 사서 확인하고, 우르크 갔다 온 적 있는 탐험가 플레이어들 불러서 확인했다니까."

김태산은 단호하게 말했다. 케인은 옆에서 '어…….'만 반복했다. 끼어들기가 애매해지는 상황!

"지금 대족장 잡으려고 우리 피해가 얼마나 난 줄 아나? 내가 바보도 아니고 그런 확신도 없이 피해를 감수하겠어? 당연히 확인을 끝냈지. 내가 그런 놈이라면 난 천하의 바보 멍청이다!"

"그런데 그쪽은 무슨 일로 온 거지?"

김태산은 고개를 돌려 케인을 쳐다보았다. 케인이 아까부터 하고 싶은 말이 있어 보였다.

"어…… 파이팅입니다!"

"……그, 그래. 고맙다?"

김태산은 속으로 생각했다. 태현이 말한 것처럼 케인 저 녀석은 약간 좀 이상한 녀석이라고!

김태산이 그런 생각을 하는지는 꿈에도 모르는 채, 케인은 조용히 입을 다물었다.

'김태현 오면 김태현한테 하라고 해야지.'

괜히 자기가 말했다가 불똥만 튈 것 같은 불길한 예감이 들었다. 그러는 사이 최상윤은 다시 설득에 들어갔다.

"그렇지만 아저씨, 지금 카라그 잡는 건 좀 힘들지 않겠어요? 어차피 지금 당장 필요한 게 아니라면 다른 퀘스트 깨면서 레벨 업 좀 하고 다시 도전하시죠. 지금 잡을 수준이 아닌 것 같던데."

"음……."

"그리고 저희 도와주시면 태현이 돌아왔을 때 저희도 아저씨 도와드릴 수 있잖아요?"

"그건 좀 쫀심이……."

"아, 뭘 자존심이에요. 태현이는 그런 거 신경도 안 쓰는데. 필요하면 아저씨 막 이용…… 아니, 아저씨한테 도와달라고 하잖아요."

"너 방금 이용이라고 했냐?"

"잘못 들으신 거겠죠."

최상윤은 얼굴 하나 바꾸지 않았다.

'태현이한테 못된 것만 배워서……'

김태산은 꿍얼거렸지만 확실히 맞는 말이었다. 최상위권 랭커 파티인 태현 일행이 낀다면, 카라그 사냥이 가능할지도 몰랐다. 게다가 태현은 판온에서 현재 잡을 수준이 아닌 보스 몬스터를 가장 많이 잡은 플레이어 아닌가. 단순히 캐릭터의 레벨과 스킬뿐만이 아닌, 온갖 기발한 계책을 쓸 수 있는 게 태현이었다.

"좋다! 도와주마!"

"오옷!"

"그래도 지금 영지에 사람 손 필요한 게 많아서 길드원들을 전부 동원할 수는 없고……."

"그 아저씨들 전부 다 데려오실 필요는 없는데."

"응? 뭐라고 했냐?"

"아무것도 아닙니다."

"나 포함해서 실력 있는 몇몇만 데리고 가자. 아, 그리고 새로 온 태현이 친구한테도 물어봐야겠군."

"네??"

최상윤은 놀랐다.

"태현이 친구요??"

정말 놀랐다!

"……아니, 선배님이 친구 있을 수도 있지요……."

정수혁이 어이가 없다는 듯이 말했다. 그러나 최상윤은 고개를 저었다.

"그럴 리가 없어! 잘 생각해 봐, 걔가 이제까지 판온 하면서 거기서 친구 만난 적이 있었어!?"

"어……."

"없었네?"

생각해 보니 그랬다. 보통 판온에서 태현을 알아보는 사람은 십중팔구가 태현에게 원한이 있는 사람이었다.

"그렇다니까! 걔한테 친구가 있을 리가 있나!"

"그러면 저기서 말하는 그 친구는 누구죠?"

"……스파이가 분명해!"

"길드 동맹 쪽이 보낸 스파이 아닐까? 태현이 친구라고 해놓고 여기 숨어 들어가 나중에 결정적인 순간에 뒤통수를 치려는 거지."

"에이, 어떤 놈들이 그렇게까지 해."

"아저씨는 리×지 때 그러셨는데? 첩자 심어서 PC방 랜선 끊……."

"뭐?"

"흠흠. 상윤아. 그런 근거 없는 소문은 퍼뜨리지 말려무나. 친구들이 오해하잖니."

뒤에서 듣고 있던 김태산이 예민하게 반응했다.

"아니 실제로 하셨……."

"야."

"네……."

일행은 밖으로 나섰다. 대체 태현의 친구가 누구일지 생각하며.

"모두 알겠지? 내가 신호 보내면 공격하는 거야."

"알겠어."

"안…… 안녕하세요."

나타난 건 유지수였다. 최상윤은 유지수를 알아보고 깜짝 놀랐다.

"먹을 게 필요하겠어."

"더 낚아올까?"

"아니, 물고기가 너무 작네. 기별도 안 가겠어."

퀴즈로 낚시 세트를 얻어냈고 이세연이 의외로 낚시에 뛰어났기에 물고기들을 낚을 수 있었다. 그러나 태현은 그걸로 만족하지 못했다.

"제작진들이 안쪽에 뭐 풀었다면서? 그거 잡아도 되겠지?"

"그렇긴 한데……."

이세연은 떨떠름한 표정이었다. 이 프로그램의 예전 화들을 봤을 때, 제작진들이 풀어놓은 걸 잡은 사람들은 거의 없었다. 즉 출연진들을 놀리기 위한 함정!

그걸 알면서도 배고픈 출연진들은 일발역전을 노리기 위해 안으로 들어가 이리 뛰고 저리 뛰어야 했다. 가끔 정말로 운

좋으면 잡는 사람이 나오기도 했고.

"……그냥 안전하게 가는 게 낫지 않겠어? 인스턴트나……."

"어허. 요리할 것도 다 갖고 왔는데 부정 타게."

태현은 조리 도구 세트를 가리키며 말했다. 다들 '저걸 어디다 써?' 했지만 태현은 끝까지 저걸 골랐다.

"그보다 뭐 풀어놨지? 야생 멧돼지면 좋겠는데."

"무슨 사고 날 일 있어? 그래봤자 닭이나 토끼지."

"그걸 못 잡는다고?"

"우습게 보지 않는 게 좋을걸. 방송 보니까 토끼도 온순한 애들이 아니라 야생에서 뛰놀던 애들이라 엄청 재빠르고 잘 숨어. 닭은 또 어디서 토종닭을 데려와서 날아다니고……."

"토끼라……."

갑자기 카르바노그가 떠올랐다. 태현은 다른 일행이 잘하고 있을지 궁금해졌다.

'설마 그사이에 사고를 치진 않았겠지. 게네들이 어린애도 아니고…….'

탁-

태현은 돌멩이 하나를 집어 들었다. 이세연은 고개를 갸웃거렸다.

"그건 왜?"

"응? 잡으려고."

"야…… 진짜 그건 아니다……."

이세연은 황당해서 말을 잇지 못했다. 다른 좋은 사냥 도구

를 만들어도 모자랄 판에 뭔 돌팔매질로 잡을 생각이란 말인
가. 일단 찾는다 쳐도 저걸로는…….

"다른 거 만드는 게 낫지 않아?"

"귀찮고, 이게 더 편해. 재료 찾기도 편하고."

"그래도 그건 좀…….'

"아니에요! 태현 씨라면 하실 수 있을 거예요!"

"응?"

태현과 이세연이 놀라 고개를 돌렸다. 보라가 뜨거운 눈빛
으로 주먹을 꽉 쥐고 외쳤다.

"저는 믿어요!"

"어…… 그래…… 고마워요?"

태현은 슬쩍 물러선 다음 이세연에게 속삭였다.

"저 사람 왜 저래? 뭐 원하는 게 있나?"

"……내가 그걸 어떻게 알아?"

이세연은 왠지 모르게 기분 나쁜 얼굴로 대답했다.

CHAPTER 2

"으아, 작업 끝났다!"

어설프지만 일단은 등을 댈 수 있는 숙소가 완성됐다.

"라면도 다 됐어요."

보글보글 끓으며 매콤한 냄새를 풍기는 라면!

물론 양은 적었다. 달랑 2개뿐이었던 것이다. 퀴즈에서 있는 건 전부 다 갖고 왔는데도 이 정도였다.

"이야, 맛있겠다."

꿀꺽-

그렇지만 시장이 반찬이라고, 여기 있는 사람들에게는 그만한 진수성찬이 없었다.

"김치 없나?"

"저쪽 팀이 가져갔잖아."

"그러고 보니 저쪽 팀은 뭐 먹지? 여기 있는 거 하나도 못 갖고 갔잖아."

사실 태현이 안 갖고 간 것이었지만, 사람들은 태현이 다른 걸 챙기느라 못 갖고 간 것이라고 생각했다.

"그러게? 낚시?"

"낚시로 배부르게 먹을 수 있어? 시간 다 가겠다."

"이것저것 밑반찬이나 양념은 가져갔는데…… 설마 사냥하려는 건가?"

"크크크. 그러면 웃기겠네."

다들 웃음을 터뜨렸다. 섬 안쪽에 풀어놓은 동물들을 잡으려다가 개고생만 한 출연자들이 한둘이 아니었던 것이다.

"그러면 빨리 먹고 구경 가자."

후루룩!

다들 허겁지겁 젓가락을 놀렸다. 안 그래도 적은 양이 순식간에 사라졌다.

'빨리 먹어야지, 안 그러면 공구 세트 빌려줬다고 이것도 나눠 먹을라.'

'맞아, 맞아.'

사람이 배고파지면 치사해진다고, MC 팀은 조용히 식사를 끝냈다.

"좋아. 그러면 가자!"

MC는 태현 팀이 어떻게 하고 있나 구경하러 발걸음을 옮겼다.

'사냥감 구경이나 했을지 모르겠군. 했으면 대박인데.'

여기서 방송 분량을 가장 생각하는 건 PD와 MC였다. 방향

성은 달랐지만. MC가 보기에 태현은 확실히 분량을 만들어주고 있었다. 괜히 PD가 섭외했다고 기뻐 날뛴 게 아니었다. 유명하기만 하지, 정작 나오면 재미없는 행동으로 방송을 망치는 다른 게스트와는 차원이 다른 것!

만약 태현이 사냥감을 찾아 계속 헤매준다면 그것만큼 재밌는 그림도 없을 것이다.

'고생 좀 하겠지만 어쩌겠어, 태현 씨. 젊을 때 고생하는 거잖아. 잘 부탁할게.'

내가 하는 것보단 남이 하는 게 낫다! 그런 사악한 생각을 하며 MC는 태현 팀의 숙소에 찾아갔다.

그리고 깜짝 놀랐다.

"응?"

닭과 토끼의 털을 벗기고 손질하던 태현은 MC 팀을 보고 의아해했다.

"안 드립니다."

"어, 어? 아, 아니. 그런 게 아니라…… 잡은 거야? 이걸 다?"

수북이 쌓인 닭과 토끼들을 보고, MC는 김 PD에게 시선을 돌렸다.

이게 대체 어떻게 된 일이야?!

그렇지만 김 PD도 MC 못지않게 당황한 얼굴이었다. 그도 황당했던 것이다.

"하하, 태현 씨. 잡을 수 있겠어요? 애초에 찾아야…… 잠, 잠깐. 같이 가요. 카메라가 못 쫓아가는…… 헉헉……."

픽!

태현이 사라지더니, 멀리서 돌 던지는 소리와 함께 태현이 다시 나타났다. 그리고 손에는 닭이 들려 있었다.

"아, 죄송합니다. 못 쫓아올 줄은 몰랐는데. 근데 더 속도를 늦추면 도망가니까 알아서 따라오세요."

불끈!

10년 차가 넘는 카메라맨을 도발하는 태현의 말이었다.

'반드시 따라가 주마!'

그러나 무리였다. 맨몸이어도 따라가기 힘든데 무거운 장비까지 짊어진 상태로는 더더욱! 태현은 동에 번쩍 서에 번쩍 사라졌다 나타났고, 그때마다 손에는 닭이나 토끼 중 하나가 들려 있었다.

김 PD는 이제 놀란 걸 넘어서 첩자가 있나 의심했다.

'우리 중 누군가가 토끼 위치를 알려줬나? 아니, 이런 미친 생각을 내가……'

스태프들 중 토끼 위치를 아는 사람이 어디 있겠는가. 다 지들이 알아서 숨고 도망치고 하는데.

'내가 토종닭을 잘못 챙겨왔나?'

사람 기척만 느껴져도 몇십 미터는 우습게 날아서 도망치는 놈들이 저렇게 멍청하게 잡혀 왔다는 게 믿기지 않았다.

돌멩이 하나로!

"PD님. 프로그램 잘못 나온 거 아니에요? 〈숨겨진 달인〉이
나 〈세상에 무슨 일이〉 같은 프로그램에 내보냈어야……."

뒤에 있던 스태프들도 질린 듯이 중얼거렸다.

다른 사람들이 놀라거나 말거나 태현은 느긋하게 손질을
끝내고 요리를 시작했다. 노릇노릇하게 익어가는 토끼 고기
와, 각종 양념을 넣고 구수하게 끓이는 닭고기가 모두의 코를
자극했다.

"이야, 여기 프로그램 어렵다고 이세연이 겁 많이 줬는데 생
각보다 인심 좋은 프로그램이네요. 쩝쩝."

"내가 언제 그렇게 말했어. 쩝쩝."

이 프로그램을 진행하면서 이런 굴욕은 처음이다!

김 PD는 결심했다. 절대로 봐주지 않을 것이다. 반드시 태
현의 입에서 우는 소리가 나오게 해주겠다!

꼬르륵-

태현 팀이야 고기를 잘 뜯고 있었지만 다른 사람들은 아니
었다.

'야박한 놈. 물어보지도 않네.'

'한입만 줬으면 좋겠다.'

"김춘식 씨. 이거 하나 드시죠"

"네? 정, 정말요?"

태현이 닭다리 하나를 내밀자 김춘식이 말을 더듬었다.

사람이 정말 배고프면 이렇게 되는구나!

"뭘 이런 걸 가지고. 자. 가져가세요."

"나, 나는? 왜 춘식이만 줘?"

MC는 애틋한 감정이 가득 담긴 목소리로 말했다.

"그야 원래 알고 지낸 사이고 모르는 사이니까……."

"그런 게 어디 있어! 우리도 지금부터 친구하면 되지! 안 그래?!"

"안 그런데요."

"제발 다리 하나만!"

이세연은 처음에는 방송을 재미있게 하려고 저러나 보다 싶었지만, 나중에는 진심이라는 걸 깨달았다.

'저 사람…… 정말로 먹고 싶은 거구나!'

그렇지만 태현은 눈 하나 깜박이지 않았다. 바늘로 찔러도 피 한 방울 나오지 않을 것 같은 모습!

"잘 먹었습니다."

"으흑흑…… 으흑……."

"어휴. 여기 있습니다."

"……?"

"하나 빼놨으니 드세요."

닭다리 하나로 사람을 갖고 노는 태현!

원래라면 화를 냈어야 하지만, 그런 생각은 전혀 들지 않았다. 드는 건 압도적인 감동뿐!

"크흑…… 이렇게 사람이 좋을 수가……."

그 모습을 보던 이세연은 고개를 절레절레 저었다.

'광기다, 광기.'

으적으적-

한 입 씹을 때마다 감동과 고마움이 느껴졌다.

'이렇게 착한 청년이…….'

태현은 별생각 없이 한 짓이었다. 원래 그냥 주면 재미가 없지 않은가! 그래서 이렇게 숨겼다가 준 것이었는데……. 생각지도 못하게 MC가 너무 감동하자 태현도 좀 당혹스러워했다.

'너무 장난쳤나? 살짝 무섭네.'

나이 먹은 남자가 울먹거리며 닭다리를 뜯는 모습에는 묘한 박력이 있었다.

"내가……."

MC가 카메라에 들리지 않게 작게 태현에게 속삭였다.

"내가 태현 씨 다른 방송에도 꼭 소개시켜 줄게. 이런 친구가 없다고!"

"……닭다리 내놔요."

MC 입장에서는 정말 감동받아서 한 일이었다. 닭다리 하나 때문에 그랬다고 다른 사람들이 듣는다면 절대 믿지 못할 일! 그렇지만 태현 입장에서는 날벼락이나 다름없었다.

"여러분, 아직 배고프시죠?"

"아뇨. 배부른데요."

김 PD의 얼굴이 구겨졌다. 원래 배가 고픈 출연진들을 갖고 노는 게 이 프로그램인데!

"이 미션을 성공하시는 분에게는 호화로운 식사와 각종 도구가……."

"배부른데 우리는 하지 말까?"

"그럴까?"

이럴 때는 합이 척척 맞는 태현과 이세연! 이세연은 웃으면서 태현과 말을 맞춰줬다.

'누가 커플 아니랄까 봐!'

"크흠, 크흠. 그리고 거기서 끝이 아닙니다!"

"?"

"자. 보세요. 저기 산을!"

PD가 섬 가운데에 있는 산을 가리켰다. 그리 높거나 험난하지는 않았지만, 길이 빙 돌아서 나 있는지라 정상까지 가려면 밤이 될 것 같았다.

'가면 밤 되겠는데?'

PD의 말에 사람들이 웅성거렸다.

"설마 저기 올라가라는 거 아니지?"

"난 안 할래. 저기 갔다 오면 쓰러지겠다. 밥도 제대로 안 줘 놓고……."

"뭐 주는데?"

"하하. 뒤에 보시죠."

꿀꺽-

PD가 늘어놓은 진수성찬과 각종 캠핑 도구를 본 사람들의 눈이 커졌다.

"저 산 정상에 저희가 깃발을 하나 꽂아놨습니다. 그 깃발을 가장 먼저 갖고 오는 분은 여기 있는 걸 다 받는 겁니다! 팀하고 상관없이 혼자요!"

"……!!"

"어, 나눠 먹지도 못해요?"

"나눠 먹는 건 자유죠. 하하."

PD는 그렇게 말했지만, 모두가 알고 있었다. 저런 건 먹는 놈이 임자다! 그렇게 사이좋게 굴러갈 리가 없는 것이다.

'무조건 내가…….'

'일단 내가 잡고서…….'

"그리고 거기서 끝나지 않습니다. 이 깃발을 2개 모으면! 무조건 소원 하나 들어드립니다!"

"소원?"

"무슨 소원?"

"차 사달라는 소원도 되나?"

"그럼요."

"조기퇴근 해도 되나요?"

"물론이죠!"

"근데 저기 정상에 하나 있다면서? 다른 하나는 어디 있는데?"

"저기 있습니다."

PD는 손을 뻗어 저 멀리 수평선을 가리켰다. 제작진이 타고 온 배가 멀리서 점처럼 보였다.

"……저, 저기까지 어떻게 가라고?"

"헤엄쳐서요."

"장난하냐!! 그걸 어떻게 하라고!"

"에이, 소원인데 이 정도 난이도는 당연하죠."

PD는 웃으며 말했다. 태현과 이세연에게 당했던 굴욕은 좀 사라지고, 이제 여유가 돌아오는 표정이었다.

사실상 2개는 불가능!

산에 갔다 오면 밤인데, 시간도 그렇고 저기까지 가는 것도 그렇고 여러모로 불가능이었다.

"김태현. 저 산 위에 있는 거 노려볼ㄲ…… 너 왜 저기 쳐다봐? 설마 저기 가려고?"

태현이 바다를 쳐다보자 이세연이 당황했다. 딱 봐도 놀리려고 준 미션인데?

"잠깐 시간 계산 좀 하고 있었지."

"뭐 하러 그렇게 무리를 해!"

"조기퇴근 해도 된다잖아."

이세연의 입이 벌어졌다.

"저기까지 헤엄쳐서 갈 수 있다고 치자. 저 산 위에 있는 건 어떻게 갖고 오려고? 갔다 오면 시간이 안 될 텐데?"

"다 방법이 있지."

"설, 설마 저 사람들이 갖고 오면 뺏으려고……?"

이세연의 말에 태현은 놀란 표정을 지었다.

"그런 방법이 있었군. 그 생각은 못 했는데."

"……."

"너 은근히 사람이 사악하다?"

"시끄러."

뭔가 보여주고 말겠다!

그렇게 생각하며 최창성은 발걸음을 옮겼다. 다른 사람 모두가 김태현, 김태현 하고 있는 이 상황이 그를 초조하게 만들었다.

"헉헉. 뒤에 아무도 안 따라오고 있지?"

"없는 거 같은데요?"

땀을 뻘뻘 흘리면서 산길을 타고 있는 최창성. 뒤를 보니 그보다 빠른 사람은 없는 것 같았다.

이번만은 김태현을 누르고 내가 이긴다!

'뭔 놈의…… 프로게이머가…… 운동선수보다 체력이 더 좋은…… 끙끙…….'

아무리 생각해도 태현의 체력과 운동 능력은 사기에 가까웠다. 그 몸 가지고 왜 프로게이머를 하나! 운동선수나 할 것이지!

최창성은 힐끗 고개를 돌렸다. 저 멀리 수평선으로 해가 지고 있었다.

'응? 방금 뭔가 본 거 같았는데…….'

저 멀리 바다에서 뭔가 작은 게 움직이는 것 같았다. 그렇지만 최창성은 깊게 생각하지 않고 고개를 돌렸다.

"밤 되기 전에 왔다……! 내가…… 헉헉…… 이겼다!"

탁!

최창성은 정상으로 마지막 발걸음을 내디뎠다. 그렇지만 깃발은 보이지 않았다.

"어? 여기가 아닌가?"

"여기 맞는데요?"

"근데 왜 깃발이 없어?"

"그러게요?"

"……그러게요는 무슨 그러게요야! 밑에 연락해서 확인해 봐!"

최창성이 버럭 화를 내자 카메라맨은 당황해서 밑에 연락했다.

"아, 네. 아…… 네…… 네? 네?? 아, 그게 말이 돼요?? 아, 그렇군요……."

"뭐야, 어떻게 된 건데?"

"어…… 그…… 김태현 씨가 먼저 가져갔다는데요?"

최창성은 순간 받아들이지 못했다.

"아니, 그게 무슨 말도 안 되는 소리야! 여기 길이 하나밖에 없고 내가 가장 먼저 출발해서 먼저 왔는데!"

"……저 밑의 절벽으로 기어 올라왔다고……."

최창성은 입을 떡 벌렸다.

"아이고, 김태현 씨! 내려오세요! 사고 나면 저희 망해요!"

"아, 그러게 왜 미션을 저렇게 잡아요?"

"아니 그건 당연히 농담이었죠!"

밑에서 들리는 소리는 무시하고, 태현은 완벽한 맨몸 클라이밍을 보여주었다. 프로그램이 〈산이 좋다〉로 바뀌는 순간!

거기서 끝나지 않았다. 소식을 듣고 몰려온 밑의 사람들이 조마조마해하며 기다리는 사이 태현은 깃발을 뽑아서 갖고 내려왔다. 그리고 바로 해안가로 향했다.

"어, 어디 가세요?"

"하나 더 있잖아요."

맨몸으로 암벽을 기어 올라가고 내려온 다음 다시 헤엄을 쳐서 저기까지 가겠다고?

'저게 대체 인간이야?'

'미친 거 아냐?'

'아무리 우리가 생존 프로그램이라지만 저런 괴물을 데리고 오면 어떡해? PD가 문제야.'

"보, 보트 타고 따라가. 사고 안 나게!"

PD는 그때만 해도 설마 싶었다. 암벽 등반이야 위험하긴 해도 난이도 자체는 별로 어렵지 않았지만, 저기까지 헤엄쳐 가는 건 정말 무리인 것 같아 보였던 것이다.

아무리 그래도 이렇게 지친 상황에서 설마…… 설마…… 설마……!!

탁-

"설마가 사람 잡는군."

MC가 중얼거리는 목소리가 PD의 귓가에 천둥처럼 들려왔다. 태현이 배에 올라가 깃발을 따낸 것이다.

"여기 화려한 진수성찬이 준비되어 있는……."

"퇴근이요."

"나온 지 몇 달도 안 된 최고급 텐트와 침낭이……."

"퇴근이요."

"하하. 농담도 참…… 여기 태현 씨 팀이 있는데 설마 다 두고 퇴근하시려는 건 아니죠? 이세연 씨도 여기 있는데!"

PD는 애걸복걸하며 말했다. 정말 태현이 소원으로 퇴근을 빌 거라고는 생각지도 못했던 것!

물론 이세연을 언급한 건 실수였다. 태현의 심기를 더욱 자극할 뿐이었던 것이다.

"왜 이세연을 따로 말하는 건지는 모르겠지만……."

태현은 뒤를 돌아보았다. 이세연, 보라, 하연이 빤히 쳐다보고 있었다. 보라와 하연은 기대감에 가득 찬 눈빛이었지만, 이세연은 '난 이미 네가 뭐라고 할지 알고 있지'라는 표정이었다. 눈빛만 봐도 서로 알 것 같은 둘!

"제 알 바 아닌데요. 퇴근할래요."

    태현의 〈생존의 법칙〉 출연은 그렇게 온갖 파격적인 사건을 만들고 마무리되었다. 김 PD가 필사적으로 편집하고 편집했는데도 시청자들이 역대급 편이라고 손꼽는 편이 된 것은 물론이었다.

    "정, 정말 간 거예요?"

    "그럼 가짜로 갔겠니? 다 설치하고 갔으니 편하게는 지내겠네."

    "말도 안 돼…… 그럴 리가……."

    현실을 받아들이지 못하는 보라를 보며 이세연은 따뜻하게 미소 지었다. 나도 저런 적이 있었지! 자신만만하게 내 길드에 와라! 했는데 ×까고 그냥 갈 줄은…….

    '갑자기 다시 생각하니까 화나네!'

    "언니. 혹시 김태현 씨 번호 좀 주실 수 있어요?"

    "다, 다른 사람 번호는 허락 안 받고 함부로 주면 안 되지."

    정론으로 받아치는 이세연이었다.

    "그러면 PD님한테 부탁해야겠다."

    옆에서 듣고 있던 하연이 '대체 왜 그런 놈한테 관심을 가지냐' 하는 마음으로 물었다.

    "뭐라고 하려고?"

    "그, 프로그램 같이 나왔던 사람인데…… 이런 식으로 말 걸어보려고요."

    "별로 좋은 생각 같지는……."

    "관온도 같이 하자고 하고요."

    "그건 좋은 생각 같아."

하연은 무심코 대답해 버렸다.

'아차. 말려야 하는데.'

이세연이 고개를 갸웃거렸다. 판온을 같이 하자고 하는 게 좋은 생각이라고?

'안 그런 것 같은데……'

"판온 같이 하자는 건 오히려 안 좋지 않을까?"

"언니. 혹시 제가 태현 씨랑 친하게 지내면…… 좀 그런가요?"

"뭐, 뭐? 무슨 의미로 그런 말을 하는 거야?"

이세연은 기겁해서 반응했다.

"그렇죠? 혹시 몰라서요. 하연 언니가 그렇게 말……."

이세연은 불꽃 튀기는 눈빛으로 하연을 노려보았다.

-넌 왜 쓸데없는 소리를 하고 그래!

하연은 보라를 노려보았다.

-넌 왜 그걸 말하고 그래!

"그러면 판온 하자고 해도 괜찮죠?"

"아니 판온은 별로 안 좋은 생각 같…… 아니다, 마음대로 해."

이세연은 포기했다. 여기서 괜히 말해봤자 보라가 괜한 오해를 할 것 같았기 때문이었다.

'보아하니 하연이가 쓸데없는 소리 한 거 같고……'

보라가 '헉! 이세연 언니가 자기 남자 친구 주기 싫어서 저런 소리 하나 봐! 역시 전에 나온 기사들이 사실이었어!'라는 오해를 하면…… 생각만 해도 끔찍했다.

"삭제."

[태현 씨. 저번 방송 정말 재밌었어. 언제 한 번 판온 같이…….]

"삭제."

[김태현. 다음에는 지지 않…….]

"이건 뭐 하는 놈이지? 설마 쑤닝인가? 아니, 이름은 한국인인데. 일단 얘도 삭제."

[태현 씨. 저번에 같이 출연한 보라인데 저도 판온 시작했어요. 같이…….]

"삭제."

태현의 핸드폰에는 아예 '판온 같이 하자고 하는 인간들'이라는 스팸 항목이 따로 있었다. 연락이 오면 못 들은 척하는 카테고리!

어쨌든 태현이 가고 나서 방송은 무난히 진행된 모양이었다. 사실 태현이 없어졌는데 무난하게 진행이 안 되면 그게 더 이상한 일이었다.

'그래. 그리고 얘네들도 그래야지!'

이다비를 시켜서 케인 같이 놀려는 놈들을 잡게 하긴 했지만, 사실 태현은 크게 걱정하지 않았다. 며칠 없다고 설마 큰 문제가 생길 리 있겠는가. 여기 있는 놈들이 전부 바보도 아니고. 알아서 잘하고 있겠지!

숙소 문을 열며 태현은 안의 소리를 들어보았다. 조용한 거 보니 다들 캡슐에서 판온을 하는 모양이었다.

'좋아, 좋아.'

태현은 안심하는 미소를 지으며 캡슐 안으로 들어갔다.

태현이 밖에서 철인 3종 경기를 뛰고 있는 동안 판온에서는 여러 일들이 벌어지고 있었다.

"아니 왜…… 지수가 여기 있지?"

"그, 저번에 잘츠 왕국에서 싸울 때 도와드리려고 갔었는데, 오니까 사라져 있어서……."

유지수는 민망하다는 듯이 말끝을 흐렸다.

눈치가 빠른 최상윤은 금방 상황을 알아차렸다.

'도와주러 갔다가 엇갈렸구나!'

최상윤은 짠하다는 눈빛으로 유지수를 쳐다보았다. 분명

유지수의 스펙만 보면 어디 가서 꿀릴 사람은 아니었다. 그런데 이상하게 하는 짓만 보면 뭔가 다 빗나가고 틀어지는 것! 보는 사람을 안쓰럽게 만드는 그런 게 있었다.

'잠깐. 그러고 보니…… 둘이 같이 있어도 되나?'

최상윤은 흠칫했다. 생각해 보니 지금 일행에는 이다비가 있었다. 유지수가 이다비를 보면 어떻게 생각할지 걱정됐다.

'같은 팀인 건 알고 있겠고, 판온에서 같이 돌아다니는 것도 알고 있겠고…… 그거 말고는 모르겠지? 그래도 좋게 생각하지는 않을 것 같은데……'

유지수가 이다비를 질투하지 않으면 그게 더 이상한 일일 것이다.

'지수 쟤가 성격이 나쁜 애가 아니긴 한데…… 문제 생기는 건 아니겠지?'

최상윤은 조마조마한 기분으로 유지수를 쳐다보았다. 과연 유지수는 이다비를 어떻게 대할 것인가?

"안녕하세요."

"앗, 네. 안녕하세요."

'어라? 의외로 평범하네?'

최상윤은 고개를 갸웃거렸다. 그가 오해한 것일까?

그리고 유지수는 케인과도 인사했다.

"안녕하세요."

"어…… 안녕하세요. 어디서 본 거 같은데……"

케인은 고개를 갸웃거렸다. 아주 예전에 유지수를 본 적이

있었지만, 워낙 장비부터 해서 달라진 게 많았기에 못 알아본
것이다.

찌릿-

"?!"

최상윤은 분명히 보았다. 유지수가 순간 케인에게 질투와
경계의 눈빛을 보낸 것을.

'그, 그쪽?'

아니, 물론 방송이나 대회를 봤을 때 태현하고 가장 붙어 있
는 게 케인이긴 한데……!

"좋아, 가자!"

김태산은 호쾌하게 외쳤다. 태현은 없었지만 이 파티 구성
으로도 충분히 무서울 게 없었다. 파티원 전원이 최소 랭커급
플레이어! 원래 직업 조합이 개판이었던 태현 일행과 달리, 김
태산이 데리고 온 아저씨들 중에는 힐러 역할인 오크 주술사
도 있었다.

"자이언 산맥에는 거인족 몬스터가 나온다고 했지?"

"대형 몬스터는 상대하기 까다로운데…… 탱커가 열심히 해
야겠군."

플레이어의 덩치보다 몇 배는 커다란 대형 몬스터.

이런 대형 몬스터는 상대할 때도 조심해야 했다.

케인이 한숨을 쉬며 말했다.

"알아요, 압니다. 제가 앞에 나서서 다 끌어들일 테니 걱정하지 마십쇼. 버티면 되잖……."

"무슨 소리야?"

"왜 혼자서 하려고 해? 나도 있는데. 같이 하면 되지."

오크 아저씨들은 케인을 이상한 놈 보듯이 쳐다보았다.

탱커 여럿이서 부담을 나눠 가지면 되지, 굳이 앞에서 혼자 두들겨 맞을 이유가 없었던 것이다.

케인은 눈을 크게 떴다. 그렇구나! 같이 하면 되는구나!

그걸 깨닫자 새삼스럽게 감동이 느껴졌다. 그가 이제까지 얼마나 난이도 높게 판온을 한 건지도!

"크흑……!"

"얘, 얘 왜 이래?"

"태현이가 그러는데 약간 좀 이상한 애래."

다른 사람들이었다면 슬금슬금 거리를 벌렸을 것이다. 그러나 오크 아저씨들은 친절했다. 조금 이상하다고 해서 물러서지는 않았다.

"녀석. 기가 많이 허한가 보구나. 이거라도 좀 마셔라."

케인은 감동 받은 얼굴로 유리병을 받았다. 유리병에는 아주 시커먼 액체가 들어 있었다. 원래라면 의심을 했겠지만 평소와는 다른 따뜻한 아저씨들의 모습에 케인은 뭔지도 확인하지 않고 덥석 받아 마셨다.

꿀꺽꿀꺽-

"크흙얽러걺럼?!"

"어허! 그거 귀한 거야! 뿜으면 안 돼!"

"이 녀석!"

오크 아저씨들은 재빨리 케인을 붙잡고 입을 다물게 만들었다. 뱉으려던 케인은 강제로 삼켜야 했다.

[<차마 알려줄 수 없는 재료로 만든 오크식 강장 음료>를 마셨습니다. 일시적으로 체력이 크게 오릅니다.]

[일시적으로 물리 방어력이……]

메시지창을 보니 분명 나쁜 건 아니었다. 그렇지만…….

'차라리 독이 더 낫겠다!'

독을 마셔본 적이 있었지만 이것보다는 훨씬 맛이 괜찮았다.

"대체 뭡니까 이게!"

"좋지? 든든하고? 고마워할 필요는 없다."

"더 달라고 욕심부리지 마라."

"누가 더 달라고……."

"더 달라고? 이런, 정말 주기 싫지만…… 쪼잔하게 굴기는 싫으니까. 어쩔 수 없군. 자, 한 잔 더 해라. 이건 더 찐한 거야."

"으어억! 야! 구해줘!"

케인은 저항하려고 했지만 오크 아저씨들의 힘 스탯은 장난이 아니었다. 여럿이서 붙잡으니 밀칠 수가 없었다.

휙-

최상윤과 정수혁, 이다비는 시선을 마주치지 않고 앞으로 걸어갔다. 유지수도 마찬가지!

"태현이 친구라고 너무 잘해주는 거 아닌가 모르겠네."

"아저씨, 그건 좀……."

김태산의 말을 들은 최상윤은 질색했다. 김태산은 100% 진심 같아 보였던 것이다. 뒤에서 오크 아저씨들의 목소리가 들려왔다.

"마셔라, 케인! 운명을 손에 넣어라!"

"농담하시는 거죠?"

"농담 아닐걸요."

이다비가 옆에서 중얼거렸다. 파워 워리어 길드의 길마인 그녀는 김태산의 영지 상황도 잘 알고 있었다.

태현의 영지가 각종 호화로운 재료를 마음껏 쓸 수 있는(물론 태현의 돈으로) 요리사들의 천국이라면……. 김태산의 영지는 괴식 요리에 눈을 뜬 미친 요리사들의 지옥이었다.

스타우에게 배운 괴식 요리사들이 와서 하나둘씩 요리를 퍼뜨리고, 요리에는 관심이 없던 오크 아저씨들도 '어? 건강에 좋은 거라고?' 하면서 점점 빠져든 결과……. 지금 영지에서 볼 수 있는 요리의 90%는 괴식 요리였다.

주현영 같은 양심적인 정상적인 요리사가 있긴 했지만 그 숫자가 너무 적었다. 덕분에 김태산의 영지에서 터져 나오는 주요 불만은 바로 음식이었다.

-세상에 살다 살다 밥맛없어서 못 버티겠는 영지는 처음 본다! 뭐 이런 곳이 있냐!

-여기 NPC들 대부분이 오크였을 때부터 눈치를 챘어야 함. 오크 놈들 진짜 혀 이상한 거 아님? 아무리 그래도 좀 음식은 먹을 만한 걸 설정했어야지 오크 놈들 맛있게 먹어서 나도 먹어봤는데 토하는 줄 알았다. 이게 말이 되냐?? 판온 제작진은 오크 종특 좀 수정해라!

-진짜 다 좋은 곳이에요, 지원 빵빵하고 길드원 아니어도 차별 안 하고…… 그렇지만 음식은 밖에서 대량으로 구매해서 오세요! 내가 진짜 〈싸구려 검은 빵〉을 초보자 때 말고 다시 먹게 될 거라고는 생각지도 못했다!!

초보자 때나 먹는, 〈싸구려 검은 빵〉. 정말 딱딱하고 별맛없어서 억지로 먹는 그런 음식이었다. 그런데 영지에서 온갖 괴식 요리를 먹다 보면 그 빵이 그리워질 정도였다.

물론 불만을 토해내는 플레이어들도 영지를 떠나지는 않았다. 그것만 빼면 워낙 영지가 좋았던 것이다.

결국 플레이어들에게 남은 길은 두 가지였다.

괴식 요리가 아닌 요리를 찾는 것. 밖에서 요리를 사 오거나, 아니면 주현영 같은 요리사를 찾아서 긴 줄 뒤에 서서 오래 기다렸다가 요리를 사 먹거나 하면 됐다.

그리고 다른 길은……. 괴식 요리를 받아들이는 것이었다.

-왜 괴식 요리를 받아들이지 못하는 거죠? 어휴. 이래서 맛알못들.

-괴식 요리는 요리의 혁명이라니까? 현실에서도 냉면밥이나 김치피

자탕수육 같은 거 있잖아. 괴식 요리는 이전 요리의 한계와 고정관념을 깨는…….

-지×마 미친놈들아!

-괴식 요리 잘못 먹고 정신 나갔냐!

괴식 요리에 중독되어 버린 플레이어들은 물귀신처럼 다른 사람들을 끌어들이려고 했다. 실로 무서운 전파력!

'파워 워리어 길드에도 유행이 부는 것 같아서 불안해…….'

이다비는 속으로 그렇게 생각했다. 물론 이다비는 기겁해서 말렸다. 파워 워리어 길드원들이 요리를 만들어서 팔아야 하는데 괴식 요리를 팔았다가는 당장 멱살 잡힐 것이다.

"으으으…… 으으으으……."

석 잔을 원샷하고 나서야 간신히 풀려날 수 있었던 케인이 비틀거리며 앞으로 걸어왔다.

케인이 원독 서린 눈빛으로 일행을 쳐다보았지만 모두가 시선을 피했다.

"나쁜 놈들……!"

"무슨 소린지 모르겠는데?"

"몸에 좋은 거 아니었습니까?"

"김태현한테 그런 것만 배우고 말이야! 어! 이 나쁜 놈들 같으니. 너희 그렇게 살면 하늘에서 벌 받는다!"

슝-

그 순간 케인 주변에 그림자가 생겨났다.

"위, 위!"

최상윤은 기겁해서 손가락질했다. 케인은 급하게 고개를 들었다. 집채만 한 바위가 날아오고 있었다.

"으허억! 왜 나한테!"

"네가 제일 시끄러워서 그런 거 아냐?"

콰아앙!

케인이 방금까지 있었던 자리를 바위가 찍고 지나갔다. 1초만 늦었어도 그대로 맞았을 것이다.

"어디서 던진 거지? 안 보이는데?"

"일단 거리를 벌려! 괜히 뭉쳐 있다가 크게 맞겠다!"

[<회색 늑대의 정령 함성>을 사용했습니다. 파티의 이동 속도가 일시적으로 향상됩니다.]

[<오크 투사의 지휘>를 사용했습니다. 파티의 이동 속도가……]

김태산이 스킬을 사용하자 전원에게 버프가 들어갔다. 지휘관 직업다운 스킬들이었다.

"저 산 위쪽에 거인입니다!"

-쪼그마한 침입자, 쪼그마한 침입자다!

-바위, 바위 던져라!

쿵, 쿵, 쿵-

위에서 거대한 거인들이 얼굴만 내밀고서 바위를 집어 던지기 시작했다.

"쐇! 견제해!"

김태산은 일단 위에서 날아오는 공격을 피할 곳을 찾았다. 지금 길은 좁고 일직선이어서 위에서 공격이 날아오면 일단 맞아야 했다.

-노예의 쇠사슬!

케인은 고개를 내민 거인을 향해 스킬을 사용했다. 촤라락 하는 소리와 함께 쇠사슬이 정확하게 적중했다. 그러자 그 거대한 덩치가 위에서 아래로 바로 끌려왔다.

콰아앙!

-으아악, 아프다! 아프다! 쪼그마한 놈!

"시끄러워! 야! 공격을 안 멈추면 동료를 죽이겠다!"

쓰러진 거인을 향해 달려간 케인은 무기를 겨누며 외쳤다. 그걸 본 김태산은 놀랐다.

"우와, 저 녀석 대단한데?"

그렇지만 다른 일행도 놀란 건 마찬가지였다.

'아니 케인 씨가?'

'케인이 저런 플레이도 할 줄 알았나?'

'서당개 삼 년이면⋯⋯.'

"공격 멈추라니까! 동료를 죽여도 되나!"

케인은 위에 고래고래 소리를 질렀다. 태현이 하는 짓을 보며 배운 게 있었기에 해본 것이었는데, 하고 나니까 은근히 그럴듯해 보였다. 자연스럽게 어깨에 힘이 들어갔다.

'나 지금 좀 멋있는 플레이 하고 있는 거 아닌가?'

[화술 스킬이 낮습니다. 설득에 실패합니다. 회색 바위 부족 거인들이 분노합니다.]

-쪼그마한 놈, 쪼그마한 놈. 어디서 협박이냐!

-용서하지 않겠다! 용서하지 않겠다!

"앗……."

케인은 그제야 깨달았다. 이 짓도 아무나 하는 게 아니구나!

슈우우우우웅-

이제까지 날아오던 것보다 두 배는 많아 보이는 바윗덩이들!

"으아아! 김태현은 대충 입 놀리면 애들이 알아서 움직여 주던데!"

"케인 이 자식! 감탄한 거 취소야!"

일행은 이리 뛰고 저리 뛰며 아래로 달리기 시작했다. 유지수는 활을 꺼내 화살을 여러 개 장전했다. 그리고 쐈다.

[먼 거리에서 상대의 급소를 정확하게 꿰뚫는 데 성공했습니다!]

[명성이 오릅니다.]

[궁술 스킬이……]

[치명타가 터졌습니다!]

-으악, 으악! 너무 아프다!

거인의 눈만 족족 쏘아대자 거인들은 감히 고개를 내밀지 못하고 물러섰다. 덕분에 바위 세례도 일단 멈췄다. 일행은 안도의 한숨을 내쉬며 거리를 벌릴 수 있었다.

"이야, 저기서 저걸 맞추네."

"대단해!"

"케인보다 낫네!"

"크흑……."

케인은 시무룩해져서 어깨를 늘어뜨렸다.

일단 일행은 거리를 벌렸다. 위에서 자리를 잡은 거인족들을 상대하는 건 무모한 짓이었다. 거인족 전사들 하나하나가 준 보스 몬스터라고 생각하고 사냥해야 했다.

그렇지만 일행의 고난은 아직 끝나지 않았다. 밑에서 굉음과 함께 다른 거인족 전사들이 나타난 것이다.

[검은 외눈 부족 거인들이 당신들을 발견합니다.]

-너희, 너희 누구냐!

-쿵! 움직이면 때린다!

"윽……."

"싸울까?"

김태산은 거인족 전사들을 훑어보며 물었다. 숫자는 다섯. 힘든 싸움이 되겠지만 여기 있는 인원들이 전력을 다한다면

이기지 못할 싸움은 아니었다.

그러나 케인이 손을 흔들었다.

"아닙니다! 지금 싸워봤자 주변의 거인들이 다 올 겁니다."

"그러면 어떻게 하려고?"

"저놈들을 속이는 겁니다. 보십쇼!"

'불안한데……'

김태산은 방금 있었던 일을 떠올리며 불안한 눈으로 케인을 쳐다보았다.

'그래도 뭐 다른 애들이 가만히 있는 걸 보니까 믿음직한 거겠지? 태현이 녀석이 데리고 다니기도 하고……'

김태산은 그렇게 생각을 하며 시선을 돌렸다.

그러나 다른 일행도 '괜찮을까?!' 하는 표정!

"우리는 탐험가다! 너희들과 싸울 생각이 없어!"

-탐험, 탐험가? 안 믿는다. 수상하다. 인간족 교활하다. 거짓말 자주 한다.

"나는 오크인데?"

-오크, 오크는 덜 교활하다. 그래도 인간하고 같이 있어서 못 믿겠다.

그렇게 말하던 외눈 거인은 거대한 몽둥이를 겨누더니 말했다.

-너, 너희들! 어느 신을 믿나!

"그야……"

"우리는……"

여기 있는 사람들은 전부 아키서스를 믿었다. 심지어 김태산과 오크 아저씨들마저도! 김태산과 오크 아저씨들은 교단에는 별 관심이 없었지만, 우르크 지역에서 영지를 운영하다 보니 어쩔 수가 없었다.

[우르크 지역에 가장 널리 퍼진 건 아키서스 교단 신앙입니다. 아키서스를 믿지 않습니다. 영지 운영에 페널티가 붙습니다.]
[불만도가 20% 더 빠르게 증가합니다.]
[반란이 일어날 확률이 더 높아……]

-어떡하죠, 형님?
-뭘 어떡해, 그냥 믿어줘! 에이…….

그렇지만 아키서스는 확실히 믿어서 크게 손해 보는 신은 아니었다. 특히 영지 경영 쪽에서는. 영지민의 대부분을 차지하고 있는 오크들에게는 정말 잘 맞는 신!
-칙, 머리 큰 대빵이 여기에 농사를 지으라고 했다.
-취익, 이 씨앗을 뿌리면 되나? 이걸 다 뿌려야 하는 건가?
-칙, 멍청하기는. 이걸 뭉쳐서 한 번에 던지면 더 빠르다.
-취익! 너 정말 똑똑하다!
-그만둬 미친놈들아!

[영지의 오크들은 농사 기술이 매우 낮습니다.]
[농사에 페널티가 붙습니다.]

[나오는 농작물의 양이 50% 감소합니다.]
[나오는 농작물의 품질이 하락합니다.]
[영지의 식량이 부족할 경우 불만이 빠르게 증가합니다.]

둘을 가르쳐 주면 하나를 까먹는 오크들! 특히 대부분이 전사들이라 농사나 건축 같은 일들을 시킬 때 그 결과가 심했다. 그 피해를 어느 정도 막아주는 게 아키서스 교단이었다.

[아키서스의 축복이 밭에 내려옵니다. 농작물이 변화합니다. 뿌려진 밀알들이 거대한 상급의 사과나무로 변합니다!]

"밀, 밀을 뿌렸는데 왜 사과나무가……?"
"아니…… 그래도 내버려 뒀으면 아예 망했을 건데 뭐 차라리 낫지 않나?"

[아키서스의 축복이 건물에 내려옵니다. 건축물이 변화합니다!]

오크들이 대충대충 망치를 휘두르고 못을 박아 넣은, 당장에라도 무너질 것 같은 집은 나름 튼튼한 집으로!
물론 겉모습까지 책임져 주는 건 아니었다.
"으아아악! 이, 이 집 뭐야!"
"한두 개가 아니야! 너무 끔찍해!"
"악마의 입을 형상화한 작품인가?!"

[너무 끔찍한 건축물들을 보았습니다!]

[사기가 일시적으로 하락합니다.]

[일시적으로 공포 저항이 상승합니다.]

오크 부족들이 지내는 구역에는 이런 건물들이 한두 개가
아니었다. 상태는 멀쩡한데 겉모습은 괴랄한 건물들!

정말 흉측하긴 했지만 일단 영지 운영하는 입장에서 저런
건물들이라도 지어진다는 게 다행이었다.

"아크…… 읍!"

아키서스 교단이라고 말하려는 오크 아저씨의 입을 케인이
급하게 막았다.

-아크, 아크…… 그게 뭐냐?

"아냐! 우리는 사디크를 믿는다!"

일행은 다 케인을 쳐다보았다. 왜 그런 거짓말을?

-사디크, 사디크! 사디크를 믿는다고!

"그래!"

-잘 됐다, 잘 됐다. 사디크를 믿는다니. 너희는 우리 친구다!
따라와라!

케인은 주먹을 불끈 쥐었다. 여기 사디크 교단의 성기사단

장이 먼저 왔다고 해서 혹시나 싶었는데, 역시나 맞았던 것이다.

쿵, 쿵-

검은 외눈 부족 거인들은 천천히 그들을 안내했다.

일행은 따라가면서 케인을 칭찬했다.

"이야, 대단하네. 어떻게 안 거야?"

"성기사단장이 여기 와서 사디크 신앙을 퍼뜨렸을지도 모른다고 생각했습니다."

"정말 대단해! 감탄했어!"

"후후……."

"자, 잘했으니까 한잔해! 내가 특별히 아껴놓은 건데 주는거야!"

케인의 얼굴이 일그러졌다.

-다 왔다, 다 왔다. 여기다.

안이 보이지도 않을 정도로 거대한 동굴이었다. 거인족들이 지내는 곳이다 보니 크기도 어마어마했다.

[<자이언 산맥 거인들의 숙소 동굴>에 입장하셨습니다.]
[안에서는 이동 마법이 제한됩니다.]

-들어가라. 들어가라.

"왜 이렇게 재촉을……."

쿵!

일행이 들어가자, 밖에 있던 거인족이 재빨리 바위로 입구를 막았다.

"뭐, 뭐야?"

"너희는 왜 밖에서 안 들어오고……."

-쿵, 인간 교활하다. 그렇지만 우리는 더 똑똑하다! 우리는 미리 들었다. 밖에서 온 놈들이 사디크를 믿는다고 해도 믿지 말라고!

-대전사가 말했다. 전에도 그런 속임수를 쓴 놈이 있었다고!

일행은 서로 쳐다보았다. 그런 속임수를 쓴 놈이 누구를 말하는지는 너무 확실했다.

-우리 똑똑하다, 우리 똑똑하다! 저놈들 가뒀다. 대전사를 불러온다!

"아, 아니! 이건 정말 내 잘못이 아닌데!"

케인은 정말 억울했다. 계산은 완벽했는데! 태현이 먼저 한 번 해서 상대가 대비한 건데!

"지금 잘잘못 따질 때가 아니다. 이거 재수 없으면 여기서 포위당할 수도 있겠는데. 빠져나갈 길을 찾아보자."

"동굴 안은 막혀 있겠죠? 거인들이 바보가 아닌 이상…… 막혀 있습니다."

최상윤은 빠르게 안쪽을 확인하고 들어왔다. 깊고 넓었지만 아무런 틈새도 없이 꽉꽉 막혀 있었다.

"바위를 부숴야겠군."

"스킬 넣겠습니다."

"딜 높은 걸로 골라서 하고…… 장비 바꿔서 하자."

"깡딜 높게 들어가는 장비가 뭐가 있더라?"

오크 아저씨들이 주섬주섬 준비에 들어가는 걸 보고 케인은 놀랐다. 뭔가 되게 체계적이고 안정적이다!

'김태현하고 다닐 때는 되게 주먹구구식이었던 거 같은데……'

그 순간 태현의 목소리가 귓속말로 들려왔다.

-야. 너희 다 어딨냐?

"아니 뭔……."

태현은 어이가 없었다. 그가 일주일간 것도 아니었다. 그사이 일행을 데리고, 심지어 김태산 일행까지 데리고 자이언 산맥까지 가서…… 간혔다고!

'웬수야, 웬수.'

-나, 나는 잘해보려고 한 건데…… 퀘스트도 떴고…….
-그래, 그래. 알겠어. 인마.

태현은 건성으로 고개를 끄덕였다. 그리고 용용이와 흑흑이, 골골이를 불렀다.

"골골이는 흑흑이 위로. 용용이는 내 밑으로. 바로 출발한다."

케인이 받은 퀘스트가, 태현한테도 떴다. 태현은 한숨을 쉬었다.

　-그래서 상황이 어떤데?

　-갇히긴 했는데 괜찮아! 탈출할 수 있을 거야! 동굴 앞을 바위가 막

았는데…….

　-음. 그냥 이다비한테 물어볼게.

　-야! 야! 왜!

　태현은 케인을 무시하고 이다비에게 귓속말을 보냈다. 그냥

처음부터 이렇게 할걸!

　-상황이 어때?

　-좀 걱정되긴 해요. 거인족들이 입구를 막을 정도면 튼튼한 바위가

아닐까요?

　-그렇긴 하겠지.

　이다비의 걱정은 그대로 맞아떨어졌다.

　"안 부서지는데……?"

　"미친, 뭔 바위인데 이렇게 단단해?"

　"비켜봐. 좋은 게 있지."

　오크 아저씨 중 한 명이 씩 웃으면서 품속에서 무언가를 꺼

냈다. 그걸 본 다른 아저씨들은 기겁했다.

　"저, 저, 저놈!"

"저거 저번에 사고 쳐놓고 아직도 정신 못 차렸네! 붙잡아!"

"왜, 왜! 폭탄도 잘 쓰면 좋다니까! 너희들이 그러니까 아저씨 소리를 듣는 거야! 요즘 젊은 애들은 다 이거 쓴다고!"

폭탄 아이템을 꺼낸 오크 아저씨는 다른 아저씨들에게 곧바로 제압당했다. 남은 아저씨들은 재빨리 거리를 벌렸다.

"귀신 씻나락 까먹는 소리 하지 마! 저번에 팀킬 할 뻔한 건 잊었냐!"

호들갑을 떨던 오크 아저씨들은 태현 없는 태현 일행이 너무 침착한 걸 보고 의아해했다.

"너희는 안 피하니?"

"아니…… 뭐…… 이제 와서 새삼……."

"별로 무섭지도 않고……."

태현과 같이 다니면서 저 정도 약한 폭탄은 겁나지도 않는다!

'터질 거 같으면 피하지 뭐.'

'터지면 몸으로 때우지 뭐.'

'갑옷 있으니까 괜찮겠지?'

'태현 선배님은 폭탄 터지면 케인 씨 뒤로 피하라고 하셨지.'

"야, 야. 지금 시간 낭비할 때가 아니다. 일단 써봐. 자폭하더라도 부수긴 해야 하니까."

콰아앙!

"휴. 이번에는 제대로 터졌군."

"우리 공격했으면 한 대 때리려고 했다 내가."

[정체불명의 검은 바위가 충격을 흡수합니다.]

그러나 폭발에도 바위는 미동도 하지 않았다. 정말 보통 바위가 아니었다. 일행은 모두 시선을 교환한 다음 고개를 끄덕였다.

"……힘으로 밀어보자!"

"모두 밀어봐!"

[쉬지 않고 너무 오래 날았습니다. 용용이가 힘들어합니다. 흑흑이가 힘들어합니다. 계속 비행할 경우 체력이 떨어질 수 있습니다.]

"용용아, 흑흑아. 힘드니?"

-힘들다.

-조금 힘듭니다.

"음, 스타우가 주고 간, 힘이 나는 요리가 있는데 좀 줄까?"

-……생각해 보니 안 힘들다!

-저도 전혀 안 힘듭니다!

용용이와 흑흑이의 격렬한 반응! 그들도 스타우가 뭐 하는 고블린 요리사인지는 잘 알고 있었던 것이다.

태현은 두 신수의 충성심에 흐뭇한 표정을 지었다.

"그래. 너희밖에 없다."

쌔애앵-

왠지 모르게 전보다 더 빨라진 것 같은 속도!

[한계를 넘어 비행하는 데 성공합니다. 운전 스킬이 크게 오릅니다.]

[용용이의 최대 체력이 영구적으로 1 오릅니다.]

[지휘 스킬이 오릅니다.]

-주인님. 적입니다!

골골이가 밑을 가리키며 다급하게 말했다. 거대한 거인 전사들이 휘적거리며 걸어가고 있었다. 저들의 덩치를 봤을 때 태현을 알아차리는 건 금방이었다.

"가자."

-예?

"골골이랑 흑흑이는 위에 있어. 용용이만 나랑 내려간다."

태현은 거인 전사들의 얼굴을 확인했다. 외눈인 거 보니 일행을 잡아간 놈들 맞는 것 같았다.

쉬이익- 탁!

-하늘에서 사람이다, 하늘에서 사람이 내려왔다!

거인족 전사들이 당황해서 무기를 들려고 했다. 그러나 태현이 먼저였다.

"이놈들!!"

-??

"감히 사디크 교단의 이름으로 너희를 속이려는 인간 놈들을 붙잡았다고 들었다. 안내해라."

거인들은 외눈을 끔벅이며 서로를 쳐다보았다.

-너는, 너는 누구냐?

"어허! 대전사한테 내가 누군지 말도 못 들었냐! 거인들 중에서 똑똑하다고 들었는데 다 헛소문이었군."

-아니다, 아니다! 우리 똑똑하다!

"흠. 내가 누군지도 기억 못 하면서 무슨……."

태현은 그러면서 슬쩍 〈사디크의 화염〉 스킬을 사용했다. 무기에서 사디크의 화염이 화르륵 타올랐다.

"흠흠. 내가 딱히 이걸 자랑하는 건 아니지만…… 설마 이걸 못 알아보진 않겠지."

작게 중얼거리는 것처럼 말했지만 거인들의 귀에는 쏙쏙 들어왔다. 아주 대놓고 들으라고 하는 소리!

"이것도 못 알아보면 정말 멍청한 건데…… 설마 그러진 않겠지……."

-아니다! 아니다! 우리 알아봤다!

-너 대전사가 쓰는 신기한 불 쓴다! 대전사가 보낸 사람 맞다!

[검은 외눈 부족 거인들을 완벽하게 속여 넘기는 데 성공합니다. 화술 스킬이 오릅니다.]

케인과는 차원이 다른 화술 능력!

'거인들이 말하는 대전사가 성기사단장인가 싶었는데, 역시 성기사단장이 맞나 보군.'

태현은 입맛을 다셨다. 케인한테 퀘스트 이야기를 들었을 때만 해도, '사디크 교단 다 박살 나고 그나마 남은 기둥뿌리도 내 영지에 있는데 뭐 있겠어?' 싶었는데……

성기사단장이 능력이 대단한 모양이었다. 그사이 여기 와서 거인들을 꼬시고 그들 사이의 대전사로 들어가다니.

'그리고 그 성기사단장은 날 많이 싫어할 거고……'

교단의 일이란 일에는 한사코 다 훼방을 놓고 도망쳐서 숨은 곳까지 찾아와서 그 난리를 피웠으니! 게다가 권능까지 훔쳐갔으니……

'능력이 탐나는데 섭외는 안 되나? 교단 관리 능력이 내 교단 NPC들보다 훨씬 더 대단한데.'

아키서스 교단으로서는 탐나는 인재! 물론 사디크 성기사단장이 듣는다면 귀를 불로 씻을 소리였다.

-너, 대전사가 쓰는 신기한 불 쓴다. 우리도 곧 쓸 수 있다.

-대전사가 말했다. 신기한 불 쓰면 더 강해진다고. 다른 거인들보다 훨씬 더 강해진다고.

〈검은 외눈 부족을 지역의 패자로 만들어라-검은 외눈 부족 친밀도 퀘스트〉

척박한 자이언 산맥의 거인 부족들은 서로 보기만 하면 다투는 사이다. 그중 검은 외눈 부족은 머리는 좋지만, 다른 거인 부족보다 비교적 힘이 약하고 숫자가 적어 언제나 밀리는 처지. 검은 외눈 부족은 새로운 힘을 갖고 온 이방인을……

'머리가 좋다고?'

뭐 케인도 밖에서는 머리 좋다는 말 많이 들으니까…… 태현은 관대하게 넘어갔다. 물론 이 퀘스트를 같이 깰 생각은 없었다. 깨봤자 사디크 성기사단장만 좋아하겠지.

태현한테는 신성 스탯하고 경험치 정도만 들어올 테고!

'앗. 잠깐. 혹시……'

"너희 아키서스란 신은 모르니?"

-안다. 안다. 대전사가 말했다. 절대 믿으면 안 되고, 믿으면 신세를 망치는 사악한 신이라고.

"그, 그 정도까진 아닌데……."

[거인들이 생각 이상으로 완고합니다. 더 이상 설득할 경우 문제가 일어날 수 있습니다.]

'쯧.'

태현은 깔끔하게 물러섰다. 대전사가 생각보다 훨씬 더 집요하게 설득을 시켜놓은 모양이었다.

다른 신의 이름을 물어보니 '그게 뭐냐? 먹는 거냐?'라는 반응을 보이는데, 아키서스 이름만 말하면 '그놈 아주 나쁜 놈이다! 믿으면 안 된다!'라고 반응하는 거인들!

'아, 그 자식 쪼잔하네. 아키서스만 왜 이런 대우야?'

자기가 한 짓은 잊고 투덜거리는 태현이었다.

어쨌든 지금은 정보를 얻어내야 할 시간. 태현은 거인들과 같이 걸어가면서 이것저것 정보를 캐냈다. 대전사가 뭘 하는지, 부하들은 얼마나 있는지, 무엇을 꾸미는지, 약점은 무엇인지……. 태현의 화술 스킬이라면 이 정도는 어린 애 손목 비틀듯이 짜낼 수 있었다.

문제는…… 거인들이 생각보다 더 멍청하다는 것!

-대전사는 밥을 먹는다.

"아니 그런 거 말고……."

-대전사는 화장실도 간다.

-대전사는 화장실에 오래 있는다. 우리는 그러지 않는다. 우리는 빨리 나온다.

"정말 알고 싶지 않은 정보구나……."

상대가 멍청하다고 해서 포기할 태현이 아니었다. 이미 멍청한 상대는 수십 번도 넘게 상대해 왔다!

이번 상대는 좀 특별히 더 멍청하지만!

"음, 그러니까, 대전사가 산맥 안쪽의 성지에서 뭔가 하고 있다 이거지?"

-그렇다. 그렇다. 근데 그건 왜 다시 묻나? 너도 알지 않나?

"너희들이 제대로 기억하고 있나 확인하고 있는 거야. 너희들이 똑똑한 게 정말이구나."

-헤헤. 그렇다. 그렇다.

"그래. 다른 것도 좀 더 말해봐."

동굴 앞에 도착했을 때, 태현은 정보를 거의 다 뽑아낼 수 있었다.

'그러니까 거인족 애들이 성지라고 불리는 곳에서 성기사단장이 뭔가 하고 있다는 건데……'

아무리 봐도 불길한 징조! 뭔가 커다란 걸 준비하는 게 분명했다.

-대전사가 말했다. 뜨거운 놈의 시간이 오면 우리도 내내 배부르게 잘 살 수 있다고.

"뜨거운 놈? 아, 사디크……"

탁-

"여기냐?"

-맞다. 맞다.

"열어라."

-어? 열어도 되나? 놈들이 도망이라도 가면…….

"하하. 너희들이 있는데 무슨 걱정이야? 설마 저런 조그마한 놈들한테 지진 않을 거 아냐."

-그렇다! 그렇다!

'참 쉬운 녀석들이군.'

이렇게 다루기 쉬운 녀석들이라니! 원래 거인족 몬스터들이 말만 걸어도 바위를 던지고 눈만 마주쳐도 거대한 몽둥이를 휘두른다는 걸 생각했을 때, 이 검은 외눈 부족 거인들은 특이한 경우였다. 그러니까 사디크 성기사단장도 잘 꼬드겼겠지.

"근데 이건 뭔데 이렇게 튼튼하냐?"

태현은 동굴의 입구를 막은 바위를 가리키며 물었다. 딱 봐도 다른 바위와 색깔도 다른 게, 특이해 보였다. 게다가 안에 있는 일행이 닥치는 대로 두드렸는데도 안 부서졌다는 건…….

-그거? 성지에 있던 바위다. 튼튼해서 함정으로 쓰려고 갖고 나왔다.

-우리 똑똑하다. 이런 일이 있을까 봐 미리 갖고 나왔다!

그러니까 성지에 있던, 뭔지는 모르겠지만 소중한 바위를 함정에 쓰기 위해 바깥에 갖고 나온 거란 말인가?

언제 쓸지도 모르고 누가 가져갈지도 모르는데?

'여기는 정말 좋은 곳이군!'

[고급 대장장이 기술 스킬을 가지고 있습니다. 대장장이 기술 스킬이 부족해 완벽하게 감정해 내지 못합니다.]

대장장이 기술 스킬이 부족해서 못 알아냈다고 메시지가 떴지만 태현은 전혀 기분 나쁘지 않았다. 오히려 이건 이 바위가 생각보다 더 대단한 아이템이라는 뜻!

현철이 섞인 정체불명의 바위:

[현재 대장장이 기술 스킬로는 볼 수 없습니다.]

운석에서 쪼개져 나온 정체불명의 바위다. 정말 대단한 대장장이 기술 스킬을 가진 장인만이 이 바위의 가치를 완전하게 파악할 수 있을 것이다.

'현철이면…… 진짜 희귀한 아이템인데?'

아다만티움만큼이나 구하기 어려운, 판온의 희귀 금속 중 하나! 운석이 떨어진 자리에서나 아주 조금 찾을 수 있는 아이템이었다. 당연히 성능은 강철 계열 중 최고였다. 내구도, 물리 공격력, 물리 방어력 등…….

이런 걸 그냥 튼튼하다고 입구 바위로 써먹는 놈들이 웃길 뿐이었다.

'이걸 어떻게 가져간다?'

그냥 두기는 너무 아까웠다. 태현은 저걸 영지로 가져가서 시간을 들여 녹인 다음 재료를 추출해 내고 싶었다. 현재 스킬로는 전부 다 할 수는 없겠지만 그것만으로도 충분했다.

'게다가 대장장이 기술 스킬도 꽤 오를 테고.'

이건 둘도 없는 기회!

쿠르릉-

태현이 머리를 굴리는 사이 동굴 문이 열렸다.

"이제 그만해라. 안 열리는 거 보니까 안 되나 보다. 그냥 열릴 때까지 기다렸다가 열리면 뚫고 나가자."

"아닙니다! 해보겠습니다!"

다른 사람들은 다 포기했는데 케인은 혼자 낑낑거리며 바위를 밀려고 시도했다.

[바위가 꿈쩍도 하지 않습니다.]

[바위가……]

[HP가 감소합니다.]

[힘이 1 오릅니다.]

"그래도 저렇게 열심히 하는 거 보니 보기 좋네."

"역시 내가 보약을 좀 먹어서 그래. 그걸 먹으면 힘이 솟구치거든."

오크 아저씨들은 케인이 열심히 하는 걸 보고 흐뭇해했다. 그러나 다른 일행들은 이상하게 여겼다.

"케인 쟤 왜 저래?"

"케인 씨 뭔가 이상합니다. 원래 안 저러는 사람인데."

케인은 필사적이었다. 태현이 오기 전에 뭐라도 좀 해내야한다!

쿠르릉-

순간 케인이 밀고 있던 바위가 그대로 밀리며 동굴 입구가 드러났다.

"뭐야?!"

"어떻게 민 거야?!"

오크 아저씨들은 깜짝 놀랐다. 그들도 나름 힘 스탯은 목숨 걸고 올리고 있는 사람들이었다. 온갖 장비와 물약으로 버프를 했는데도 꿈쩍하지 않았는데 저걸 옮겼다고?

그러나 그건 착각이었다. 드러난 입구에서 거인 셋이 나타났다.

"싸울 준……."

"저놈들인가?"

-맞다, 맞다.

"첩자가 맞는지 확인해 보겠다."

태현은 성큼성큼 동굴 안으로 들어갔다. 그걸 본 다른 사람들은 안심했다. 구하러 왔구나!

퍽!

"이놈! 일처리를 제대로 못 해서 이렇게 오해를 받게 만들다니! 저 똑똑한 거인들이 너 때문에 헛수고를 했잖아!"

"아! 아야! 어째서?!"

자기를 구해주러 온 줄 알았는데, 자기를 때리자 케인은 당황했다. 거인들 보라고 〈고대의 망치〉까지 꺼내서 신나게 두들겨 패는 태현!

대미지는 없지만 겉모습만은 제대로였다.

그걸 본 오크 아저씨들이 수군거렸다.

"아니, 아무리 태현이 성격이 더러워도 그렇지 자기 팀을 저렇게 커다란 망치로 패면……."

"완전 개망나니네, 개망나니. 누구 아들이야?"

말을 꺼냈던 오크 아저씨는 김태산이 노려보자 조용히 입을 다물었다.

"후. 미안하게 됐군. 이놈들은 사디크를 믿는 대전사의 부하가 맞아. 오해가 있었나 봐."

-그래?

-이런. 우리 잘못 아니다. 저놈들이 이상하게 말했다. 우린 대전사가 하란 대로 했다!

거인들은 억울해하며 케인을 노려보았다. 태현은 그들을 잘 달래며 말했다.

"물론이지. 너희 잘못이 아니야. 내가 대전사한테 잘 말해줄게."

-고맙다, 고맙다! 인간 친절하다!

"내가 친절 빼고는 시체지. 아, 그런데…… 저 바위를 좀 옮겨야 할 거 같은데. 우리같이 조그마한 종족들로는 무리거든. 너희같이 힘센 놈들 아니면 힘들겠어."

-?

"저 오크들이 안내해 줄 테니까 거기로 옮기고 와."

-알겠다. 알겠다.

태현의 말을 들은 오크 아저씨들은 당황해서 귓속말을 보냈다.

-뭐 하는 거냐 지금? 쟤를 어디로 안내하란 건데?

-영지로 데리고 가서 바위만 놓고 오게 하세요. 잘 설득했으니까 별로 어렵진 않을 겁니다.

-왜?

-저 바위가 생각보다 좋은 바위거든요. 여기 두긴 아까워요.

바위를 사기 쳐서 훔쳐 가려는 태현의 모습에 오크 아저씨들은 황당해했다.

-아니 뭔 바위를 훔쳐 가······.
-거인 애들이 나중에 알면 쫓아오는 거 아냐?
-바위 필요하면 내가 어디서 하나 구해다 줄게. 태현아.
-아, 됐고 안내나 하세요.

오크 아저씨들은 투덜거리면서도 가위바위보를 했다. 안내역을 할 한 명이 뽑혔다. 케인은 그걸 보고 속으로 환호했다. 그 한 명은 아까부터 케인에게 보약을 적극적으로 먹이려던 아저씨였던 것이다.

'해방이다! 해방!'

저 아저씨만 가면 그한테 보약 먹으라고 억지로 들이부을 사람은 없겠지!

"아, 맞다. 나 가더라도 저 젊은 친구한테 보약 좀 챙겨줘. 쟤가 좀 기가 많이 허한 거 같더라."

"알겠어, 알겠어. 그 정도야 해주지."

오크 아저씨들의 끈끈한 우정! 케인은 그걸 보고 절망했다. 세 거인이 오크 아저씨 하나와 떠나고 난 뒤, 태현은 재빨리 말했다.

"일단 튑시다. 대전사한테 소식이 들어갔을 테니 언제 올지 모르니······ 그보다 못 보던 사람들이 좀 많은데? 응?"

태현은 눈을 깜박였다. 오크 아저씨들 사이에 어디서 많이 본 얼굴이 있었던 것이다.

"아, 아, 아, 안녕하세요!"

"응. 그래. 오랜만이긴 한데…… 네가 왜 여기 있니?"

태현은 의아해했다. 다른 곳에서 잘 놀고 있을 유지수가 왜 여기 있는 거지?

"설마 케인한테 속아서…… 아니, 그럴 리는 없겠군."

순간 말도 안 되는 상상을 한 태현은 스스로 정답을 내렸다.

"아저씨들 모을 때 있어서 온 거구나? 우르크 쪽이야 지금 할 거 많으니까."

"네, 도와드리려고……."

"뭘 도와줄 거까지야. 와줘서 고맙다."

태현은 유지수의 어깨를 두드리고 다시 고개를 돌렸다. 유지수는 케인을 보며 도전적인 시선을 보냈다.

케인은 고개를 갸웃거렸다. 왜 저러는 거지?

"맞다, 케인. 방송에서 걸즈 파이브 애들 만났거든."

"파이브 걸즈겠지……."

"어쨌든 거기서 좀 이해가 안 가는 소리를 들었는데."

"??"

"네가 너무 대회를 열심히 준비하고 있어서 감히 연락을 먼저 할 수 없다는 등 개소리를 들었어."

"……??"

태현은 자세하게 상황을 설명해 주었다. 그러자 케인의 얼굴이 새파랗게 질렸다.

"아, 아니. 난 그런 말 한 적 없……."

"진짜 없다고?"

"아니, 진짜 없는 건 아닌데…… 그건 공식 인터뷰도 아닌데 그 정도는 괜찮잖아!"

케인은 필사적으로 변명했다. 그가 별생각 없이 떠든 것 때문에 연락이 안 온 거라니!

"나한테 변명해 봤자 뭔 의미가 있냐? 걔가 그렇게 알고 있던데."

"크흑……! 말도 안 돼……!"

케인은 주저앉았다. 그러자 최상윤이 와서 물었다.

"야, 빨리 가자며? 뭐 하는 거야?"

"얘가 쓸데없는 소리 해가지고 연락 끊긴 이야기 해주고 있었어."

"뭐? 설마 파이브 걸즈의 하연? 정말 차인 게 아니었단 말야?!"

남 연애 이야기만큼 흥미진진한 것도 없었다. 최상윤은 지금 빨리 떠나야 한다는 걸 잊고 호다닥 달려들었다.

"어떻게 된 건데? 응? 말해봐."

"너 이 자식…… 왜 이렇게 즐거워하는 거야?"

"아니, 그냥 궁금해서 그렇지. 저번에도 내가 조언해 줬잖아. 자. 말해보라고."

케인은 지푸라기 잡는 심정으로 털어놓았다. 그걸 들은 최상윤의 얼굴이 기묘하게 변했다.

'굴러들어온 복을 발로 차는 자식 같으니!'

"왜, 왜 그렇게 쳐다봐?"

밖에 먼저 나간 오크 아저씨들이 하도 안 나오자 다시 들어왔다.

"애들아. 너희의 청춘 이야기를 듣는 것도 재밌긴 한데……."

"청춘은 무슨. 개뻘짓……."

최상윤이 말하려다가 케인이 울 것 같은 표정을 짓자 멈췄다.

"빨리 가야 할 거 같다. 저 멀리서 거인 놈들 나타났어."

쾅!

사디크 성기사단장은 발을 굴렀다.

"뭐 하는 거냐! 바위는 어디 갔고 안에 있는 놈들은 어디 갔냐!"

-잘 모르겠다…….

-열고 나간 거 아닌가?

거인들은 눈을 끔벅이며 그렇게 대답했다. 성기사단장은 가슴을 탕탕 쳤다. 이 거인 종족은 정말 사람을 답답하게 만들었다. 그나마 머리가 좋은 편인 검은 외눈 부족도 이 정도인데, 다른 부족들은 어떤 수준이란 말인가!

덕분에 모든 세력을 잃은 그가 끌어들일 수 있긴 했지만, 답답한 건 답답한 거였다.

"너희들이 아니면 들 수 없는 바위를 인간이나 오크 놈들이 어떻게 들겠냐!"

-아, 그렇다. 그러고 보니 그렇다.

"발견한 다른 놈들은 어디 갔지?"

-화장실 갔나?

사디크 성기사단장은 이마를 감싸 쥐고 고뇌했다.

아, 이런 놈들하고 계속 잘해 나갈 수 있을까?

위에서 숨어서 그들을 지켜보고 있던 태현은 고개를 끄덕였다. 지금 그에게는 성기사단장의 마음이 이해가 갔다.

"그래. 나도 이해가 간다."

"응? 뭐가 이해가 가?"

케인은 자기를 말하는 건지도 모르고 의아해했다.

-대전사는 너무 예민하다.

-맞다. 화장실에도 오래 있고. 아마 그거 때문일 거다.

"……너희 동료 둘이 사라지고 갇혀 있던 놈들이 사라졌는데 지금 그런 소리가 나오냐?"

-싸우는 소리는 안 났다. 어디 급한 일이 있어서 잠깐 간 게 분명하다.

-맞다. 갇힌 놈들이 나쁜 놈들이라면 우리한테 덤볐을 거다. 사라진 걸 보니 별로 나쁜 놈들은 아닌 모양이다.

태현은 흐뭇한 표정을 지었다. 거인 종족은 볼 때마다 태현을 뿌듯하게 만들었다.

잘한다 잘해!

그러나 성기사단장은 넘어가지 않았다.

"아니다. 절대 그럴 리 없어. 이건…… 아키서스 교단이 보낸 추격대가 분명하다!"

태현은 깜짝 놀랐다. 어떻게 눈치챈 거지?

-아키서스? 그 세상에서 제일 나쁜 놈?

-어린 거인 몽둥이를 뺏어서 그 몽둥이로 때려서 기절시킨 다음 가죽 바지까지 벗겨 먹는 그놈?

태현은 떨떠름한 표정을 지었다. 사디크보다는 솔직히 아키 서스가 훨씬 더 선한 신 아닌가?

[카르바노그가 비웃습니다.]

"이런 짓을 할 건 아키서스 교단밖에 없다!"

하도 많이 당해서 성기사단장은 피해망상까지 걸린 상태였다. 문제는 그게 정답이라는 것!

-대전사. 그건 아닌 거 같다.

-맞다, 맞다. 다른 거인 놈들일 수도 있다.

거인들이 똑똑해 보이는 상황. 그러나 성기사단장은 말을 듣지 않았다.

"시끄럽다. 동료들에게 전부 말을 전해라. 어떤 외부인도 안으로 들이지 말라고! 무조건 공격해라!"

그렇게 말하고 사디크 성기사단장은 돌아갔다.

"자식, 눈치 좋네."

"누군가가 너무 사디크 교단을 탈탈 털어먹어서 아닌가?"

케인은 합리적으로 중얼거렸지만 태현은 귓등으로도 듣지

않았다.

"음…… 저기 안으로 들어가긴 해야 하는데. 들어갈 수 있을지 모르겠군."

자이언 산맥 안쪽에 있는 거인족들의 성지! 거기서 성기사 단장이 뭔가 꾸미고 있는 게 분명했다. 문제는 거기까지 가려면 성기사단장이 부리고 있는 검은 외눈 부족은 물론이고, 다른 거인 부족들까지 신경을 써야 한다는 점이었다.

하나하나가 준 보스급 몬스터라는 걸 생각해 볼 때, 싸움이 붙으면 들어가고 뭐고 할 거 없이 도망쳐야 했다. 안 그러면 사방에서 몰려드는 거인들에게 두들겨 맞고 로그아웃 당할 수 있는 것!

그러자 유지수가 손을 들고 외쳤다.

"제가 길을 뚫어볼게요!"

"아니, 괜찮거든. 너 혼자 간다고 뚫을 수 있는 상황이 아니잖아."

유지수는 시무룩해져서 손을 내렸다. 그걸 본 케인은 속으로 웃었다.

'하하. 가만히 있으면 절반이나 가는 법이지. 난 김태현하고 오래 다녀서 그걸 알…….'

"음. 케인 혼자 보내볼까."

찌릿!

유지수가 케인을 노려보았지만, 케인은 당황해서 그것도 눈치채지 못하고 있었다.

✤

오크 하나와 거인 셋. 판온에서도 보기 드문 조합이었다. 오크 아저씨는 솔직히 조마조마했다.

'이 거인 놈들이 갑자기 확 돌아버려서 나 공격하면 어떡하지?'

거인 하나도 혼자서 잡기 힘든데, 세 마리나 있었다. 불안한 건 당연한 일이었다.

바위를 들고 가던 거인들이 투덜거렸다.

-끙끙. 오크. 조금만 쉬었다 가자.

"힘들어?"

-아니다! 아니다!

-우리는 안 힘들다! 네가 힘들까 봐 그런 거다!

자존심 때문에 절대 티를 내지 않는 거인들! 그걸 본 오크 아저씨는 어디서 많이 본 듯한 친숙함을 느꼈다.

그렇다. 같은 길드원들도 저러지 않았던가!

"자. 자. 알겠어. 너희들 강한 거 알지."

-물론이다! 우리 거인 훨씬 강하다!

칭찬해 주면 좋아하고.

"그러고 보니 거인들은 마법 쓸 줄 아나?"

-우리는 그런 잡스러운 거 안 쓴다!

단순하고.

"앗, 저기 멧돼지 있군. 잡아먹을 시간이 안 될 테니 그냥 가자."

-아니다! 아니다! 시간 된다! 잡아먹고 가자!

먹을 거 좋아하고!

'완전 그놈들이랑 똑같은데?'

다른 아저씨들이 들었다면 항의할 생각을 하는 그였다.

-저거 도망간다! 저거 도망간다!

거인이 워낙 덩치가 크다 보니 멀리서 다가가기만 해도 멧돼지는 바로 도망쳤다. 오크 아저씨는 재빨리 달려가 도끼를 집어 던졌다.

쉭- 픽!

[멀리서 투척 도끼로 정확하게 멧돼지를 맞췄습니다.]

[투척 스킬이 오릅니다.]

[거인들의 친밀도가 오릅니다.]

"내가 구워줄게."

요즘 요리에 재미를 붙인 아저씨였다. 주로 괴식 요리였지만!

'음. 괴식 요리를 하면…… 이놈들이 화내겠지?'

아무리 괴식 요리에 푹 빠졌다지만 여기서 괴식 요리를 권할 정도로 정신 나가지는 않았다. 거인이 먹고서 바로 주먹을 휘두를지도 모르는 게 괴식 요리!

'뭐, 이런 고기 요리는 가장 난이도 쉬운 편에 속하니까……'

나뭇가지를 꺼내 불을 붙인 다음 대충 가죽을 벗기고 고기를 굽는다.

[<대충 만든 멧돼지 고기 요리>를 시작합니다.]

기름기 가득한 멧돼지 고기가 지글지글 구워지며 먹음직스러운 향기가 났다.

'거기에 이런 질 좋은 소금까지 뿌리면…… 후. 거인들에게는 너무 고급 요리려 나?'

오크 아저씨는 나름 비장의 소금까지 꺼내서 뿌렸다. 일반적인 싸구려가 아닌, 랭커 요리사 플레이어가 만든 걸 구한 최고급 소금!

-빨리 줘라, 빨리.

"그래. 여있다."

-음…….

우적우적-

거인들은 순식간에 멧돼지 요리를 끝내 버렸다. 워낙 덩치가 크다 보니 먹는 것도 장난이 아니었다.

"어때? 어때?"

오크 아저씨는 기대되는 눈빛으로 물었다. 괴식 요리만큼은 아니어도 그가 한 요리였다. 게다가 평소에 못 먹고 배 굶주리고 다니던 거인들이 먹었으니 평가가 궁금한 건 당연한 일!

'분명 엄청 좋아하겠지. 우오옷! 이게 뭐냐! 이 맛은! 이런 반응을 보이면 후후 이게 요리라는 거다라고 말해줘야…….'

-짜다.

-그래. 짜다.

"……??"

오크 아저씨는 귀를 의심했다. 그냥 짜다고? 맛있다, 정말 맛있다, 우오옷 이게 뭐냐!가 아니라?

"그, 그게 다야?"

-그게 다인데?

-뭘 원하나?

"아니…… 엄청 맛있지 않냐?"

-그냥 평범하다.

-맞다. 맞다. 이런 고기 요리 우리가 있던 곳에도 있다. 찾기도 힘들고 잡기도 힘들지만.

-먹는 건 그냥 배고파서 먹는 거지 맛으로 먹는 게 아니다. 오크 멍청하다.

-맞다, 맞다. 오크 멍청하다. 그러니까 약하다.

'이놈들이!'

발끈!

오크 아저씨의 이마에 굵은 힘줄이 돋아났다. 다른 건 넘어갔겠지만 거인 놈들이 요리를 그냥 먹는 거지 맛으로 먹는 게 아니라고 하니까 화가 났다.

요리는 그의 자존심! 절대 용서할 수 없다!

'요놈들. 감히…… 이거나 먹어봐라.'

오크 아저씨는 품속에서 비장의 병을 꺼냈다. 그의 특제 괴식 요리 보약이 담겨 있는 병이었다. 아직 괴식 요리에 적응 못한 길드원들은 보기만 해도 질색하는 병!

꺼내자마자 강렬한 냄새가 물씬 풍겨왔다.

[<비장의 특제 괴식 보약>의 냄새가 주변에 퍼집니다. 이 냄새를 싫어하는 NPC가 있을 경우 공격할 수도 있습니다.]

경고 메시지창까지 뜨는 수준!

거인들도 코를 벌름거리며 움찔했다.

-뭐냐, 뭐냐. 이 냄새는?

-강렬하다. 처음 맡아 본다.

"아아. 이건 보약이라는 거다."

-보약? 아까 그 챙겨주라고 했던 그거 말인가?

오크 아저씨가 케인을 챙겨주라고 했던 걸 거인들은 용케 기억하고 있었다. 아저씨는 놀라면서 말했다.

"그걸 기억하네?"

-몸에 좋다고 했다. 우리 몸에 좋아지는 거 좋아한다.

-맞다. 강해지는 게 거인의 목표다.

"짜식들. 너희는 우리 길드에 들어와도 잘 어울릴 거 같다."

-?

"자. 마셔라."

오크 아저씨는 보약 병을 건넸다. 나름 큰 병이었는데도 거인들에게는 작게 느껴졌다.

꿀꺽, 꿀꺽-

'……음, 저놈들이 화내면 어쩐다?'

화가 나서 저지르긴 했는데, 저지르고 보니 제정신이 돌아왔다.

'태현이 그놈이 불같이 화를 낼 텐데…….'

-오오오옷!

-오오오오옷!

'왔구나!'

오크 아저씨는 무기를 움켜쥐었다. 거인의 동작을 잘 봐야 피할 수 있…….

-너무 맛있다! 너무 맛있다!

-이런 맛은 살면서 처음 먹어본다! 오크! 대단하다! 우리 부족 요리사로 데려가고 싶다!

〈거인족의 요리사-검은 외눈 거인 부족 요리사 퀘스트〉

흔히들 사람들은 고블린 요리사가 최악의 요리사라고 생각한다. 그러나 그건 착각이다. 언제나 밑에는 밑이 있는 법, 고블린 요리사보다 더 최악의 요리사는 바로 거인족의 요리사다. 협박을 받지 않는 한 거인족의 요리사로 일하는 사람은 없을 것이다.

보상: ?, ??, 거인족의 요리사로 일했다는 사실이 알려질 경우 요리사 명성에 악영향이 갈 수 있음.

제정신이라면 아무도 받지 않을 퀘스트! 그러나 오크 아저씨는 고민했다.

'으으으으으음……'

'옛말에 선비는 자기를 알아주는 사람을 위해 목숨을 건다는 말이 있었지.'

오크 아저씨는 쓸데없이 비장하게 고민했다. 저 순진무구하게 괴식 요리에 감동해서 눈물을 글썽이는 거인들을 보라!

이제까지 저렇게 순수하게 감동한 이들이 있었던가? 다들 괴식 요리의 성능이 좋아서 억지로 먹거나 한 거지, 맛까지 사랑해 준 사람은 드물었다.

하지만 저 거인들은 정말로 괴식 요리를 좋아하고 있었다. 저 거인들이 그렇다면 거인 부족의 다른 거인들은 더더욱 그러리라!

'이것도 기회 아닐까? 좋다! 저놈들의 요리사로 일하면서 괴식 요리를 더욱 발전시키는 거야! 저기서만 구할 수 있는 재료로 더 강한 보약을 만들고!'

"좋다! 이 바위만 갖다 놓고 돌아가서 너희의 요리사가 되어 주겠다!"

-오오! 오크! 오오!

-오크! 오오! 오크!

거인들은 신나서 아저씨를 둘러싸고 춤을 추기 시작했다. 물론 봐줄 만한 춤은 아니었다.

CHAPTER 3

"뭐 케인을 보내는 것도 사실 무리겠지."

태현은 빠르게 포기했다. 저렇게 경계를 강하게 하고 있는 곳에 들어가는 건 아무나 할 수 있는 게 아니었다.

여기 도적이나 암살자 캐릭터가 있는 것도 아니고······.

"일단 근처에 있는 다른 거인 부족들을 좀 잡아야겠다."

"응?"

"왜?"

"소란을 일으키려면 준비가 필요하니까. 그리고 겸사겸사 레벨 업도 하면 좋잖아? 가자!"

태현은 일행을 데리고 자이언 산맥의 바깥쪽으로 돌았다. 여기는 검은 외눈 거인 부족 말고도 다양한 거인 부족들이 돌아다녔다.

"세 놈 미만으로 있는 걸 찾아. 찾으면 말하고."

태현은 하늘에서 놀고 있는 흑흑이와 골골이에게 명령을 내렸다. 둘에게 덩치 큰 거인 부족들을 찾아내는 건 손쉬운 일이었다.

-찾았습니다.

"좋아. 움직여!"

원래 태현 일행이었다면 굳이 손발을 맞춰볼 필요도 없었겠지만, 유지수에 오크 아저씨들까지 추가된 이상 파티 플레이를 좀 해볼 필요가 있었다. 주변 거인들을 사냥하는 건 여러 이유가 있는 일이었다.

-쿵, 쿵! 인간이다! 인간!

-잡아서 먹자! 잡아서 먹자!

"공격 시작!"

쐐애액-

유지수가 쏜 화살을 시작으로, 싸움이 시작되었다.

[치명타가 터졌습니다! 눈을 노리는 데 성공합니다. 한동안 상대의 시야가 완전히 가려집니다.]

-눈이 안 보여! 눈이 안 보여!

"달려! 달려서 붙어!"

오크 아저씨들은 투박한 무기 하나씩을 붙잡고 앞으로 달려 나갔다. 거인들의 덩치는 어마어마했지만 그들이 그런 것에 겁을 먹을 리 없었다.

"다리를 찍어버려! 일단 넘어뜨려!"

-이것들이! 이 쪼그만 것들이!

쿵! 쿵!

거인들은 다짜고짜 거대한 몽둥이를 휘둘러서 바닥을 찍어 냈다. 거대한 덩치 덕분에 단순한 공격이 범위 공격이 되어버 렸다. 그러나 이미 준비하고 있던 오크 아저씨들이었다. 그 정 도는 피할 수 있었다.

-으으…… 화난다! 화난다!

거인들의 눈이 붉어지더니 움직임이 빨라지기 시작했다.

단순히 몽둥이를 휘두르는 것에서 끝나지 않고 바윗덩이를 돌멩이처럼 닥치는 대로 집어 던졌다.

콰콰쾅! 콰쾅!

"조심해! 장난 아니다!"

"컥!"

[엄청난 힘으로 공격을 당했습니다! 잠시 동안 움직일 수 없습 니다. 방어구의 내구도가 하락합니다.]

오크 아저씨 한 명이 얻어맞고 뒤로 나뒹굴었다. 그 위로 거 인들이 던진 바윗덩이들이 쏟아졌다.

[HP가 50% 이하로 떨어집니다!]

[HP가 20% 이하로 떨어집니다!]

[HP가 10% 이하로 떨어집니다. 조심하십시오!]

"으…… 미친……."

오크 아저씨는 간신히 피해서 포션을 마신 다음 투덜거렸다. 방패로 막았는데도 그냥 방어 자세째로 날려 버리는 무식한 힘!

-흑흑이, 골골이, 너희들은 저쪽을 도와줘라.

-주인님은요?

-난 혼자서 상대할 수 있어.

쉬이익!

흑흑이와 골골이는 위에서 덤벼들었다. 아래에 집중하던 거인들은 짜증을 내며 고개를 돌렸다.

"저건…… 태현이가 부리는 애들인가?"

"멋…… 멋있다!"

오크 아저씨들은 감탄했다. 확실히 겉모습 하나는 대단했다. 블랙 드래곤과 거기 위에 타고 있는 데스 나이트!

"우리가 데리고 온 건 언제 저렇게 되누?"

"그놈들 아직도 뭐만 시키면 반항하던데……."

-불타는 청백색 눈, 죽음의 망령이 서린 검, 혼란의 시야…….

고급 언데드인 데스 나이트. 거기에서도 각종 강화를 받은 덕분에, 골골이는 고급 흑마법들을 사용할 수 있었다.

-으악, 머리가, 머리가 아프다.

-저 날아다니는 해골 짜증 난다!

문제는······.

-사디크의 화염 세례!

[사디크의 화염이 <혼란의 시야>, <불타는 청백색 눈>의 효과를 지워냅니다.]

일단은 신성 스킬인 사디크 관련 스킬들이 흑마법과 충돌해서 지워 버리는 것!

태현과 용용이는 서로 시너지 효과를 일으켰지만, 흑흑이와 골골이는 서로 방해하는 효과만 일으켰다.

-이 멍청한 블랙 드래곤 같으니, 뭐 하는 짓이냐!?

-그건 내가 할 소리다! 데스 나이트면 칼이나 휘두를 것이지 왜 흑마법을 써? 마법은 내가 써!

"쟤네 뭐 하냐?"

태현은 황당해했다. 도와주라고 보냈더니 자기들끼리 다투고 있었다.

쾅!

그러나 신경 쓸 시간이 없었다. 태현도 지금 만만찮게 바빴기 때문이었다.

[회피에 성공합니다.]

[회피에……]

거인들이 던지는 거대한 바윗덩이 같은 건 무시하고 덤벼들어도 됐다. 어차피 회피가 떴으니까. 그렇지만 거인 중에는 독특한 몽둥이를 들고 있는 놈도 있었다.

쾅!

[<피에 젖은 거인의 몽둥이>에서 저주가 퍼집니다!]

주변에 파문을 그리며 퍼져 나가는 저주! 저런 건 그냥 맞으면 위험했다.

태현은 용용이의 발을 잡고 허공으로 날아올라 피했다.

"머리로!"

-알겠다, 주인이여!

저주가 위험하다면 좋은 건 최대한 가까이 붙는 것이었다.

보통 다른 플레이어들은 거인을 사냥할 때 거리를 두고 둘러싸서 사냥했지만, 태현은 그러지 않았다.

최대한 붙어서 최대한 빠르게 끝장낸다!

-아키서스 검법!

거인의 몸에 약점이 어지럽게 나타났다 사라졌다. 태현은 재빠르게 거인의 몸을 타고 누비며 약점을 정확하게 찔러댔다.

[치명타가 터졌습니다! 아키서스 검법의 효과로 <영원히 흘리는 피> 저주가 발동됩니다!]

[치명타가 터졌습니다! 아키서스 검법의 효과로 <마계의 화염> 저주가 발동됩니다!]

[믿을 수 없는 위험한 곡예로 민첩 스탯이 오릅니다.]

[검술 스킬이 오릅니다.]

-으아아! 으아아!

거인은 화를 내며 주먹을 휘둘러서 태현을 잡아내려 했다.

그러나 의미가 없었다. 태현에게는 주먹이 닿아봤자 행운으로 회피가 떴으니까.

-뭐냐! 왜 안 잡히는 거냐!

[치명타가 터졌습니다!]

[거인이 쓰러집니다!]

쿵-

오크 아저씨들이 아직도 하나를 잡고 있는 사이, 태현은 혼자서 폭딜로 거인 하나를 눕혔다. 그걸 본 아저씨들은 경쟁의식을 느꼈다.

"야! 태현이 하나 잡는 동안 우리는 뭐 하는 거야!"

"폭, 폭탄이라도 쓸까?"

"그건 좀……!"

-흑마법 쓰지 마라!

-너야말로 사디크 힘 쓰지 마라!

흑흑이와 골골이는 아직도 투닥대고 있었다.

'개판이군.'

태현은 일단 흑흑이와 골골이를 불렀다.

-너희들이 싸우는 걸 보니 내 마음이 아프다.

-주인님! 쟤가 잘못했어요!

-주인님, 저놈이 잘못했습니다!

-하하. 내가 정확하게 판결을 내려주마. 너희 둘 다 잘못했다.

-……?

-??

-그 말은 즉 지금 당장 저걸 잡지 않으면 너희를 몬스터 정수로 만들어 버린다는 뜻이지. 보약도 아깝다. 빨리 안 잡아?

흑흑이와 골골이는 새파랗게 질려 움직이기 시작했다. 태현은 그걸 보며 고개를 저었다.

'아주 웬수들밖에 없어요.'

-주인이여. 나는 잘 하지 않았는가?

-그래. 너밖에 없다.

태현은 용용이를 쓰다듬어 주었다. 안 그래도 흑흑이와 골골이가 생긴 다음, 둘이 더 빨리 성장해서 초조했을 것이다.

그래도 안 삐뚤어지고 가장 열심히 하는 게 용용이!

흑흑이야 원판이 성격 더러운 블랙 드래곤인 데다가 사디크

의 마수고, 골골이는 언데드 몬스터니……. 어찌 보면 당연한
일이었다.

그걸 본 유지수가 머뭇거리며 말했다.

"저, 저도 잘했는데……."

"그래. 잘했어."

"네……."

유지수는 아쉬워하며 돌아섰다. 그걸 본 태현은 고개를 갸
웃거렸다.

-쓰다듬어 달라는 거 아닌가?

-쟤가 너냐?

그러는 사이 오크 아저씨들은 거인 하나를 쓰러뜨렸다.

쿵-

남은 건 케인, 최상윤, 정수혁이 공략하고 있는 거인 하나!

"좋아! 꼴찌는 피했다!"

"상윤이 녀석이 꼴찌군."

"저희는 세 명이거든요?!"

최상윤은 이를 갈면서 외쳤다. 이리 뛰고 저리 뛰면서 거인
의 다리를 완전히 공격해 간신히 넘어뜨렸다.

이제 딜을 넣을 시간! 그런데 뒤에서 오크 아저씨들이 시시
껄렁한 소리나 하고 있으니…….

[거인족 정찰대를 사냥하는 데 성공합니다! 붉은 머리 거인 부
족이 이 사실을 알아챌 경우 화를 낼 수 있습니다. 자이언 산맥에

소문이 퍼져 나갑니다.]

　[칭호: 거인 사냥꾼을……]

"다들 어땠습니까?"

"별거 아니었지. 하하."

　그렇게 말하면서 오크 아저씨들은 재빨리 포션들을 꺼내서 마셨다. 대부분이 HP 10% 밑으로 내려간 걸 경험했을 정도로 빡센 사냥이었던 것!

　그에 비해 최상윤이나 태현처럼 컨트롤에 이골이 난 사람들은 좀 덜했다.

"보상도 엄청 좋고, 경험치도 팍팍 오르고."

"난 벌써 레벨 1 올랐다?"

"너도? 나도 그랬는데."

　꿈틀-

　태현의 눈썹이 살짝 올라갔다 내려왔다.

"흠흠. 어쨌든 지금 중요한 건 거인족들을 좀 더 잡아서 어그로를 끄는 겁니다. 계속 잡다 보면 거인족들이 우릴 쫓아오겠죠."

　오크 아저씨들은 고개를 갸웃거렸다. 그래서 뭘 어떻게 하겠다는 거지?

"그러면?"

"그러면 당연히 게네들을 데리고 사디크 성기사단장이 있는 곳으로 가야죠."

　오크 아저씨들의 입이 벌어졌다. 생각지도 못한 발상!

"게다가 전 사디크 스킬도 쓸 수 있으니까 사디크 교단인 척도 할 수 있겠네요. 자! 빠르게 더 사냥합시다. 이 근처 거인족 애들이 보고 쫓아오도록!"

오크 아저씨들은 고개를 끄덕이며 움직일 준비를 하기 시작했다.

"태현이 녀석 대단하긴 대단하네."

"저러니까 랭커도 되고 대회도 나가고 그러는 거겠지?"

"저러는 건 누구한테 배웠대?"

"아무리 봐도 형님 보고 배운 거 같은데. 뭘 보고 자랐겠어. 리×지 때도……."

"어허. 쉿쉿. 형님 뒤에 계신다."

그래도 거인족 사냥은 김태산 빼고는 모두가 만족하는 사냥이었다. 어지간한 던전을 도는 것보다 훨씬 더 보상이 나왔던 것이다. 워낙 자이언 산맥이 위험한 곳이라서 그런 것이었지만, 태현이 지휘하니 그 위험도가 확 내려갔다.

흑흑이와 골골이를 시켜서 3마리 이하의 거인을 찾으면, 일행이 가서 우르르 사냥!

확실히 난이도는 높고 자칫하면 죽을 수도 있었지만, 어지간해서는 죽는 사람이 나오지도 않았다. 그만큼 일행의 수준도 높았던 것.

[거인족 전사 무리를 쓰러뜨리는 데 성공합니다.]
[화산 바위 거인 부족이 분노해서 추적대를 보내기 시작합니다.]

[붉은 머리 거인 부족이 분노해서 추적대를 보내기 시작합니다.]

"떴다!"

계속해서 거인족 사냥을 하고, 오크 아저씨들 중에 몇 명은 레벨 업을 하고, 유지수도 레벨 업을 할 무렵…….

드디어 기다리던 메시지창이 떴다.

"좋아. 더 이상 나 빼고 레벨 업 하는 꼴은 안 봐도 되겠군."

"응?"

"모두 거인족들의 성지로 가자!"

"방금 뭐라고……."

"지금 그럴 시간이 없어! 모두 움직여!"

오크 아저씨들은 의혹에 가득 찬 눈길로 태현을 쳐다보았지만 태현은 꿈쩍도 하지 않았다.

-저기 있다! 저기 있다!

-쪼그만 놈들이다!

-모두 방심하지 마라! 방심하지 마라! 이상한 힘을 쓴다고 들었다!

쿵쿵쿵!

확실하게 어그로를 끌었는지, 이쪽저쪽에서 달려오는 거인족 전사들이 보였다. 다른 건 몰라도 싸움 좋아하는 거 하나는 확실한 거인들! 태현이 부족을 가리지 않고 골고루 잡았기에 다양한 부족의 거인들을 볼 수 있었다.

-비켜라! 비켜라! 성가시다!

-너야말로 비켜라!

-이게 쳤어? 쳤어?

어깨만 부딪혀도 주먹을 휘두르고 몽둥이를 내려치는 거인들! 오다가 자기들끼리 싸우는 걸 보고 태현은 어이가 없었다.

'저런…… 힘을 아껴서 다른 데다가 쓰지…….'

사실 처음에는 거인족을 보고 '저걸 어떻게 영지에 데리고 갈 수는 없을까?'라고 생각했었다. 다른 건 몰라도 저 덩치와 힘은 정말 어마어마했던 것!

거인족 전사들을 시켜 건축을 한다면……! 게다가 골드도 안 줘도 된다! 먹는 것만 주면 될 정도로 단순!

그렇지만 지금은 생각이 바뀌었다.

'안 그래도 영지에 미친놈들 많은데 더 추가시킬 필요는 없지.'

이미 위험한 놈들은 영지에 충분히 많았다. 굳이 거기에 거인을 추가시킬 필요는 없었다.

태현은 미래가 보였다. 술을 먹고 취해서 건물을 부수고 플레이어를 공격하는 거인들이!

'분명 그렇게 될 거 같은 느낌이 든단 말이지.'

-배고프다. 쩝쩝.

-안에 있는 거 먹으면 안 되나?

-대전사가 먹지 말라고 했다. 대전사 화내면 무섭다.

-그랬지. 대전사 일은 언제 끝나나? 배부르게 먹고 싶다.

보초를 서고 있던 검은 외눈 부족 거인들은 배를 움켜쥐고 투덜거렸다.

대전사가 '위대한 사디크가 대륙에 내려오면 너희들은 모두 어쩌구저쩌구'라고 말했지만 거인들은 대부분 이해하지 못했다. 대전사도 결국 포기하고 '내 일이 성공하면 너희들도 배부르게 먹을 수 있다!'라고 바꿔서 말했다.

거인들은 거기에 뜨겁게 반응했다.

쾅쾅쾅쾅쾅!

-무슨 소리냐? 그놈들인가?

-세상에서 가장 사악하고 더럽고…… 하여튼 아주 나쁜 그놈들?

거인들 사이에서 태현 일행은 '그놈들'로 불렸다. 대전사가 매번 엄청나게 길게 욕을 하긴 했지만 거인들은 머리가 나빠서 그걸 다 기억하지 못했다.

그러니까 대충 '그놈들'이라고 하자!

-문 열어라! 문 열어라!

그러나 찾아온 건 그놈들이 아니라 거인들이었다.

-다른 부족 전사다! 다른 부족 전사다!

-싸울 준비 해라! 싸울 준비 해!

검은 외눈 부족 거인들은 다급하게 동료들을 불렀다.

거인족들이 서로 찾아오는 이유는 하나밖에 없었다.

서로의 머리통을 깨부수기 위해서!

-뭐냐! 뭐냐!

-다른 부족 놈들이다!

콰아아아앙!

그러나 모이기도 전에 거대한 바윗덩이가 쪼개져 나갔다. 그리고 분노한 거인족 전사들이 쳐들어왔다.

-문 열라고 했다! 너 말 안 들었다! 죽는다!

쾅!

보자마자 몽둥이를 호쾌하게 휘둘러대는 거인족 전사들! 검은 외눈 부족 거인들보다 머리 하나씩은 더 큰 전사들이었다.

-으으…… 우리도 물러나지 않는다! 우리 강해졌다!

화르륵!

검은 외눈 부족 거인들의 몽둥이에서 화염이 타오르기 시작했다. 멀리서 그걸 염탐하고 있던 태현은 놀랐다.

'사디크의 화염을 쓰는군. 하긴 당연한 거려 나.'

대전사가 왔으니 거인들에게 사디크 신앙을 가르친 건 분명했다.

쾅! 콰아아앙!

-크악! 뜨겁다, 무슨 짓을 한 거냐!

-우리 강해졌다! 지지 않는다!

놀랍게도 검은 외눈 부족 거인들은 입구에서 다른 거인족 전사들과 맞서서 밀리지 않았다. 사디크의 화염이 붙은 몽둥이가 휘둘러질 때마다 다른 거인족 전사들은 질색을 하며 물러섰다.

-언제까지 기다려야 하나?

'아차. 구경할 때가 아니지.'

너무 화끈하게 싸워서 넋을 놓고 구경하고 있었다. 태현은 바로 지시를 내렸다.

-안으로 들어갑시다. 지금 들어가면 눈치 못 챌 테니까.

"다른 거인족 놈들이 쳐들어왔다고?"

-그렇다. 그렇다.

의식을 준비하던 대전사, 사디크 성기사단장은 발을 구르며 외쳤다.

"아키서스 놈들이다!"

-아니…… 거인족 전사다.

"그게 아키서스 놈들이 꾸민 거라니까!"

-대전사는 좀 이상하다.

-맞다. 맞다. 힘은 좋은데 머리는 우리보다 나쁘다.

사디크 성기사단장은 울컥하려다가 참았다. 지금 의식이 코앞인데 이런 놈들과 싸워서 망칠 수는 없었다.

"됐다. 너희한테 많은 걸 바라지는 않는다. 다른 부족 거인 놈들이 온 거라면 그놈들을 막아라. 너희들이라면 할 수 있을 거다!"

-맞다! 우리 강해졌다! 대전사가 가르쳐 준 힘으로 우리 강해졌다!

"그래. 그리고 이곳으로는 아무도 오지 못하도록 막아라."

-하하. 대전사 너무 걱정 많다.

-맞다. 맞다. 그러니까 화장실에서 오래 있는 거다.

-우리도 길을 잃는 곳이 여기다. 게다가 뜨거운 불까지 곳곳에 있다. 못 들어온다 아무도.

거인들의 말이 틀린 건 아니었다. 거인의 성지라고 불리는 이곳은 자이언 산맥의 가장 깊숙한 지하에 있었다.

가장 밖에 있는 동굴 입구는 검은 외눈 부족 거인들이 막고 있었고, 그 안으로 들어가면 거미줄처럼 복잡한 길들이 나왔다. 이 길들을 헤매고 계속 지하로 내려와야 이 숨겨진 장소를 찾을 수 있었다.

이제는 잊혀진 거인족의 신이 머무르던 장소! 사디크 성기사단장은 이 신의 힘을 이용해 사디크를 강림시킬 생각이었다. 다른 교단이 카르바노그의 성물을 탐내는 것과 비슷한 이유였다.

'그래. 아무리 아키서스 놈들이 왔다고 하더라도 여기를 바로 찾지는 못할 거다. 길은 복잡하고 곳곳에 사디크의 화염이 놓여 있으니까. 신성 예지 같은 것도 통하지 않을 거고……'

사디크 성기사단장은 당연히 교단마다 예지 스킬이 있다는 걸 알고 있었다. 그렇지만 아무리 아키서스의 예지 스킬이라도 지금 이 주변에 깔린 강력한 사디크의 신성력을 뚫고 위치를 찾아내지는 못할 것이다.

꿈틀-

밑이 보이지 않을 정도로 시커멓고 거대한 구멍. 그 가운데에는 불타오르는 화염의 알이 떠 있었다.

[사디크의 힘이 모이고 있습니다.]
[얼마 지나지 않아서 사디크가 여기에 강림합니다!]

카르바노그 같은 특별한 몇몇 신들을 제외하고 대부분의 신들은 대륙을 떠났다. 지금 교단들이 쓰는 신성력은 신들이 남긴 힘. 그런데도 신성력은 아주 강력한 힘이었다.

만약 믿는 신이 다시 대륙에 강림한다면?

그 힘은 상상할 수도 없었다. 그렇기에 모든 교단들은 자신들이 믿는 신이 다시 대륙에 돌아오는 걸 원했다.

물론 사람의 힘으로 가능한 일은 아니었다. 그래서 교단들이 카르바노그 같은 아직 남아 있는 신들의 성물에 집착하는 것이었다. 아무리 약한 신이라도 신은 신. 그 힘을 빌리면 떠난 신을 다시 불러낼 수도 있을 테니까!

"그래. 놈들이 여기까지 오지는 못하겠……."

탁-

말이 끝나기도 전에 태현 일행이 입구에 모습을 드러냈다.

사디크 성기사단장의 얼굴이 벌레를 씹은 것처럼 일그러졌다.

"길이 너무 복잡한데?"

"지도 스킬을 써도 며칠은 걸리겠다."

"걱정 마시죠. 스킬을 쓰면……."

-신의 예지!

[사디크의 힘이 너무 강합니다. 신의 예지 스킬을 사용할 수 없습니다.]

'이런.'

태현은 아차 싶었다. 신의 예지 스킬에 너무 익숙해졌던 탓인지, 이게 없을 경우 어떻게 할지 생각을 하지 않고 있었다.

'너무 안일했군. 미리 생각을 해뒀어야 했는데…… 시간이 되려나?'

뚫고 가는 건 문제가 없었는데 여기서 시간을 많이 소모할 경우 퀘스트가 실패할 가능성이 높았다.

성기사단장이 도망칠 수도 있고.

태현이 고민하던 사이, 흑흑이가 날개를 퍼덕이며 말했다.

-주인님. 힘이 넘칩니다! 여기 정말 좋아요!

눈치 없이 지금 뭔 소리를 하냐고 구박하려다가, 태현은 멈칫했다. 생각해 보니 흑흑이는 사디크의 마수. 사디크의 힘이 강한 곳에서는 따라서 강해질 수밖에 없었다.

-흑흑아. 사디크의 힘이 어디서 느껴지는 곳이 있냐?

-있는데요?

-가자! 안내해!

길을 가다가 사디크의 화염으로 만들어진 함정이 나타나면…….

-흑흑아. 먹어!

[흑흑이의 힘이 빠르게 회복됩니다.]
[흑흑이의 마법 스킬이 오릅니다.]
[흑흑이의 신성력이 오릅니다.]

길을 불태우는 화염을 마치 간식처럼 집어삼키는 흑흑이!

뒤에서 오크 아저씨들은 그걸 보며 신기해했다.

"이야, 저놈 진짜 신통방통하네."

"우리 집 복실이보다 똑똑한 거 같아."

"저거 잡아먹을 수는 없나?"

"저런 놈은 어디서 구하누?"

이상한 말이 한마디 끼어 있었지만 흑흑이는 눈치채지 못한 것 같았다.

"네놈! 김태현 백작!"

사디크 성기사단장은 사납게 외쳤다. 태현은 반갑다는 듯이 손을 흔들었다.

"이야. 여기에 있었네."

-저놈이 아키서스? 별로 사악해 보이지 않는데.

-대전사가 과장한 거 아닐까?

-맞다. 대전사는 걱정이 많으니까.

거인들이 떠드는 사이, 태현은 빠르게 상황을 확인했다.

엄청나게 깊고 어두운 구멍, 거기서 타오르는 화염 알!

딱 봐도 뭔가 수상하고 불길해 보였다.

[곧 사디크가 여기에 강림합니다!]

[카르바노그가 도망치자고 속삭입니다.]

'음. 위험하긴 하군.'

최대한 빠르게 거인들과 사디크 성기사단장을 조진 다음
저 알까지 해치워야 하는데……

"흥. 김태현 백작. 네놈이 이제까지 교단의 일을 많이 망친
건 인정하겠다. 네놈이 대단하다는 거 하나는 인정해 주지."

"나도 네가 대단하다고 생각하는데, 혹시 우리 교단 와서 일
할 생각은 없나?"

이런 곳을 찾고, 또 거인들까지 꼬셔서 섭외하는 능력이 보
통이 아니었다. 아키서스 교단에는 꼭 필요한 인재!

그러나 성기사단장 귀에는 진심으로 들리지 않았다.

"어디서 조롱이냐!"

화르륵!

분노를 폭발시키는 성기사단장이었다.

"아니, 진짜로······."

"같잖은 조롱을 하다니, 생각보다 그릇이 작은 인간이었군!"

"됐다. 됐어."

태현은 설득을 포기했다. 하긴 이제까지 한 걸 생각해 보면 설득당하는 게 더 이상했다.

"하지만 이번에는 늦었다."

"?"

"이미 의식은 다 끝난 상황이니까. 넌 너무 늦은 거다! 으하하! 봐라! 곧 사디크가 여기에 강림한다!"

성기사단장이 거짓말을 하는 것 같지는 않았다. 태현의 얼굴이 심각해졌다.

'그냥 튀어야 하나?'

보스 몬스터가 더 강한 보스 몬스터를 불러내는 데 성공한 상황. 여기서 싸우는 건 그냥 파티 전멸을 하자는 거나 다름없었다.

사디크 성기사단장을 놓치는 건 아쉬웠지만 전멸보다는 나았다. 이런 걸로 미련을 가지는 건 멍청한 놈들밖에 없다는 걸, 태현은 잘 알고 있었다.

맺고 끊는 게 철저한 것이 태현의 장점!

'일단 상황을 좀 더 확인하고 튀어도 늦지 않겠지.'

"사디크가 어떻게 강림하지? 교단도 다 박살 나고 성물도 내가······ 아니, 사라졌을 텐데."

굳이 도발하지는 않았다. 안 그래도 이미 충분히 화가 난 것 같았으니까.

"거인족의 힘을 빌렸다."

"뭐? 어떻게?"

"이 무식한 놈들은 자기네들의 신도 잊고 지내더군."

-누가 무식하다는 거냐!

-맞다, 맞아! 대전사가 가장 무식하면서!

거인들의 항의는 무시하고, 성기사단장은 말을 이었다.

"이 장소는 거인들의 성소…… 거인족들의 잊혀진 신이 머무른 곳이다. 강력한 신성력이 남겨져 있지. 이 힘이라면 충분히 사디크를 강림시킬 수 있다!"

[카르바노그가 고개를 갸웃거립니다.]

갑작스러운 카르바노그의 메시지에 태현은 의아해했다.

'뭐지?'

[떠난 신을 그렇게 불러올 수는 없다고 카르바노그가 말합니다. 신을 잠깐이라도 대륙에 강림시키려면 화신의 그릇이 필요하다고 카르바노그가 말합니다.]

'화신이라면…….'

태현 직업이 〈아키서스의 화신〉이었다. 사디크 쪽에도 〈사디크의 화신〉 같은 게 있을까? 혹시 성기사단장이 그런 걸 찾아서 준비했을지도 몰랐다.

"혹시 네가 〈사디크의 화신〉이냐?"

"뭐, 뭐? 감히 무슨 소리를……."

'아닌가 보군.'

성기사단장은 그냥 성기사단장인 모양이었다.

"그러면 저 알이 〈사디크의 화신〉인가?"

"무슨 개소리를 하는 거냐! 네 입으로 〈사디크의 화신〉을 감히 담지 마라!"

"그러면 저건 뭔데?"

태현은 허공에서 불타는 알을 가리켰다. 꿈틀거리면서 신성력을 뿜어내는 것이 보통 불길한 게 아니었다.

"사디크가 오더라도 뭐 육체가 필요할 거 아냐. 저건 뭔데?"

카르바노그는 사디크가 강림하기 위해서는 걸맞은 그릇이 필요하다고 말했다. 그렇지만 성기사단장은 〈사디크의 화신〉을 준비한 것 같지는 않았다.

"어리석기는. 내가 그런 것도 생각 안 했을 거 같으냐? 저건 거인족의 육체다. 가장 튼튼하고 단단한 거인족의 육체! 사디크 님이 강림하더라도 버틸 수 있는 육체지!"

[카르바노그가 아니라고 비웃습니다. 그걸로는 안 된다고 카르바노그가 말합니다.]

"음…… 그래. 네 노력이 장하다."

어쨌든 간에 사디크 성기사단장이 열심히 노력하는 건 사실이었다. 신성력 높은 곳도 찾아, 거인족도 잡아, 남은 거인족들도 설득해……. 저렇게 열심히 하는 NPC가 있었던가?

아키서스 교단의 NPC들은 사디크 성기사단장과 비교한다면 모두 보름달 앞의 반딧불이나 마찬가지였다.

"아직까지도 허세를 부리는군. 두려운가?"

"솔직히 좀 무서웠는데 괜찮아졌어."

카르바노그가 말해준 덕분에 공포가 사라졌다. 더럽게 불길하긴 했지만 제대로 된 게 아니라면 어떻게든 막을 수 있을 것이다.

"그보다 넌 어떻게 여기까지 올 수 있었던 거지? 이렇게 쉽게 올 수는 없었을 텐데……."

"아. 얘가 있어서."

태현은 흑흑이를 가리켰다. 그걸 본 사디크 성기사단장은 깜짝 놀랐다.

"사디크 님의 마수?!"

-안, 안녕?

흑흑이는 어색한 목소리로 날개를 흔들었다. 흑흑이도 사디크 성기사단장을 대하는 게 좀 민망했던 모양이었다.

"사디크 님의 마수가 왜 아키서스 놈을 도와준단 말이냐! 미친 거냐!"

-이, 이 사람도 사디크의 권능을 쓸 수 있는 사람이라고!

"배신자 자식! 과연 블랙 드래곤답구나! 저런 놈을 마수로 받아들여 주는 게 아니었는데!"

-뭐…… 뭐?! 이런 건방진 놈이! 야, 자기 권능 간수 잘못해서 다른 놈한테 뺏긴 놈이 멍청한 거지!

블랙 드래곤 욕을 하자 울컥한 흑흑이가 이를 갈며 반격했다.

-내가 약속한 건 사디크의 권능으로 날 불러낸 놈한테 충성을 바치겠다는 거였다! 너희들이 멍청하게 굴어서 뺏겨놓고 나한테 뭐라고 하다니!

"뭐, 멍, 멍청? 사디크 님을 모욕하는 거냐?"

-모욕은 무슨! 사실이다 멍청한 놈들아!

"죽여 버리겠다!"

분노한 사디크 성기사단장은 검을 휘둘러서 사디크의 화염을 쏘아 보냈다.

화르륵!

-내가 할 소리다!

흑흑이는 바로 날아오르더니 화염을 입으로 덥석 삼키고 성기사단장에게 다시 쏘아 보냈다.

쾅!

사디크 성기사단장은 감히 마주하지 못하고 옆으로 피했다.

"네…… 네놈! 사디크 님의 힘을……!"

사디크 성기사단장도 흑흑이가 사디크의 힘을 받아들이고 급격하게 강해졌다는 걸 깨달은 모양이었다.

"배신자 놈이 사디크 님의 힘을 쓰지 마라!"

-배신자는 누가 배신자냐! 나는 사디크의 마수다!

"사디크 교단의 성기사단장인 나를 거역하는 놈이 무슨!"

……내, 내 주인이 진짜 사디크의 계승자다! 너는 가짜다 가짜!

말싸움에서 지기 싫었던 흑흑이는 우기기 시작했다. 우기고 보니 의외로 그럴듯했다.

-내 주인은 사디크 교단의 성기사들도 받아들이고 권능도 쓸 줄 안다! 너는 아무것도 없다! 네가 가짜다!

"이…… 이놈이……."

태현은 흥미롭게 둘의 말싸움을 지켜보았다.

"흑흑이가 이긴 거 같은데?"

"내가 보기에도 저 똘똘한 검은 놈이 이긴 거 같다."

오크 아저씨들과 나머지 일행도 동의하는 상황! 사디크 성기사단장은 분노했지만 그의 편을 들어줄 사람은 없었다.

"이, 이런……."

순간 성기사단장은 거인들을 쳐다보았다. 그리고 후회했다. 이게 뭐라고!

-으음…… 우리가 보기에도 저 검은 놈이 이긴 거 같다.

"……저놈들을 전부 죽여라!"

-말싸움에서 졌다고 죽이라는 건가? 대전사. 그건 너무…….

"아니다! 이 멍청한 놈들아! 의식을 방해하러 온 침입자 놈들이잖아!"

-아, 그건가.

옆에서 듣고 있던 태현은 대전사를 놀렸다.

"아니야. 저놈은 지금 말싸움에서 진 걸 숨기기 위해서 저러는 거야."

[최고급 화술 스킬을……]

-역시…… 대전사…….

"닥치고 내 말 들어라!"

-알겠다. 간다.

거인들은 몽둥이를 들더니 태현 일행에게 접근하기 시작했다. 질 거라고는 조금도 생각하지 않는 거만함! 확실히 여기 있는 거인들은 바깥 거인들보다 더 강해 보였다.

'사디크 성기사단장이 여기에 데리고 있는 거 보면 정예는 정예인가 보군.'

이렇게 좁은 곳에서는 싸우기 힘들었다. 태현은 일행들에게 뒤로 물러서라고 명령했다.

-일단 거리를 벌려서 유인한 다음 좀 넓은 곳에서 공격을 합시다. 여기서 싸웠다가는 몇 명 죽을 테니까.

거인은 다가오며 입을 열었다.

-미안하다. 쪼그만 놈들. 대전사가 화내서 어쩔 수 없……크아아아악!

화르르르르륵!

태현 일행이 공격을 개시하기도 전에 엄청난 화염이 그들을 덮쳤다.

-으하하핫! 힘이! 힘이 넘친다!

흑흑이였다.

-블랙 드래곤의 힘을 맛보아라! 이 하찮은 거인 놈들아!

허공에서 수십 개의 마법진이 그려지더니 거기서 어둡고 검은 창이 소환되었다.

-연속 암흑의 창 발사! 암흑 폭발! 블랙 드래곤의 독! 중독 강화! 독 폭풍! 뼈를 깎는 저주, 가죽 약화의 저주……

흑흑이는 평소에 구박받고 살던 서러움을 풀기라도 하는 것처럼, 무시무시한 수준의 연속 마법을 보여주었다. 허공에 계속해서 마법진이 생겨나고 생겨나고 또 생겨났다.

뒤에서 보던 정수혁이 감탄했다.

"대, 대단해……!"

"쟤 저렇게 대단한 놈이었냐?"

"아까 뼈다귀랑 투닥거리길래 좀 모자란 놈인 줄 알았는데……."

오크 아저씨들은 놀라워했다. 겉모습만 그럴듯했지 좀 이상한 놈인 줄 알았는데! 흑흑이의 어깨는 더욱더 으쓱했다.

-끓어올라라! 사디크의 용암 화살! 사디크의 용암 화살! 사디크의 실명 저주! 사디크의 심장 태우기!

[주변에 모인 사디크의 힘이 반응합니다. 흑흑이의 힘이 더욱 강해집니다! 주변에 모인 사디크의 힘이 더욱더 강해집니다!]

'이거 괜찮은 거 맞나?'

안 그래도 위험해 보이던 알이 더욱더 요동쳤다. 흑흑이가 힘을 쓸 때마다 힘을 빌려주며 꿈틀거리고 있었던 것이다.

사디크 성기사단장은 비명을 지르듯이 외쳤다.

"이, 이 배신자……! 당장 멈추지 못할까! 너 따위가 감히!"

-흥! 시끄럽다!

흑흑이는 그 말과 함께 거인들을 끝장내 버렸다. 동굴 벽이 그대로 무너지며 비틀거리던 거인들을 덮쳐 버린 것이다.

-으아아아아아아!

끝이 보이지 않는 깊은 구멍으로 떨어지는 거인들!

흑흑이는 어깨를 다시 으쓱거리며 말했다.

-봐라! 이게 내 힘이다! 다시 한번 지껄여 봐라!

"사디크 님이 오시면 네놈이 한 짓을 그대로 고발할 것이다!"

-어?

흑흑이는 움찔했다. 그건 좀 위험하다 싶었다. 지금 정예 거인 전사들을 전부 쓸어버린 힘은 엄밀히 따지자면 저기 있는 사디크의 힘이었다. 그 힘을 빌려서 평소에는 쓸 수 없던 고위 마법들을 닥치는 대로 난사했던 것이다.

그런데 사디크가 여기 강림하면……. 힘을 뺏기는 건 물론이고 방금 했던 일들까지…….

-주, 주인님. 어떡하죠?

흑흑이는 으쓱했던 어깨를 내리고 태현을 보며 물었다.

"흑흑아."

-네?

"거인 잡는 건 좋은데 경험치 공유하게 같이 잡았어야지."

-지금 그걸 말할 때가……?!

"뭐, 사디크 강림하는 건 솔직히 안 될걸. 걱정할 필요 없다."

-네? 정말입니까?

"그래."

"무슨 헛소리냐! 이제 곧 강림하신다."

"아. 예. 그러시겠죠."

카르바노그가 말해준 덕분에 태현은 안심하고 있었다.

꿈틀- 콰아아아아앙!

[사디크의 힘이 더욱더 강해집니다.]

[신성력을 받아들이고…… 사디크가 강림합니다!]

귀를 찢을 굉음과 함께, 화염의 알이 터져 나가고 안에 있던 거대한 화염이 쏟아져 나왔다.

그리고 그 화염이 거대한 거인의 형체를 이루었다. 거인족보다 두 배는 커다란 모습이었다.

사디크 성기사단장은 의기양양해져서 외쳤다.

"봐라! 김태현 백작! 사디크 님이 오셨다!"

태현은 당황했다. 안 된다며?

[카르바노그가 당황해합니다.]

야……!

태현은 카르바노그를 저주했다. 이런 원수 같은 신을 봤나!

불의 거인은 천천히 입을 열었다.

-나는…… 사디크다…….

"오오! 사디크 님! 저놈이 사디크 님을 욕보이고 사디크 님
의 교단을 무너뜨리고 사디크 님의 권능을 훔쳐갔습니다! 분
노의 불로 태워 버리십시오!"

'젠장.'

-나는…… 사디크다…….

-나는…… 사디크다…….

"……고장 났나?"

태현은 중얼거렸다. 그 말에 성기사단장이 격렬하게 반응
했다.

"어디서 건방지게 감히!!"

"아니, 고장 난 거 같은데?"

-나는…… 사디크다…….

[강력한 사디크의 힘을 알맞지 않은 그릇이 받아서 그런 거 같

다고 카르바노그가 말합니다.]

'네 말은 이제 안 믿어.'

[카르바노그가 항의합니다. 한 번 정도는 틀릴 수 있다고……]

'애초에 강림이 실패했어야지, 왜 저렇게 나온 건데?'

[그릇으로 삼은 거인족의 육체가 워낙 튼튼하고 강해서 버티고 있는 것 같다고 카르바노그가 추측합니다.]

'이걸 믿어도 되나?'
태현은 떨떠름했지만 안 믿을 수는 없었다. 여기서 카르바노그만큼 신과 신성력과 강림에 대해 잘 아는 사람, 아니, 신도 없었으니까.
'그러면 어떻게 해야 하지?'

[카르바노그는 모르는 척합니다.]

태현은 울컥했지만 참았다. 실체도 형체도 없는 신한테 화내서 뭐 하겠는가. 일단 완전하게 소환된 게 아니어서 다행이긴 했다. 완전하게 소환됐으면 바로 태현 일행부터 태워 죽였을 테니까.

그렇지만 저 불완전한 화신도 위협적인 건 마찬가지였다.

'잡아야 하나? 잡을 수 있을까?'

잡을 수 있는 수준인지를 떠나서 지금 상태가 멀쩡해 보이지 않은데 괜히 먼저 공격하는 게 좋은 선택인지 갈등이 됐다.

"저놈을 죽여주십시오, 사디크 님!"

-나는…… 사디크다…….

"사디크 님! 제 말을 들어주십시오! 당신을 믿는 제 말을!"

화르륵!

성기사단장의 몸에서 사디크의 화염이 솟구쳤다.

-화염…… 내 신자면…… 믿어줄 만한…….

그 간절한 태도에 사디크의 화신이 고개를 돌려 태현을 쳐다보았다. 활활 타오르는 눈동자 없는 시선이 오싹했다. 태현은 그 시선을 피하지 않았다. 오히려 마주 보고 외쳤다.

"저놈을 죽여주십시오, 사디크 님!"

사디크 성기사단장은 무슨 소리를 하냐는 듯이 태현을 쳐다보았다. 저 백작 놈이 미쳤나? 사디크의 화신이 그의 말을 들어줄 리가…….

화르륵!

태현의 몸에서도 사디크의 화염이 솟구쳤다. 그뿐만이 아니었다. 흑흑이도 위엄 넘치게 사디크의 화염을 뿜으며 태현의 옆에 섰다.

딱 봐도 겉모습만 보면 태현이 한 수 위!

"이, 이, 이런 미친놈……."

사디크 성기사단장은 입을 다물지 못했다.

"설마…… 사디크 님…… 저놈의 속임수에……."

-으음…… 화염…… 내 신자…… 저건 내 마수가 분명한데…….

"놈의 속임수입니다! 들어주십시오!"

그러나 사디크의 화신은 듣지 못했다. 이쯤 되자 사디크 성기사단장은 깨달았다. 뭔가 잘못됐다! 완전한 화신이 아니라 불완전한 화신이 소환된 것이다.

"대체 무슨 짓을 한 것이냐!"

-후후. 주인님께서는 네 수작을 이미 알아보고 계셨다! 멍청하기는!

기회를 잡은 흑흑이는 신이 나서 성기사단장을 비웃었다.

"말도 안 돼! 아무리 김태현 백작이라도……!"

사디크 성기사단장은 도저히 믿을 수가 없었다. 아무리 김태현이 사악하고 교활하고…… 하여튼 온갖 비열한 호칭은 다붙는 놈이었지만 이건 정말 말도 안 됐다.

대륙의 왕국들에서 멀리 떨어져 있는 곳에서, 아무도 찾을수 없는 깊숙한 성지에서 일을 진행했다.

김태현이 나타났을 때도 대부분의 의식은 진행된 상태!

뭘 방해하지도 않았다. 그런데 김태현이 이미 알고 있었다고? 그래서 막았다고?

"이걸 알고 있었을 리가……."

"다 알고 있었지!"

사실 모르고 있었지만 태현은 대충 분위기를 맞춰줬다.

덕분에 사디크 성기사단장은 절망했다.

"나는 저놈을 이길 수 없는 것인가! 오오! 사디크 님! 어찌하여 저런 악마를!"

"아니 진짜 악마는 따로 있는데 너무 심한 말 아니냐? 동종업계 종사자한테 이래도 돼?"

태현은 투덜거렸다. 악마 종족은 따로 있는데 누가 누구보고 악마래?

"사디크 님! 저놈을 빨리 죽여주십쇼! 여기 사디크 님의 귀여운 마수도 있습니다!"

-마수…… 그래…… 내 신자가 맞는 거 같다…….

[사디크의 불완전한 화신을 설득하는 데 성공합니다. 명성, 화술 스킬이 크게 오릅니다.]

태현은 사디크 성기사단장을 보고 손을 흔들었다.

잘 가!

"절대…… 절대 용서할 수 없다. 사디크 님! 이걸 보십시오!"

서걱!

사디크 성기사단장은 검을 뽑아 자신의 팔 하나를 잘라냈다.

화르륵!

-사디크의 인신 공양!

화끈한 스킬답게 사디크 성기사단장의 팔은 불타서 사라지고, 사디크 성기사단장의 몸을 강력한 화염이 덮었다.

오크 아저씨들은 흥미진진하게 팝콘을 뜯으며 구경했다.

"화술에서 밀리니까 퍼포먼스로 때우다니! 대단한데?"

"제법이야, 제법!"

일진일퇴의 공방! 사디크의 화신을 누가 더 확실하게 꼬드길 것인가! 거기에 서로의 목숨이 달려 있었다.

-으음…… 으음…….

[사디크의 불완전한 화신이 흔들립니다. 설득이 깨질 수 있습니다.]

위험한 상황! 저걸 설득하기 위해서는 성기사단장보다 더 화끈하게 바쳐야 하나?

태현은 고개를 돌려서 흑흑이를 쳐다보았다.

-주, 주인님. 설마 절 바치실 생각은…….

"아, 아니야. 그런 생각 안 했어."

-방금 말 더듬으신 것 같은데…….

태현은 다시 고개를 돌렸다. 아무리 그래도 흑흑이를 바칠 수는 없었다. 그건 너무 가성비 안 좋은 짓!

'그래. 나한테는 화술 스킬이 있다!'

판온 1에서는 판온 생활 전부를 쏟아부은 대장장이 스킬에 자부심을 가졌었다. 판온 2에서는 판온 생활 전부를 쏟아부은 화술 스킬에 자부심을 갖고 있는 태현이었다.

절대 저런 퍼포먼스로 때우려는 놈한테 질 수 없다!

-결정했다!

"오오! 사디크 님! 눈을 뜨신 겁니까!"

"사디크 님! 저 가짜의 쇼에 속지 마십쇼!"

-둘 다 태워 버리겠다……!

성기사단장도, 태현도 할 말을 잃었다. 이게 뭔 솔로몬 같은 소리?

"아, 아니. 사디크 님?"

"사디크 님! 눈을 뜨셔야 합니다!"

-둘 다 태우면…… 날 속인 놈도 확실하게 없앨 수 있다…….

"사디크 님의 충실한 종인 저까지 태우실 겁니까?"

-내 충실한 종이면…… 그 정도는 기쁘게 받아들일 것이다!

과연 악신은 악신! 물론 사디크 성기사단장의 구겨진 얼굴을 보니 기쁘게 받아들이는 것 같지는 않았다.

"사디크 님…… 다시 생각을……."

-너…… 수상하군…….

어떻게든 설득을 하려고 했다가 궁지에 몰려 버린 성기사단장!

'오호.'

상대가 알아서 무덤을 파주니 태현으로서는 기쁠 뿐이었다.

-내가…… 친히 태워준다는데…… 기쁘지 않느냐?

"아, 아니…… 그게 아니라……."

성기사단장은 태현을 노려보았다. 저 눈빛은…… 물귀신의 눈빛! 태현은 그 눈빛에 담긴 뜻을 예리하게 알아차렸다.

'저 자식이 물귀신처럼 같이 가려고 하는군!'

성기사단장이 궁지에 몰리면, '나는 죽어도 되니까 저 개 같은 김태현 놈도 같이 죽여주세요!!'라고 할 가능성이 매우 컸다.

'나 같아도 그러겠다.'

태현은 결국 입을 열었다. 일단 그건 막아야 했다.

"사디크 님! 둘 다 태우는 것보다 저희끼리 알아서 승부를 내게 해주십시오! 이긴 자가 진정 사디크 님을 믿는 자가 아니겠습니까?"

성기사단장은 반색했다. 태현이 꺼낸 말이긴 하지만, 일단 지금 사디크의 화신에게 불타는 것만 아니면 충분히 솔깃했던 것이다.

"위대하신 사디크 님께서 저희 같은 미천한 놈들에게 낭비하실 시간이 아깝습니다!"

-음…… 맞는 말이다…… 확실히 내게는 해야 할 사명이 있지…….

"?"

태현은 갑자기 불길해졌다. 무슨 사명?

"무슨 사명이시죠?"

-모든 왕국을 태우고…… 모든 교단을 태우는 것이지…… 오로지 내 화염만이 남을 것이다…….

성기사단장이 재빨리 태현을 가리키며 외쳤다.

"아탈리 왕국! 아탈리 왕국에 저놈의 영지가 있습니다!"

확실히 성기사단장은 많이 늘었다. 궁지에 몰리자 쑥쑥 오르는 화술 스킬! 태현은 가슴이 덜컥했지만, 다행히 사디크의 화신은 사디크의 화신이었다.

-내게…… 명령하지 마라…… 죽고 싶으냐?

"죄, 죄송합니다."

-내가 갈 곳은 정했다. 나는…… 에랑스 왕국으로 갈 것이다.

"왜…… 에랑스 왕국인지……."

-더러운 교단 놈들이…… 거기 많으니까…….

에랑스 왕국! 지금 중앙 대륙에서 가장 잘나가는 왕국!

당연히 다양한 교단 신전들이 우글거리며 힘을 뽐냈다. 사실 에랑스 왕국에서는 아키서스 교단이 별로 힘이 없었다. 오스턴 왕국이나 아탈리 왕국에서나 많이 퍼졌지…….

'음? 잠깐만.'

북동쪽으로는 잘츠 왕국, 동쪽으로는 쑤닝이 있는 오스턴 왕국, 동남쪽으로는 태현이 있는 아탈리 왕국…….

'무조건 오스턴 왕국으로 보내야 한다!'

잘하면 길드 동맹이 거의 다 먹은 오스턴 왕국에도 엿을 먹일 수 있다! 하지만 사디크 성기사단장처럼 명령하면 안 됐다. 저런 상대한테는 접근하는 방법이 따로 있었다.

단순히 화술 스킬만 높아서는 안 됐다. 마치 자기가 떠올린 것처럼, 은근하게 찔러 넣어야 하는 것!

"흠흠. 오스턴 왕국에 그렇게 사디크 교단을 핍박한 교단 놈들이 많다던데. 정말 나쁜 놈들인데, 어떻게 표현할 방법이 없네. 직접 말하기도 그렇고……."

  은근슬쩍 혼잣말하듯이 중얼거리는 태현! 물론 아주 큰 목
소리로 말해서 사디크의 화신에게 들리도록 말했다.

  -뭐라고…… 그게 어떤 놈들이냐?

  "아키서스 놈들입니다!"

  "저…… 저 뻔뻔한……."

  자기가 아키서스 교단 수장이면서!

  결국 성기사단장은 뒷목을 잡았다.

  [성기사단장이 극도의 분노로 상태 이상 <졸도>에 걸립니다. 화
술로 상대를 졸도시키는 건 화술의 신이나 할 수 있는 일입니다.]

  [칭호: 촌철살인을 얻습니다.]

  [스킬 <촌철살인>을 얻습니다.]

  <촌철살인>

  상대방에게 극심한 모욕을 가해, 무조건적인 상태 이상에 빠
뜨립니다.

  상대의 마법 저항 스탯과 상관없이 무조건 들어가는 강력
한 디버프 기술! 화술 스킬은 마법 스킬보다 공격력은 떨어지
지만 이런 독특한 강점이 있는 스킬이었다.

  -좋다…… 에랑스 왕국, 오스턴 왕국 모두 태워주겠다. 오만
한 교단 놈들. 모두 내 분노의 화염을 맛보리라!!

콰아아아아아앙!

사디크의 몸에서 거대한 화염 기둥이 솟구치더니, 거인족 성소의 천장을 뚫고 하늘 높이 오르기 시작했다. 마치 사디크가 화염 기둥으로 변하기라도 한 것 같은 모습이었다.

"어?"

"어??"

일행은 당황한 소리를 냈다. 사디크의 화염 기둥이 점점 하늘로 솟구치더니 사라지기 시작한 것이다.

슈우우우욱-

사디크의 화신은 그대로 사라져 버렸다. 주변에 옮겨붙은 화염을 제외하고는 남긴 게 하나도 없었다. 남은 건 당황한 태현 일행과, 더 당황한 얼굴의 사디크 성기사단장!

설마 사디크의 화신이 정말 쿨하게 왕국을 태워 버리러 바로 떠날지는 몰랐던 성기사단장이었다. 그것도 자기를 내버려 두고!

스르륵-

태현 일행은 서로 말하지 않았는데도 빙 둘러쌌다. 서로의 마음이 일치했던 것이다.

보스 몬스터 하나를 날로 잡을 수 있는 기회다!

보스 몬스터를 왜 잡기 힘든가? 그건 보스 몬스터 자체가 강하기도 했지만, 보스 몬스터가 보통 위험하고 깨기 어려운 던전 깊숙한 곳에 부하들과 같이 있기 때문이었다.

그렇지만 던전도, 부하도 없는 보스 몬스터라면?

난이도가 확 하락했다. 게다가 여기 있는 태현 일행은 전원 랭커라고 봐도 좋았다.

사디크 성기사단장 하나 정도는 어떻게든 잡을 수 있다!

"잠…… 잠깐……."

"공격!!"

신이 난 태현은 바로 명령을 내렸다. 그것으로 사디크 성기사단장 레이드가 시작되었다.

파파파팍!

'안정적인 원거리 딜러 한 명만 있어도 확실히 편해지는군.'

사디크 성기사단장이 급소로 날아오는 화살을 피하느라 제대로 움직이지 못하는 걸 보며, 태현은 속으로 생각했다. 게다가 유지수는 장비도 상당히 좋아 보였다.

현질에 목숨 건 오크 아저씨들 사이에 있는데도 장비가 꿀리지 않고, 오히려 더 좋아 보인다는 건…….

현질!

'용돈을 많이 받나?'

태현은 고개를 갸웃거렸다. 그러면서 사디크 성기사단장을 팼다.

퍼퍼퍽! 퍼퍼퍼퍼퍽!

[사디크 성기사단장의 <사디크의 인신 공양> 스킬이 공격을 방어합니다.]

[성기사단장을 감싸는 사디크의 화염이 공격을 방어합니다. 사디크의 사악한 갑옷이 공격을……]

"으. 성기사 놈들은 하여간……."

한 번 때릴 때마다 직업, 장비, 스킬들이 튀어나와서 방어해 준다고 외쳐댔다. 진짜 방어력과 생명력 하나는 끈질긴 성기 사!

사디크 성기사단장은 그 성기사 중에서도 으뜸이니 그 단단 함은 뭐라고 말할 수 없었다.

'뭐 방해하는 놈들도 없을 테니 계속 두들겨 패다 보면 언젠 간 죽겠지.'

솔직히 갈르두에 비교하면 훨씬 상대하기 수월한 편이었다. 신성 스킬은 없었지만 무식한 HP 회복력을 가진 갈르두는 때 려도 때려도 계속해서 회복했었으니까.

그에 비해 사디크 성기사단장은 그 정도는 아니었다. 계속 해서 때리고 때리다 보면 스킬도 바닥이 날 것이고 언젠가는 최후가 온다!

'음. 그전에 토끼로 변신시키고 싶은데 빈틈을 안 보여주네.'

두들겨 맞으면서도 태현과 케인만큼은 확실하게 주시하고 있는 성기사단장이었다.

"으아아아아! 김태현! 절대 널 용서하지 않겠다!"

"지가 소환 잘못해 놓고 왜 나한테 저래?"

공격을 막아내던 사디크 성기사단장은 재빨리 시선을 돌렸 다. 일 대 다수의 싸움. 약한 고리부터 먼저 쳐서 쓰러뜨려야 했다. 그렇다면…….

멀리서 성가시게 구는 궁수! 궁수 직업은 방어력이 낮으니 먼저 쓰러뜨릴 수 있다!

화르륵!

아까 잘려 나간 사디크 성기사단장의 팔에서 사악한 형상의 화염 용이 나타났다.

-사디크의 화염 악룡 소환!

유지수는 아차 싶었다. 태현 일행을 포함해서 많은 인원이 사디크 성기사단장을 포위하고 있었는데, 내버려 두고 그녀를 공격할 줄이야!

'방심했어! 방심하면 안 됐는데……! 버틸 수 있을까?'

순간적으로 스쳐 지나가는 몇 가지 생각. 그때 이다비가 앞으로 달려 나왔다.

"으아아아!"

무식하게 몸으로 받아내는 이다비! 〈아키서스 비전의 성스러운 갑옷〉의 성능을 믿고 한 행동이었다.

[아키서스의 화신이 가까이 있습니다. 갑옷의 성능이 올라갑니다.]
[〈아키서스의 성스러운 힘〉이 공격을 흡수하고 HP를 회복시킵니다.]
[〈아키서스의 마법〉이……]

그러나 사디크 성기사단장이 쏘아 보낸 권능 스킬은 대단했다. 즉사는 피했어도 남아서 온갖 상태 이상을 남겼다.

[사디크의 화염 악룡이 <영원히 불태우는 화염> 저주를……]
[사디크의 화염 악룡이 강한 열로 갑옷을……]

이다비도 물러서지 않았다. 아직 갑옷에는 남은 스킬들이 있다!

-아키서스의 비전 가호! 아키서스의 비전 축복!

[<아키서스의 비전 가호>가 모든 상태 이상을 해제시킵니다!]
[<아키서스의 비전 가호>가 회복력을……]

"감, 감사합니다."
유지수는 얼떨떨한 표정으로 이다비에게 고맙다고 말했다.
"별거 아니에요."
"그래도 뭐라도 보답을……."
"골드면 괜찮아요!"
"아하하, 농담도 잘하시는…… 농담 아니에요?"
처음에는 농담하는 줄 알았지만, 이다비의 얼굴이 진지한 걸 보고 유지수는 당황했다. 농담이 아니었어?
"저는 골드를 가지고 농담하지 않아요!"

"앗, 네."

이다비의 박력에 유지수는 압도되었다. 회심의 공격이 막히자, 사디크 성기사단장은 다시 수세로 몰렸다.

쾅! 쾅!

"아, 아저씨들! 살살 팹시다! 갑옷 망가집니다!"

"야, 이 미친놈아! 지금 그거 신경 쓸 때냐!"

오크 아저씨들은 태현의 말에 기가 막혀서 따졌다. 보스 몬스터 잡을 때 그런 거 신경 쓰는 놈이 세상에 어디 있어!

아무리 사디크 성기사단장이 궁지에 몰려 있다고 하더라도 보스 몬스터는 보스 몬스터였다. 아차 하면 훅 갈 수 있는 것!

하지만 태현은 진지했다.

"갑옷 말고 얼굴을 때려요! 대미지도 더 들어가고 갑옷도 덜 망가지고!"

"네가 해봐 인마!"

"야, 태현이는 하라고 하면 진짜 하는 놈이잖아."

"아. 그랬지. 다시 말해야겠군. 우리가 너냐 인마!"

오크 아저씨들의 항의에 태현은 직접 나서기로 했다.

창 한 번만 찔러 넣으면 된다!

그렇지만 사디크 성기사단장은 철저했다.

"에잇! 이놈!"

퍼퍼퍼퍽! 퍼퍼퍽!

오크 아저씨들의 공격은 피하지도 않고 맞아주지만…….

-노예의 쇠…….

-사디크의 화염 분신! 사디크의 스킬 차단!

케인이 스킬을 쓰려고 하면 기를 쓰고 방해했다.

"으아악! 왜 나만!"

안일하게 쇠사슬 쓰려고 했다가 호되게 반격을 맞은 케인은 뒤로 물러섰다. 게다가 태현이 접근만 하면 성기사단장은 바로 거리를 벌렸다. 마치 술래잡기라도 하는 것처럼!

그러자 태현은 전략을 바꿨다.

"야, 이 겁쟁이 같은 놈아! 사디크 보기 부끄럽지도 않냐!"

-맞다, 맞아!

흑흑이는 신이 나서 추임새를 넣었다. 태현은 뭔가 이상한 걸 깨닫고 물었다.

-잠깐만. 흑흑아. 너 아까 잘 날아다니던데 왜 지금은 아무것도 안 하냐?

-주, 주인님. 그게…… 사디크의 화신이 떠나 버려서 그런지 힘이…….

-……그래. 알겠다.

-이건 제 잘못이 아닙니다!

-알겠어, 인마.

흑흑이의 변명이 귀찮았던 태현은 손을 흔들어서 입을 다물게 만들었다. 그리고는 손가락으로 성기사단장을 지목했다.

"모두들 저놈을 비웃읍시다!"

"응? 왜?"

"일단 하라니까 하지만……"

오크 아저씨들은 왜 해야 하는지 이해가 안 갔지만 일단 하라니까 했다. 그리고 매우 잘했다!

"이 토끼 같은 놈! 할 줄 아는 건 토끼는 거밖에 없냐!"

"사디크 신은 화염의 신이 아니라 도망의 신이었냐!"

부들부들!

별 같잖은 오크들한테까지 비웃음을 받자 사디크 성기사단장의 분노가 끓어오르기 시작했다.

'참아야 한다, 참아야 한다……'

-에베베베! 에베베베베!

"이 배신자 도마뱀 새끼가 진짜!"

참고 참던 사디크 성기사단장도 흑흑이의 도발에 폭발했다.

화르륵!

"빈틈 발견!"

"크아악!"

-사실 제게는 도발의 재능이 있었던 걸지도……

"그건 나중에 생각하자!"

태현은 아키서스 검술을 사용해서 대만불강검을 이리 찌르고 저리 찔러 넣었다.

푹! 푸욱! 푸우욱!

"태, 태현이 저놈. 갑옷을 피해서 찌르고 있어!"

"귀신 같은 놈!"

"역시 태현 님이에요!"

이다비는 감탄했다. 파워 워리어 길드원들이 저걸 보고 배워야 하는데! 상대방을 그냥 잡는 게 아니라 장비를 빗겨서 잡는 완벽한 사냥법 아닌가!

"절대…… 너희들은 그냥 둘 수 없다!"

성기사단장의 눈빛이 타오르자, 태현은 재빨리 손짓했다.

"전원 물러서!"

-사디크의 진노!

-아키서스의 축복!

거대한 화염 파도가 덮쳐오는 순간 태현은 바로 스킬을 사용해서 카운터를 쳤다.

[화신이 이끄는 사람들에게 일시적으로 행운을 공유해 줍니다. 사디크의 진노를 회피하는 데 성공합니다.]

"죽일 놈의 아키서스!"

"이제 그 정도는 너무 식상하다!"

성기사단장이 저주를 퍼부었지만 태현 일행은 흔들리지 않았다. 치고 빠지고, 치고 빠지고. 보스 몬스터 레이드의 정석! 중간중간에 성기사단장이 발악하듯이 강력한 광역기를 썼지만, 태현이나 오크 아저씨들은 막아내고 피해내는 데 성공했다.

'생각해 보니 이렇게 정석적으로 잡은 일이 별로 없는 거 같은데.'

"크…… 윽!"

쿵-

결국 마지막 일격을 맞고, 사디크 성기사단장은 앞으로 천천히 쓰러졌다.

[사디크 교단의 선봉장, 사디크 성기사단장이 쓰러졌습니다! 대륙을 불태우려던 사악한 교단, 사디크 교단의 마지막 간부진이 쓰러졌습니다. 이걸로 한동안 사디크 교단은 다시 나타나지 못할 겁니다.]

[대륙의 유일한 사디크 교단의 적통이 되었습니다. 사디크 교단의 부활을 선언할 수 있……]

'미쳤냐?'

안 그래도 아키서스 교단만으로도 다른 교단들이 노려보는데, 사디크 교단 부활을 외쳤다가는 당장에 옳다구나 하고 토벌군을 조직할 것이다.

[신성, 명성이 크게 오릅니다.]

[레벨 업 하셨습니다.]

[사디크의 신성 권능을 얻습니다.]

[아이템을……]

명성이 30,100, 악명이 22,160. 한때는 악명이 명성을 넘겼었는데 이제는 안심해도 될 것 같았다. 악명 스탯이 남들의 서너 배는 되지만 그걸 줄일 생각은 안 하고 명성을 더 올려서 커버하는 태현!

[신성 스탯이 10,000을 넘겼습니다.]

'앗. 뭐 또 주는군!'
태현은 바로 알아차렸다. 이건 뭔가 보상 메시지창!
두근두근!
'뭘 줄까? 광역기도 좋고 원거리 딜링 스킬도 좋고…… 저주 카운터 스킬도 좋겠지. 언령 스킬이 지금 너무 비효율적이니 보완해주는 MP 회복 스킬도…….'
상상의 나래를 펼치는 태현!

[현재 아키서스, 사디크, 카르바노그의 신성 권능을 사용하고 있습니다.]

살짝 불안해졌다. 그걸 지금 왜 다시 말해주지?

[이 중 하나의 신성 권능을 랜덤으로 얻습니다.]

'안 돼!!'

태현은 기겁했다. 하필이면 왜 랜덤이야!

'아, 아직 결정 난 건 아니니까⋯⋯.'

1순위는 아키서스, 2순위는 사디크. 아키서스는 이상한 스킬도 많았지만 강력한 스킬셋이 많았다. 무엇보다 태현의 권능 스킬들과 연계가 가능했다. 사디크는 악신이긴 해도 파괴력 하나는 화끈했고!

제일 피해야 하는 건 카르바노그!

〈토끼한테 먹이 주기〉, 〈토끼한테 맛있는 먹이 만들기〉, 〈토끼가 제일 좋아하는 미끼 만들기〉 같은 스킬이 나오면 태현은 돌아버릴 것이다.

[카르바노그가 항의합니다. 카르바노그의 권능도 좋은 것이 많다고 카르바노그가 말합니다.]

[카르바노그의 신성 권능을 얻습니다!]

'안 돼!!'

[〈카르바노그의 단검 제작〉을 얻었습니다.]

"⋯⋯어?"

전혀 예상하지 않았던 권능 스킬. 그것도 제작 관련 권능 스킬이었다.

'토끼 밥 주기 같은 거 나올 줄 알았는데……'

[카르바노그가 화를……]

'알겠어. 알겠어.'

그렇지만 태현은 안심하지 않았다. 카르바노그의 단검이 뭔지부터 알아야지!

<카르바노그의 단검 제작>

토끼 신 카르바노그의 축복을 받아, 카르바노그의 단검을 제작할 수 있습니다.

카르바노그의 단검:

내구력 ?/?, 물리 공격력 ?

토끼의 강함은 그 숫자에 있다.

(추가 옵션: 단검을 든 사람의 숫자가 주변에 많아질수록 단검의 공격력에 추가 버프.)

태현은 혹시 잘못 읽었나 싶어서 다시 한번 읽어보았다. 그러나 설명은 그대로였다. 내구력이나 물리 공격력은 직접 만들면 '?' 대신 제대로 된 숫자가 나올 테니 넘어가고, 설명과 옵션이……

'뭐 이런 옵션이 있나?'

한마디로 저걸 든 사람들이 많아질수록 강해진다는 것!

특이한 옵션이었고, 쓰기 애매한 옵션이었다.

'저런 식으로 나오는 거면…… 기본 공격력이 어마어마하게 낮을 것 같은데……'

태현은 금세 눈치를 챘다. 너무 좋아 보이는 옵션은 언제나 함정이 있었던 것이다.

[카르바노그가 우쭐합니다.]

'지금 우쭐할 때 아니거든.'

어떻게 써야 할지는 아직 잘 모르겠지만, 그래도 완전히 꽝은 아닌 것만으로 만족했다. 사디크의 신성 권능은 따로 얻었고, 또 장비까지 얻었으니까.

"태현아, 태현아!"

확인하던 태현을 깨운 건 오크 아저씨들의 목소리였다.

"슬슬 튀어야 하지 않냐? 소리가 점점 커지는데."

쾅쾅거리는 소리가 점점 커지고 있었다. 아까 밖에서 쳐들어온 거인들이 점점 안으로 들어오고 있는 것!

"예. 챙길 거 다 챙겼으니까 튀죠!"

에랑스 왕국. 대륙에 많은 왕국이 있었지만 가장 많은 플레이어들이 시작하는 데에는 이유가 있었다. 가장 잘나가는 왕국! 다양한 시설과, 아주 좋은 치안. 어떤 직업이든 간에 에랑스 왕국에서 시작하면 평균 이상은 갔다. 어떤 직업을 고르든 평균 이하로 가는 타이럼 시와는 반대!

그렇기에 에랑스 왕국의 플레이어들은 평화에 익숙해져 있었다. 게시판에 〈오스틴 왕국인데 여기 또 전쟁 퀘스트 떴어요!〉 같은 글이 올라와도 '그런가 보다', 게시판에 〈우르크 지역에서 개척 중인데 여기 10분 간격으로 몬스터들이 쳐들어와요!〉 같은 글이 와도 '그런가 보다!'

콰아아아앙!

그렇기에 갑자기 하늘에서 떨어진 화염 기둥을 보고, 플레이어들이 도망치지 않고 다가간 건 당연한 일이었다.

"어? 뭐야? 유성이야?"

"헉! 그러면 현철 같은 거 구할 수 있는 거 아니냐?"

"이런 날로 먹는 이벤트를 내가 직접 겪게 될 줄이야……! 역시 착하게 살면 복이 온다니까!"

웅성웅성!

유성이 떨어졌다는 소식이 퍼지자 주변 필드에 있던 플레이어들은 우르르 몰려들었다.

-나는…… 사디크다…….

"응?"

그 순간 중앙 대륙에 있던 모든 플레이어들에게 메시지창이 떴다.

[사디크의 화신이 중앙 대륙에 발을 디뎠습니다. 대륙의 모든 교단에 증오심을 가진 사디크의 화신은 모든 것을 태우기 전까지 멈추지 않을 것입니다.]

〈전설 등급 퀘스트-사디크의 화신을 토벌하라!〉
무한한 증오심을 가진 사디크의 화신은…….

동시에 사디크의 화신 토벌 퀘스트까지! 그제야 가까이 다가선 플레이어들은 저 유성의 정체를 깨달았다.

"잠, 잠깐……."

"도망치자!"

-나는…… 사디크다!

화아아아아아악!

거대한 불의 거인이 몸을 일으키고, 주변을 화염의 파도로 뒤덮었다.

그것만으로 필드에 있던 플레이어들은 전원 전멸!

-일어나라…… 나의 부하들이여!

화르르륵!

불타는 대지에서 화염으로 지글거리며 타오르는 사디크의 마수들이 일어나기 시작했다. 1분도 되지 않아 대지에는 거대한 마수 군단이 완성되었다.

성 하나 정도는 그냥 짓밟을 수준!

-키키키킥, 사디크 님! 기다리고 있었습니다!

-캬하악! 모든 걸 태워 버리고 싶다! 모든 걸 태워 버리고 싶다!

-내 마수들…… 음…… 블랙 드래곤은 왜 없지…… 그보다 내 충실한 종인 사제들과 성기사들은…… 왜 보이지 않느냐…….

-키힉, 주인님. 사디크 교단의 사람들은 다른 교단들에게 토벌당해서 몰락했답니다.

-뭐…… 뭐라고……! 용서할 수 없다……!

-캬학, 아키서스 교단의 놈들이 가장 활약을 했답니다!

-용서할 수 없다……! 에랑스 왕국을 치려고 했는데…… 오스턴 왕국에 교훈을 내리고 가야겠다…….

-어떻게 하시겠습니까?

-성 몇 개를 태워서 놈들에게 교훈을 내리겠다…… 내게 저항하는 놈들에게는 오로지 화염이 있을진저!

쿵, 쿵-

사디크의 화신은 에랑스 왕국을 치기 전에 오스턴 왕국을 몇 대 때리고 가기로 결정했다. 아키서스 신앙이 퍼졌다는 이유만으로! 그리고 그때, 쑤닝은 역사적인 선언을 눈앞에 두고 있었다.

'오스턴 왕국의 국왕은 도망갔고, 이제 통일이 눈앞이다!'

아직 점령하지 못한 몇몇 길드들의 영지가 있었지만 시간문제였다. 가장 중요한 건, 가장 커다란 경쟁자인 오스턴 왕국의 국왕! 이 국왕만 처리하면 오스턴 왕국의 적은 거의 없다고 봐야 했다.

그런데 국왕이 길고 긴 공성전 끝에 결국 도망친 것이다.

계속해서 죽이고 죽여도 나타나는 길드 동맹의 어마어마한 숫자! 아무리 정예인 오스턴 왕국군도 이런 계속되는 공격에는 버틸 수가 없었다. 안 그래도 내전으로 숫자가 줄어 있던 왕국군은 그대로 무너져 내렸다.

'후후…… 완벽하게 통치해 주마. 일단 오스턴 왕국의 플레이어들의 마음을 얻고 다른 플레이어들도 끌어들여야 하니 한동안 세금은 최저한으로 내리고…… 좋아 좋아…….'

오랫동안 계획한, 오스턴 왕국 장기 집권 계획! 이제 그 계획을 시작할 시간이었다.

쑤닝은 멍청하지 않았다. 태현한테 털릴 때는 멍청하다는 말을 많이 듣긴 했지만, 그건 태현이 대단한 거였지 쑤닝이 멍청해서가 아니었다. 그리고 그 수많은 패배는 쑤닝을 성장시켰다. 끈기와 배짱, 결단력을 길러준 것이다.

'나는…… 승리했다!'

이번 오스턴 왕국 장기 집권 계획을 세운 것도 쑤닝이었다. 대부분의 길드 동맹 간부들은 오스턴 왕국을 점령하는 순간 바로 세금을 왕창 뜯어내길 원했다.

─왜 세금을 내립니까? 이러려고 점령한 건데!

─맞아. 쑤닝. 불평하는 놈들은 있어도 어차피 떠나지는 않을 거야. 왕국 한 번 고르면 바꾸기 힘들다는 거 알잖아.

-그뿐만이 아닙니다. 쑤닝 님. 오스턴 왕국을 점령하기 위해 쓴 돈이 어마어마합니다. 본전을 뽑으려면 세금을 올려야 합니다.

-시끄럽다. 너희들은 소탐대실도 모르냐! 아직 안정도 안 됐는데 세금을 뜯다가는 역풍을 맞을 수 있어! 오스턴 왕국 밖에 다른 길드들이 시퍼렇게 눈을 뜨고 있다는 걸 알아둬라. 언제든지 저놈들도 연합할 수 있다고!

쑤닝은 길드 동맹의 장점과 단점을 정확히 파악하고 있었다. 대형 길드들이 연합해서 만들어진 거대한 덩치! 단일 길드로는 아무도 따라올 수 없는 규모였고 덕분에 길드 동맹에게 덤비는 사람은 찾기 힘들었다.

새로 시작하는 중국 플레이어들은 대부분 길드 동맹에 가입했고, 다른 나라 플레이어들도 길드 동맹에 가입하기를 원했다. 문제는 이렇게 규모가 크다 보니, 일반 길드원들에게 돌아가는 혜택이 별로 없다는 것이었다.

골드 지원이나 아이템 지원? 그 많은 인원에게 다 했다가는 아무리 부잣집 아들인 쑤닝이라도 파산이었다.

사냥터나 던전 지원? 이것도 마찬가지였다. 워낙 사람이 많다 보니 일반 길드원들에게 다 제공을 해줬다가는 아무도 쓰지 못할 수 있었다. 결국 일반 길드원들은 길드 소속이라는 것말고는 거의 혜택이 없었다.

안에서 공을 세우거나, 고렙 플레이어가 되거나, 뛰어난 제작 직업 플레이어가 되거나……. 이런 식으로 눈에 띄어야 위로 올라갈 수 있었고 그래야 뭔가 받을 수 있었다.

불만이 쌓일 수밖에 없는 구조!

-길드 동맹, 길드 동맹 해서 가입했는데 너무 주는 거 없잖아?

-대신에 시키는 건 더럽게 많고…… 저번에 공성전에서 우리들한테 총알받이 시킨 거 기억하냐?

-세상에 자기들은 뒤에서 기다리고 저렙들을 앞으로 보내다니. 김태현도 그런 짓은 안 한다!

-어라? 그런가?

-그렇다니까. 김태현은 적이지만 정정당당한 플레이어잖아.

-그랬나? 처음 듣는 소리인데.

-아냐. 김태현은 의외로 정정당당하다고 들었어. 그리고 너희 들었니? 파워 워리어 길드는 가입만 해도 보상이…….

쑤닝은 이런 불만이 올라오고 있다는 걸 눈치채고 있었다. 지금은 길드 동맹이 잘나가니까 불만이 있어도 다들 꾹 참고 있지만, 이건 폭탄이었다. 이런 상황에서 오스턴 왕국을 통일 하고 바로 세금을 높게 때려 버리면?

오스턴 왕국 소속 플레이어들 중 가장 숫자가 많은 건 길드 동맹 플레이어였으니, 대부분의 세금을 내야 하는 일반 길드원 들이 격렬하게 반응할 것이다.

'절대 그렇게 가서는 안 되지. 일단은 먹이를 줘야 해.'

지금은 채찍이 아닌 당근을 줘야 할 때! 길드 동맹이 판온에서 최초로 왕국을 통일했다는 자부심으로 넘쳐날 때, 그때 세금을 확 내려주면서 일반 길드원들의 마음을 풀어줘야 했다. 세금은 나중에라도 천천히 올리면 됐으니까.

-그렇지만 쑤닝 님. 지금 들어가는 돈이…….
-걱정하지 마라. 다 생각이 있다.

지금 오스턴 왕국 정복전에 참가한 고렙 플레이어들에게 들어가는 골드, 용병 NPC들을 대거 고용하는 데 들어가는 골드, 각종 공성 병기를 사는데 들어가는 골드……. 이런 골드들만 해도 어마어마했다. 빨리 수입을 만들어야 했다.

-지금 오스턴 왕국의 도시와 성들을 점령하면서 나온 전리품들이 엄청나게 많다. 그걸 전부 아레네 시로 옮겨놨지. 이제 그걸 팔기 시작할 거다.

현금으로 바꾸는 경매장 사이트가 아니라, 게임 내에서 경매에 부칠 생각! 길드 동맹을 싫어하는 플레이어들도 평소에는 볼 수 없는 귀한 아이템들에는 눈독을 들일 수밖에 없었다. 분명 골드를 싸 들고 우르르 몰려들 것이다.

-오스턴 왕국의 통일과 함께 그걸 대대적으로 홍보하면 대륙 전체에서 플레이어들이 찾아올 거다.

-그렇군요! 일석이조겠습니다!

길드 동맹의 통일도 홍보하고 골드도 보충하고. 길드 간부들은 쑤닝의 생각에 감탄했다.

"들어라, 길드 동맹의 영광스러운 길드원들이여!"

쑤닝은 칼을 들고 성 앞에 섰다.

"우리는 계속해서 싸웠고 계속해서 승리했다! 우리가 오스턴 왕국을 통일하지 못할 거라고 한 사람들이 있었다. 아직까지 판온에서 왕국을 손에 넣은 사람들은 아무도 없었으니까! 봐라! 오스턴 왕국의 수도가 우리 손에 들어왔다!"

"와아아아아아아아아아아!"

성 앞의 평원의 서쪽에서 동쪽까지, 전부 다 길드 동맹의 길드원들로 채워져 있었다. 어마어마한 숫자의 장관!

"나는 오늘 여기서 선언한다. 우리가 승리했다고! 오스턴 왕국은 우리의 것……"

길드 동맹이 최초로 왕국을 영지로 갖는 데에 성공했다!

이 사실은 한동안 판온을 뒤흔들 것이다. 던전 공략 대회의 인기도 묻힐 정도로.

[사디크의 화신이 중앙 대륙에 발을 디뎠습니다. 대륙의 모든 교단에 증오심을 가진 사디크의 화신은 모든 것을 태우기 전까지 멈추지 않을 것입니다.]

〈전설 등급 퀘스트-사디크의 화신을 토벌하라!〉

무한한 증오심을 가진 사디크의 화신은…….

"??"

그때 평원에 있던 모두에게 뜬 메시지창! 순식간에 평원은 웅성거리는 소리로 시끄러워지기 시작했다.

"크흠, 크흠! 조용히!"

쑤닝의 말에 이게 뭐냐고 웅성거리던 플레이어들은 다시 입을 다물었다.

"갑자기 퀘스트가 뜨긴 떴지만 그건 중요하지 않다. 그건 나중에 생각해도 된다! 지금 중요한 건 우리가 오스턴 왕국을 통일했다는……."

슬슬 길어지자 길드원들은 하품을 하기 시작했다. 마치 교장 선생님의 훈화 말씀 같은 지루함!

-쑤닝 님. 쑤닝 님!

-뭐냐? 지금 연설하는데! 다들 열심히 듣고 있는 게 안 보이냐!

-큰일 났습니다! 아레네 시가, 아레네 시가……!

CHAPTER 4

통일 전, 길드 동맹의 핵심 도시였던 아레네 시!

영지 가장 안쪽에 있는 데다가 길드 동맹의 고렙 플레이어들이 다수 배치되어 있어, 길고 긴 오스턴 왕국 공방전 도중에도 공격받은 적이 없었다. 그렇기에 가장 안전한 아레네 시에 귀중한 전리품들을 모두 쌓아놓은 건 당연한 일이었다.

"어? 저기 뭐냐?"

"야, 저기 봐봐. 뭔가 커다란데?"

도시 앞에서 재료를 수집하던 플레이어들은 저 멀리 나타난 사디크의 거대 마수 군단을 보고 고개를 갸웃거렸다.

공격을 받아본 적 없기에 심각함을 바로 못 깨달은 그들!

"다가오는데……?"

"잠, 잠깐. 너무 많잖아? 뭐야?"

몇 마리가 아니라, 수평선을 빼곡히 채울 정도로 많은 마수 군단들! 그 사이에 거대한 불의 거인인 사디크의 화신이 있었다.

"여기로 온다!"

"다른 사람들 불러!"

땡땡땡땡땡-

아레네 시에는 비상이 걸렸다. 도시 NPC는 물론이고 고렙 플레이어와 랭커들에게 다급하게 연락이 들어갔다.

-지금 아레네 시 기습당함! 비상! 최대한 빨리 와주세요!

-그게 뭔 미친 소리야?!

아레네 시는 영지 가장 안쪽. 다른 도시나 성이 공격당하지 않았는데 바로 아레네 시가 공격당하다니.

그건 말도 안 된다! 그러나 그 말도 안 되는 일이 일어나고 있었다.

-나는…… 사디크다……!

화아아아아악!

사디크의 화신이 뒤로 몸을 젖히고, 앞으로 거대한 화염을 토해냈다. 마치 드래곤 브레스 같은 웅장한 화염이었다.

"으아아아아아아아악!"

"방, 방어막을……."

사제와 마법사, 성기사 등이 재빨리 방어막 스킬들을 사용 했지만 아무 의미가 없었다. 그대로 전멸!

-크하하…… 속이…… 시원하군…… 감히 내 교단을 핍박

하다니…….

바로 성문이 뚫려 버리고, 사디크는 마수 군단을 이끌고 천천히 접근하기 시작했다.

"사디크의 화신이 나타난 곳은 여기서 엄청 먼 곳이었잖아! 사디크가 왜 여기서 나와!"

"그, 그렇게 말해봤자 저도 모르는 일이라……."

도시 안에 남은 길드원들은 어떻게 해야 할지 몰라 지켜만 보고 있었다. 원래라면 목숨을 걸고 덤벼야 하지만, 그러기에는 사디크의 화신은 너무 강해 보였던 것이다.

-눈에 띄는 건 전부 태워라…… 내 분노를 보여주어라…….

-캬하학! 알겠습니다!

사디크의 화신이 명령하자, 거대한 마수 군단들은 도시 내에서 날뛰기 시작했다.

점프는 기본이고…… 체조에 뒹굴기까지!

"아이고 저 미친놈들이 내 창고에서! 안 돼!"

길드 동맹 재봉사가 울먹이며 소리쳤다. 안 그래도 귀한 옷감인데 그게 다 불타고 있었다.

화르륵!

불타는 마수 군단이 지나갈 때마다 재앙이 펼쳐졌다.

-저 창고는 뭐냐…… 뭔가…… 힘이 느껴지는데…….

전리품 창고는 몇 겹으로 방어를 강화시킨 덕분에, 어지간한 도적은 접근만 해도 죽일 수 있었다. 그러나 사디크의 화신에게는 우스울 뿐!

-태워주마……!

"안 돼!!"

"막아!! 막아야 해!!"

이제까지 반응 중 가장 격렬한 반응! 숨어 있던 길드원들이 튀어나올 정도였다.

-반응을 보니…… 아주 좋은 게 분명하군…….

"사디크 님! 여기서 왜 이러시는 겁니까 대체!"

"네 원수는 김태현 아니냐!? 우리랑은 친해야 하는 거 아니냐고!"

머리 좀 돌아가는 길드원들은 어떻게든 사디크의 화신을 설득해 보려고 했다. 물론 멀쩡한 상태여도 설득이 힘든데 반쯤 맛이 간 화신은 더더욱 설득이 불가능했다.

-하하…… 어디서 아키서스의 잡놈들이 사기를…….

"누, 누가 아키서스를?"

"우리는 안 믿어!"

-나도 안 믿는다…… 거짓말하지 마라! 감히……!

화신의 눈빛이 타오르더니, 불꽃이 뿜어졌다.

동시에 전리품 창고도 불꽃에 휩싸였다. 수십만 골드가 그대로 날아가 버리는, 이다비가 봤다면 대성통곡을 했을 장면이었다.

-으하하하! 으하하하하하! 아키서스, 이게 내 힘이다.

속이 좀 풀렸는지 사디크의 화신은 몸을 돌렸다.

-가자…… 다른 교단 놈들을 불태우러!

-캬하학, 예! 주인님!

사디크의 화신은 왔을 때처럼 당당하게 떠났다. 채 10분도 도시에 있지 않았는데 도시는 반쯤 반파된 상태였다.

뒤늦게 달려온 랭커들은 감히 사디크의 화신에게 덤빌 엄두를 내지 못했다.

"이게, 이게 대체……."

"우린…… 망했다……."

잘 모르는 길드원들도 전리품 창고가 박살 난 게 얼마나 심각한 상황인지는 알고 있었다. 그들은 넋이 나간 얼굴로 주저앉았다.

-살, 살았다…….

-안 들켰어!

아레네 시의 탑 꼭대기. 조각상으로 변장하고 있던 날개 악마들은 안도의 한숨을 내쉬었다. 다행히 사디크의 화신이 그들은 불태우지 않고 떠난 것이다.

만약 탑을 공격하고 갔다면……. 악마에게 신성력은 치명적! 게다가 지금 그들은 무시무시한 폭탄을 껴안고 있는 상태였다.

-흑흑. 주인님은 언제 오시는 거지?

-설마 잊으신 건…….

-에, 에이. 설마 그럴 리가…….

날개 악마는 불길한 소리 하지 말라는 듯이 날개를 퍼덕였다. 설마 이렇게 공을 들여놓고 잊을 리가 있겠는가!

태현이 양심이 있다면!

-진짜 잊으신 걸지도…….

날개 악마들이 우울해하고 있었지만, 밖의 길드 동맹 길드원들과 비교할 수는 없었다. 슬픔과 좌절과 절망과…….

"으흐흐   그흑…… 웅그흑흑……."

"일, 일단 쑤닝 님에게 연락을 하자."

그들은 잿더미가 된 창고를 쳐다보며 쑤닝에게 연락을 했다.

휘청-

쑤닝은 앞에 수많은 길드원들이 있는 것도 잊고 비틀거렸다. 순간 다리가 풀린 것이다.

"쑤닝 님 왜 저러시지?"

"오래 서 있어서 그런 거 아냐?"

"그러니까 연설은 짧게 해야지. 솔직히 아까 건 좀 길었어. 그냥 우리가 이겼다! 하면 얼마나 좋아."

"맞아. 나 가서 해야 할 일일 퀘스트 많다고."

쑤닝은 떠드는 길드원들에게 화를 낼 생각도 들지 않았다.

대체 어떻게 이런 일이!

일단 쑤닝은 연설을 끝냈다.

"……오늘은 여기까지만 말하겠다!"

"와아아아아아아아아아!"

"쑤닝 님은 뭘 좀 아신다니까! 지루해지니까 바로 끝내는 거봐!"

쑤닝 속도 모르고 좋아하는 길드원들!

쑤닝은 바로 간부들을 불러서 비상 회의를 소집했다.

"이게 어떻게 된 일이냐고!"

"저희도 잘……."

"진짜 마른하늘에 날벼락 같은 일이었어."

"거기 있던 놈들은 다 뭐 했냐! 전부 다 머리 박고 죽으라고 해!"

"영상 보면 알겠지만 뭘 할 수 있는 상황이 아니었다고."

다른 길드 간부들의 변명에, 쑤닝은 혈압이 올라가는 걸 참으며 영상을 켰다. 사디크의 화신이 어마어마한 위력으로 도시를 휩쓸고 떠나는 모습이 그대로 나와 있었다.

'이 새끼는 대체 왜 아레네 시에 와서 이러는 건데!?'

좌절하던 쑤닝의 귀에 사디크의 화신이 한 말이 들어왔다.

-하하…… 어디서 아키서스의 잡놈들이 사기를…….

"?"

쑤닝은 고개를 들었다.

"얘가 왜 아키서스라고 하는 거냐?"

"글…… 글쎄요?"

목소리에 진하게 담긴 살기에, 다들 대답하기를 피했다.

잘못 대답했다가는 진짜 쑤닝에게 찔리겠다!

"오스턴 왕국에 아키서스 신앙이 많이 퍼져 있으니까……
그거 때문에 사디크의 화신이 분노한 거 아닐까 싶습니다만.
알다시피 사디크 교단은 김트…… 아니, 아키서스 교단한테 많
은 피해를 입었으니까……."

"김태현 그놈이 사주한 거다."

"예? 에이, 아무리 김태현이라도 이건 좀……."

"아니. 그놈이 사주한 거로 만드는 거다! 진실은 중요하지
않아!"

쑤닝도 솔직히 태현이 이걸 사주했을 거라고는 생각하지 않
았다. 그렇다고 보기에는 일의 규모가 너무 어마어마했던 것!

"이 일의 책임을 돌릴 놈이 필요해!"

그냥 재수 없어서 털린 거라면? 길드원들의 분노는 토해낼
곳이 없게 됐다. 자칫하면 '아니 길드는 뭐 했길래 저놈이 오는
데 가만히 있었대?'로 번질 수 있었다.

그렇지만 김태현이 한 짓이라면? 김태현 개××! 김태현을 죽
입시다! 김태현은 길드의 원수! 이런 식으로 분노를 몰아갈 수
있게 됐다.

"그, 그렇군요."

"하, 하긴. 아무리 김태현이라도 이런 일을 사주하진 못했겠
지. 신도 아닌데."

"맞아. 맞아."

그 순간 자리에 있던 모두의 머릿속에는 한 가지 생각이 스

쳐 지나갔다.

'설마 김태현 이 자식…… 아니겠지 설마…….'

"그런데 쑤닝 님."

"?"

"전리품 창고가 모조리 타버렸는데…… 골드는 어떡하죠?"

까득!

쑤닝은 이를 한 번 간 다음 피를 토하듯이 말했다.

"세금을…… 올려…… 어쩔 수 없지."

"알겠습니다!"

"괜찮아, 괜찮아. 쑤닝. 세금 좀 올려도 애들 안 떠난다니까."

"맞아요. 불평하는 놈들은 언제나 있다니까요. 세금 올려도 제깟 놈들이 어쩌겠어요?"

약해진 쑤닝의 귀에, 길드 간부들의 목소리가 스머들었다.

'그래…… 왕국을 먹었는데 세금 좀 올렸다고 크게 흔들리진 않겠지. 괜찮을 거야.'

쑤닝은 그렇게 스스로를 위로했다.

빠져나가려던 태현 일행은 거인족 무리와 마주쳤다.

밖에서 달려온 검은 외눈 거인 부족들!

-대전사가, 대전사가 죽었다!

-으아아! 우리는 이제 모두 망했다! 우리는 이제 모두 망했다!

밖에서 다른 거인들이 사납게 덤벼드는데, 믿을 만한 대전사와 전사들이 모조리 죽어버리다니. 거인족 무리는 절망해서 소리를 질러댔다.

"쟤네 상태 괜찮은 거냐?"

"안 괜찮으면 편하죠. 그냥 두고 가도 안 쫓아올 것 같은데……."

-우리만 죽을 수는 없다! 너희들도 죽어라!

"음. 역시……."

물귀신은 판온 몬스터들의 기본 소양!

"빨리 뚫고 갑시다. 시간 없으니까."

괜히 미적거렸다가는 쫓아온 거인족 무리에게 포위당할 수 있었다.

"잠깐!"

"?"

"내가 쟤들을 설득해 보겠다."

김태산은 진지한 목소리로 말했다. 그걸 본 태현은 이해가 안 가 물었다.

"주먹으로?"

"아니, 인마! 말로!"

"화술 스킬도 안 찍으셨을 텐데……."

"꼭 화술 스킬로만 설득이 되냐! 저 녀석들의 상황을 이해하고 딱 맞는 걸 제시해주면 화술 스킬이 낮아도 설득이 돼!"

태현은 이해가 안 갔지만 김태산이 한다니 내버려 두기로 했다. 그리고 뒤로 가 아저씨들에게 말했다.

"아저씨들. 아버지가 거인들에게 맞으면 공격 개시하죠."

"오케이. 알겠다."

"다 들린다 이 자식아!"

김태산은 투덜거리며 앞으로 나섰다. 태현이 설득하기도 전에 김부터 빼고 있었다.

"흠흠. 너희! 상황이 곤란한 것 같은데, 혹시 내 영지에 올 생각은 없냐?"

[<검은 외눈 거인 부족>을 영지에 초대합니다. 설득이 성공할 경우, 영지에 <검은 외눈 거인 부족>이 추가됩니다. 현재 영지에 다양한 종족들이 있습니다. 거인족은 충돌을 일으킬 수 있습니다.]

'정말로?'

태현은 깜짝 놀랐다. 설마 정말로 저 거인을 영지에 부르는 사람이 있을 줄이야! 그리고 그게 아버지일 줄이야!

'아무리 생각해도 마이너스인데……'

태현에게는 배가 고프다고 영지를 부수는 모습밖에 상상이 가질 않았다.

-너희 영지에? 너희 영지에?

"그래! 내 영지에 오면 밥 하나는 배부르게 먹여줄 수 있다."

-그런 솔깃한 제안이라니. 못 믿겠다!

-맞다, 맞아! 오크 인간처럼 교활하다. 우리 속지 않는다.

[화술 스킬이 낮습니다. 거인들이 당신을 믿지 않습니다.]

'크흑!'

김태산은 좌절했다. 화술 스킬이 낮아서 신뢰를 사지 못하다니.

-우리를 데려가서 죽이려는 걸지도 모른다!

-맞다, 맞아!

"아냐! 인마! 내가 그런 짓을⋯⋯."

-오크 화낸다! 더 수상하다!

뒤에서 태현이 비웃는 소리가 들려오는 것 같았다. 물론 태현은 가만히 있었지만! 김태산은 부들부들 떨었다. 그 순간 뒤에서 들려오는 외침!

"잠깐! 그 말 취소해라!"

바위를 영지로 옮기기 위해 떠났던 오크 아저씨와, 거인족 전사들! 그들이 돌아온 것이다.

-너희들! 어디 갔다 온 거냐! 너희들이 사라져서 대전사한테 우리만 혼났다!

거인들은 갑자기 사라진 동족에게 화를 냈다.

-맞다! 그리고 저 오크는 뭐냐! 왜 같이 다니는 거냐!

거인족 전사는 손을 흔들며 변명에 나섰다.

-친구들! 내 말을 들어라! 이 오크는⋯⋯ 대단한 요리사다! 이 오크가 먹은 요리는 정말 대단하다! 지금 생각해도 침이 줄줄 고인다!

말을 하면서 거인족 전사는 침을 질질 흘렸다. 그걸 본 다른 거인들도 침을 삼켰다. 대체 뭘 먹었길래?

-오크 통구이라도 먹었나?

"야!"

-아니다. 그건 정말…… 먹어봐야 안다! 그리고 이 오크 요리사는 우리를 위해 요리를 해주겠다고 한다!

'쟤네 대전사는 어떻게 됐는지 안 궁금하나?'

태현은 속으로 생각했다. 대전사가 죽은 건 어느새 잊어버리고 먹는 이야기만 하고 있는 거인들!

-오오. 그게 정말인가!

"그렇다. 내가 너희들한테 '요리'라는 걸 알려주마."

오만하게 외치는 오크 아저씨!

그걸 본 다른 아저씨들은 고개를 갸웃거렸다.

"쟤가…… 요리를 잘했나?"

"할 줄 아는 건 괴식 요리밖에 없…… 잠깐, 설마 그걸 먹인 건가? 미친 거 아냐?"

"목이 두 개라도 되냐?! 그거 먹고 거인 놈들이 탈주라도 했으면 어쩌려고 그래!"

다른 아저씨들의 항의에도 오크 아저씨는 꿋꿋했다.

"너희들이 맛을 모르니까 그래. 쟤네들은 맛잘알이라고."

"개소리하지 마! 그건 객관적으로 맛이 없어!"

"몸에 좋은 거 아니면 그걸 누가 먹겠어!"

쏟아지는 원성!

그러거나 말거나 거인족들은 심각하게 회의를 시작했다.

-정말 맛있는 걸 주는 건가?

-그렇다니까. 그런데 대전사는 어디 갔나?

-대전사는 죽었다.

-왜?!

-모른다. 그보다 지금 중요한 건 그게 아니다. 얼마나 맛있었나?

-음…… 비교하자면…….

거인족들은 꽤 오랫동안 회의를 한 다음 결정을 내렸다.

-좋다, 오크! 너를 믿고 따라가 보겠다!

-먹을 걸 얼마나 챙겨주나?

"아주 많이!"

-아주 좋다!

둘의 대화에는 서로 통하는 무언가가 있었다.

[<검은 외눈 거인 부족>을 영지에 초대하는 데 성공합니다.]

[<검은 외눈 거인 부족>은 언제나 배고파하는 탐욕스러운 거인족 부족입니다. 불만이 쌓일 경우 문제를 일으킬 수 있습니다.]

'잘 먹이면 되지!'

김태산은 자신 있었다. 솔직히 오크나 거인이나 크게 차이가 없어 보였던 것이다. 먹을 것만 잘 먹이면 대부분의 문제는 해결되는 단순한 놈들!

"하하하하!"

-으하하하!

검은 외눈 거인 부족들을 데리고, 태현 일행은 자이언 산맥을 빠져나와 우르크 지역으로 향했다. 움직이면서 태현은 이번에 얻은 보상들을 정리했다.

'카르바노그 권능 스킬부터 시작해서 사디크 권능과, 기사단장한테 얻은 아이템도 정리를 해야겠어.'

카르바노그의 권능인 카르바노그의 단검. 이걸 잘 쓰기 위해서는 성능이 쓰레기…… 아니, 안 좋은 아이템인 카르바노그의 단검을 들고 다닐 사람들이 많이 필요했다.

그렇다고 아무나 줄 수는 없었다. 판온 무기 중에서 단검은 쓰기 까다로운 무기였다. 사거리가 짧아서 이걸 보완해 줄 스킬이나 장비, 실력이 없으면 잘 쓰기 힘들었다.

초보자 때나 싼 맛에 쓰는 거지 그 이후에는 도적 계열 직업이 아니면 잘 안 썼다.

'흠. 아저씨들이 제격인데.'

태현은 탐나는 눈빛으로 오크 아저씨들을 쳐다보았다. 온갖 비싼 장비란 장비는 다 끼고 있어서 보통 튼튼한 게 아니었다. 어지간한 공격은 다 맞고 접근할 수 있을 것!

"단검? 무슨 단검이냐! 폼 안 나게!"

"맞아! 싸나이라면 대검이지!"

그러나 오크 아저씨들은 단칼에 제안을 거절했다.

태현은 그제야 잘못 생각했다는 걸 깨달았다. 이 카르바노그의 단검을 쓸 사람은 정말 아쉬운 사람들밖에 없다는 것을!

[카르바노그가 항의합니다.]

오크 아저씨들이야 이미 무기부터 시작해서 워낙 좋은 장비 세트를 갖고 있었으니 카르바노그의 단검을 들 리 없었다. 결국 이 단검을 들게 할 사람들은 쓸 만한 무기가 없는 사람들이란 건데…….

"왜 그렇게 보세요?"

이다비가 고개를 갸웃거리며 물었다.

"이런 아이템이 있는데 혹시…….”

태현은 카르바노그의 단검을 설명하기 시작했다. 설명을 들은 이다비가 미묘한 표정을 지었다.

"그야…… 저희 길드원들은 주면 기뻐서 받긴 하겠지만…….”

"하겠지만?"

"잘 쓸 수 있을까요? 단검 말고 나머지 장비는 다 안 좋을 텐데. 접근하다가 죽지 않을까요?"

이다비는 길드원들의 한계를 잘 알고 있었다. 장비는 물론이고 컨트롤도 솔직히 좋은 편이 아니었다. 있는 건 근성과 잔머리뿐!

파워 워리어 안에서 고렙 플레이어는 정말 소수였고, 대부분 나사 하나 빠진 것처럼 이상한 사람들이었다. 애초에 이상하지 않았다면 파워 워리어에 가입하지 않았을 것!

"으윽. 그것도 그렇긴 하네."

태현은 이다비의 말뜻을 바로 알아차렸다. 파워 워리어 길드원들에게 단검을 줘봤자 붙다가 죽을 일이 더 많을 것!

"그래도 일단 사람만 있으면 어떻게든 커버가 될 거야."

아키서스의 축복부터 시작해서, 단검을 든 사람을 접근시키는 방법은 다양했다. 장비가 없고 스탯이 낮다고 포기부터 할 필요는 없었다. 판온은 언제나 방법을 찾으면 나왔으니까.

"그러면 길드원들 중에 단검 써볼 사람 모집해 볼게요."

"모집한다고 모여?"

"태현 님이 모은다고 하면 저기서부터 여기까지 줄이 생길 걸요⋯⋯."

이다비는 중얼거렸다. 태현은 아직 파워 워리어 안에서의 인기를 모르고 있는 것 같았다. 파워 워리어 길드원들에게는 거의 당첨 복권 취급을 받는 태현!

-김태현하고 같이 다니기만 해도 퀘스트 몇십 개는 깨야 나올 보상이 굴러들어 온다!

-아는 길드원 형은 김태현 따라다녔다가 집을 샀다더라!

-그건 좀 무리수 아냐?

"그래. 그러면 부탁할게."

태현이 돌아가고 나자 유지수는 존경스러운 눈빛으로 이다비를 쳐다보았다.

뭔가 되게 대단해 보여!

태현과 동등하게 파트너처럼 일하는 이다비의 모습은 유지수에게 강한 인상을 주었다.

"저기, 어떻게 하면 그렇게 될 수 있는 거죠?"

"네?"

이다비는 고개를 갸웃거렸다. 유지수가 동경하는 눈빛으로 쳐다보고 있었다. 뭐 때문이지?

'앗. 파워 워리어 길마 때문인가?'

이다비는 그렇게 생각했다. 그거 아니라면 유지수 정도의 플레이어가 저렇게 동경의 눈빛을 보낼 이유가 없었으니까.

"철저한 골드 관리 덕분이죠!"

"?!"

"현실에서도 그렇지만 판온에서도 골드가 전부예요. 골드를 잘 관리할 수 있다면 길드를 잘 관리할 수 있는 거죠."

"어…… 네……."

유지수는 일단 들었다. 뭔지는 모르겠지만 이다비가 저렇게 진지하게 말하는 걸 보니 깊은 뜻이 있는 거겠지?

유지수가 진지하게 듣자 이다비도 신이 났다.

"제가 상인 직업을 고르게 된 건……."

유지수는 살짝 불안해졌다. 이야기가 언제까지 올라가는 거지? 그러나 이다비는 멈추지 않았다.

30분 정도 지났을까.

"……그래서 골드가 최고인 거예요."

"그, 그렇군요."

"골드는 힘! 골드가 있다면 원하는 모든 걸 할 수 있어요!"

"그…… 그렇지만 저는 돈을 함부로 쓰지 말라고 배웠는데요."

가정교육으로 돈 함부로 쓰지 말라는 소리를 어렸을 때부터 들은 유지수였다.

"함부로 쓰지 말라는 거지 분수에 맞게 쓰는 건 괜찮아요!"

"그렇군요……!"

그러는 사이 케인이 와서 태현에게 물었다.

"그런데 쟤는 왜 날 노려보는 거지? 내가 뭐 잘못했나?"

"응? 아. 네가 레드존 길마 때 깽판 친 것 때문에 널 싫어하는 거 아닐까?"

"그, 그거 엄청 예전 일이잖아! 그리고 난 반성했다고!"

케인은 억울하다는 듯이 외쳤다. 그게 언제 때 일인데!

게다가 그 뒤에 태현을 따라다니면서 겪은 일을 생각해 본다면…….

"원래 당한 놈 입장에서는 안 잊히는 법이지. 쯔쯔. 그러게 좀 착하게 살지 그랬어."

"네가 할 소리는 아닌데……!"

원한 만든 걸로 따지면 판온에서 압도적 1위인 태현이 저런 소리를 하니 웃기지도 않았다.

"그나저나 둘이 되게 친해졌네."

"뭐, 이다비야 착하니까 새로 온 유지수하고도 친하게 지낼 수 있겠지."

"난 둘이 친하게 지내지 않을 줄 알았는데."

"뭔 헛소리야?"

"아, 아니. 그냥 느낌이 그랬다고……."

"이상한 소리 하지 말고 저리 가서 칼이나 한 번 더 휘둘러. 그러고 보니 너 퀘스트 보상은 뭐 받았냐?"

이번에 아키서스 퀘스트를 먼저 받은 건 케인이었다. 당연히 사디크 성기사단장의 목을 땄으니 그만한 보상을 받았으리라!

"아, 그거!"

케인의 얼굴이 환해졌다. 보아하니 어지간히 좋은 보상을 받은 모양이었다.

"후후…… 보여줄까? 응? 보여줄까?"

"……."

"노, 노려보지 마. 그냥 좋아서 자랑한 건데……."

케인은 투덜거리면서 스킬을 꺼냈다.

노예의 재각성! 예전에 얻었던, 〈노예의 각성〉이라는 변신 스킬에서 한 번 더 사용할 수 있는 2차 스킬이었다.

두들겨 맞다가도 한 번 다시 회복할 수 있는 〈노예의 각성〉 스킬 같은 게 하나 더 생기다니.

끈질김에 끈질김을 더하는 보상!

'이 자식은 점점 더 성기사스러워지는군.'

사실 〈아키서스의 노예〉는 성기사와 비슷한 직업이긴 했다. 약간 변칙적인 스킬이 많긴 했지만…….

"어때, 어때? 좋아 보이지?"

"그래. 좋아 보인다."

케인이 좋아 보인다는 대답을 원하는 것 같아서 태현은 그렇게 해줬다.

"헉. 쟤 다시 나 노려보는데?"

"앞으로는 원한 쌓지 말고 착하게 살아라."

"크흑…… 억울해……! 그리고 생각해 보니 그때도 내가 털리지 않았냐?!"

태현은 대답하지 않고 외면했다.

사디크에게 선택받은 성기사단장의 갑옷:

내구력 680/840.

세트 착용 시 <사디크의 성기사단장>으로 변신함.

사디크 교단의 성기사단장은 젊었을 적 이 갑옷을 입고 사디크에게 선택받아 성기사단장이 되었다. 완전한 세트를 입을 경우 사디크에게 선택받은 성기사단장으로 변신한다. 사디크의 성기사단장으로 변신할 경우 다른 스킬은 사용할 수 없다.

사디크에게 선택 받은 성기사단장의 부츠:

내구력 200/320

세트 착용 시…….

'으음.'

태현은 떨떠름한 표정을 지었다. 사디크의 성기사단장에게서 뜯어낸 아이템이 생각보다 별로였던 것이다. 세트 아이템을 통째로 얻어내긴 했는데 성기사단장으로 변신이라니.

물론 사디크 성기사단장은 매우 강력한 직업이긴 했다. 그렇지만 지금까지 얻은 스킬들을 다 버리고 변신하기에는 계산이 안 맞았다.

'다 갈고 재료 추출해야 하나?'

태현은 일단 다른 아이템도 확인에 들어갔다.

사디크의 마수가 품고 있던 힘의 심장:

성기사단장이 사디크에게 바치기 위해 갖고 있던 마수의 심장이다. 보기만 해도 시커멓고 더러운 힘이 흘러나온다. 이 마수의 심장을 먹는 사람은 그 독기에 그대로 쓰러지리라. 복용 시 사망.

'이걸 어디에 써!'라는 소리가 나올 쓰레기 아이템 같아 보였지만, 〈비장의 몬스터 정수 만들기〉 스킬을 갖고 있는 태현에게는 이야기가 달랐다. 잘만 다루면 충분히 먹을 수 있다!

'잠깐. 근데 이건 무슨 마수지?'

무슨 마수인지 알아야 어느 상황에 쓸지 정할 수 있었다.

그렇지만 알 방법이 없었다.

'으음…… 일단 만들고 보자.'

[비장의 몬스터 정수 만들기 스킬을 사용합니다.]

[사디크의 마수가 품고 있던 힘의 심장을 사용합니다.]

[<사디크의 마수로 만든 몬스터 정수>가 완성됩니다.]
[중급 요리 스킬이 고급 요리 스킬로 변합니다.]

드디어 요리 스킬마저 고급을 찍은 태현! 물론 요리사 랭커들은 최고급 요리 스킬을 찍고 있었지만, 전문 요리사가 아닌 태현이 고급을 찍은 것도 대단한 일이었다. 보통 자기 직업이 아닌데 중급만 찍어도 이상한 놈, 희한한 놈 취급받는 게 보통!

[중급 향신료 뿌리기 스킬이 고급 향신료 뿌리기 스킬로 변합니다.]
[중급 재료 파악 스킬이……]
[중급 괴식 요리 스킬이 고급 괴식 요리 스킬로 변합니다.]
[칭호: 고급 요리사를 얻습니다. 고급 요리 스킬을 얻은 보상으로 비전 요리 스킬 중 하나를 랜덤으로 얻습니다.]

'랜덤이 싫어지려고 하는데……'
이제 랜덤, 무작위, 운, 이런 소리만 들어도 슬슬 겁부터 나는 태현이었다.

<독소 장착>
재료가 없어도 몸에서 독을 내뿜을 수 있습니다! 독 대미지를 많이 받을수록, 독을 많이 먹을수록 뿜어내는 독이 강해집니다.

'이런 미친……'

태현은 어이가 없었다. 이게 뭔…….

'굳이 활용하지 못할 건 없긴 한데……'

재료가 없어도 독을 내뿜을 수 있다는 건 사실 큰 장점은 아니었다. 그냥 미리 재료를 구해서 독을 만들고 갖고 다니면 되니까! 그게 크게 어려운 것도 아니었다. 게다가 태현은 <맹독 살포> 같은 독안개를 뿌리는 스킬도 이미 갖고 있었다. <독소 장착>의 장점은 즉석에서 만든다는 점보다, 자기가 독에 많이 다치고 많이 먹을수록 강해진다는 것에 있었다. 그렇지만……

'저거 써먹으려면 뭐 얼마나 먹어야 하는 거지?'

딱 봐도 어중간하게 먹었다가는 효과를 못 볼 것 같은 스킬! 태현은 한숨을 쉬고 가방에 손을 넣었다. 그리고 갖고 있던 독들을 꺼냈다.

꿀꺽-!

과연 독답게 한 모금 마시면 목에 화끈한 감각이 내달렸다.

[<붉은 얼음 독>을 마셨습니다. 일시적으로 HP, 이동 속도가 하락합니다.]

[<신성 권능> 스킬로 입는 대미지가 감소합니다.]

[<신성 권능> 스킬로 이동 속도 하락 저주를 이겨내는 데 성공합니다.]

[<아마난스 독>을 마셨……]

[<3단 명품 독>을 마셨……]

[카르바노그가 경악합니다!]

-주인이여. 내 위에서 뭔가 이상한 걸 마시는 것 같은데, 괜찮은 거 맞나?

태현이를 태우고 가던 용용이가 당황해서 물었다. 그의 등 위에서 뭔가 이상한 걸 요리하고 끓이더니, 이제는 뭔가 독기가 느껴지는 걸 마시고 있었다. 그렇지만 태현이 미친 사람도 아니고 독을 마시진 않겠지?

"괜찮아. 괜찮아."

-목소리가 이상하다. 주인이여.

[<독소 장착> 스킬이 오릅니다.]

[더 강력한 독을 만들 수 있습니다.]

'으윽…… 이제 사디크 권능이나 확인해 봐야지…….'

<사디크의 불완전한 화신 소환>

사디크의 화신을 대륙에 강림시키는 법을 배웁니다. 불행히도 이 소환은 완전하지 않아 사용할 수 없습니다. 억지로 소환했다가는 재앙이 강림할 것입니다.

〈아키서스 강림-아키서스의 화신 직업 퀘스트〉

신의 화신이 보여줄 수 있는 가장 강력한 힘은 신 그 자체다. 많은 교단들이 대륙에 다시 자신들의 신을 모셔오려고 했지만 성공하지 못했다. 자격이 없는 곳에는 신이 올 수도 없기 때문이다. 오로지 화신만이 일시적으로라도 신을 불러내고 담을 수 있다.

당신은 사디크 성기사단장이 불완전한 화신을 소환해 내는 것을 보고 많은 것을 배웠다. 자격이 되지 않는 사디크 성기사단장은 실패했지만 당신은 아니다. 대륙을 돌아다니며 제대로 된 방법을 찾아 아키서스를 강림시켜라.

보상: 스킬 〈아키서스 강림〉

퀘스트 등급: 전설.

전설 등급 퀘스트. 하긴, 보상만 봐도 퀘스트 등급이 납득이 됐다. 전설 직업의 직업 스킬 중에서도 가장 대단해 보이는 스킬이니…….

'사디크 성기사단장 잡으라고 뜬 건 이 퀘스트 받으라고 뜬 거였나.'

불완전한 사디크의 화신만 해도 그 위력이 대단했는데, 제대로 통제된 신의 힘은 어마어마할 것이다.

'그렇지만 문제는 역시 난이도지.'

딱 봐도 엄청 시간 잡아먹을 것 같은 퀘스트!

그러는 사이 퀘스트 창이 하나 더 나타났다.

퀘스트 이름부터 범상치 않은 퀘스트!

'충실하고 믿음직스러운 놈들이 있나?'

아무리 봐도 교단을 말아먹을 놈들밖에 안 보이는데……

〈충실하고 믿음직스러운 아키서스의 신도들-아키서스의 화신 직업 퀘스트〉

교단은 화신뿐만이 아니라 화신을 믿고 지지하는 신도들이 있어서 유지된다. 다시 신도들을 만나 그들이 아키서스에 대해 아는 것을 모조리 짜내어라. 거기에 길이 있을지도 모른다.

보상: ?, ??, ??

아키서스 교단 간부 NPC들이 뭔가 빼놓은 게 있다는 뜻!

전혀 놀랍지 않았다. 오히려 '그래, 이래야 아키서스 교단이지!' 싶을 정도!

-태현 님. 태현 님.

-?

-완성되었습니다!

-뭐가?

-영지의 투기장이요! 아키서스의 투기장이 완성되었습니다!

투기장! 태현은 가슴이 두근거리는 걸 느꼈다.

영지의 투기장. 이걸 얼마나 기다렸는가. 영지의 다른 건물들은 어쩔 수 없이 지은 건물들이었다.

기본적인 건 갖춰야 하니까, 아키서스 교단의 본거지니까,

그래서 지은 건물들! 그렇지만 투기장은 태현의 취향 때문에 고른 것이었다. 판온에서 가장 좋아하는 걸 묻는다면 역시 투기장! 남을 합법적으로 패고 다녀도 되는 곳! 온갖 변수와 온 갖 기발한 발상이 나오며, 목숨을 걸고 아슬아슬한 싸움을 즐기는 곳!

　게다가 아키서스의 투기장은 한 가지 장점이 있었다. 바로 태현이 영주로 있는 곳의 투기장이라는 점이었다.

　'아무도 날 출입불가 시킬 수 없다는 거지!'

　태현은 판온 1 때의 쓰라린 기억을 떠올렸다.

　"투기장에 입장하게 해줘."

　"예. 들어오시지요, 모험가님."

　"??"

　"쟤 뭐냐??"

　투기장에 들어가려고 준비하고 있던 다른 플레이어들은 대장장이를 보고 깜짝 놀랐다.

　잘못 왔나?

　"야. 대장장이나 상인들 있는 곳은 저기야. 저기서 파는 거고 여기는 들어가면 싸우는 곳이라고."

　"알아. 싸우러 온 거야."

　"뭐?!"

"대장장이로??"

필드에서 여럿이 파티를 맺고 싸우는 거라면 대장장이도 활약할 수 있었다. 장비에 버프를 걸어주고, HP나 힘, 체력 스탯은 나름 높은 편이니 버티거나 약한 몬스터 정도는 때려눕힐 수도 있었고 말이다.

그렇지만 여기 투기장은 개인전! 대장장이가 투기장에서 혼자 싸우겠다니. 다른 모든 플레이어들이 대장장이부터 노릴 것이다. 약한 자부터 노리는 게 투기장의 법칙이었으니까.

"왜, 대장장이는 하면 안 되냐?"

"……나, 나랑 같이하자!"

"나도 지금 들어간다!"

"저도! 저도 하게 해주십쇼!"

주변에 있던 플레이어들은 호다닥 손을 들었다. 태현과 같은 경기장에 들어가기 위해서였다. 경쟁이 치열한 투기장에서 태현 같은 대장장이는 날로 먹을 수 있는 상대였다.

무조건 내가 먹어야 한다!!

"하하. 녀석들. 내가 그렇게 좋냐?"

"좋아! 좋아!"

"너무 좋아!"

태현은 흐뭇한 표정으로 고개를 끄덕였다. 이때만 해도 태현을 모르는 사람들이 많았다. 그래서 이렇게 태현을 보고 꼬리를 흔드는 사람들도 나타났다.

"좋아. 얼마까지 낼 수 있지?"

"응?"

"뭐가 '응'이야. 나랑 같이 투기장에서 싸우고 싶다면서. 나도 상대를 고를 수 있지. 자. 얼마까지 낼 수 있지?"

"······1골드!"

서로 눈치를 보던 사람들. 한 명이 외치기 시작으로 경쟁이 시작되었다. 결국 주변에 있던 사람들은 다들 탈탈 털리고 나서 태현과 같이 입장할 수 있었다. 그리고 입장 후!

"크흐흐. 넌 죽었다."

"곧 죽을 놈에게 인사드립니다."

투기장 안으로 들어가자마자 본색을 드러내는 플레이어들!

골드도 뜯겼겠다, 태현에게 단단히 받아낼 생각이었다. 그러거나 말거나 태현은 묵묵히 주변에 무언가를 던져놨다.

둥둥둥―

"시작이다!"

시작 신호가 나오자마자 플레이어들은 사납게 태현에게 달려들었고······.

콰콰콰콰콰콰콰쾅!

전원이 폭발에 휩쓸려 나갔다.

"와. 이렇게 잘 풀릴지는 몰랐는데."

태현은 감탄했다. 서너 명 정도는 폭발을 피할 거라고 생각했다. 그래서 다음 준비를 하려고 했는데······. 놀랍게도 아무도 의심을 안 하고 태현에게 동시에 덤벼든 것!

'세상에 이런 호구들이 있다니.'

[투기장에서 우승하셨습니다!]

[시간 기록을 세웠습니다! 추가 보상을 받습니다!]

그 뒤로 태현은 몇 번이고 투기장을 더 돌았다. 처음에는 '운이겠지', '저번에는 감히 날 이겼겠다? 다시 해보자!', '이번에는 내가 해본다!' 하고 덤벼들던 플레이어들도 상황을 깨달았다. 저 미친 대장장이는 도저히 이길 수가 없는 것이다. 이건 운이 아니라…… 실력!

"응?"

그때부터였다. 태현만 보면 슬슬 줄이 사라진 것이.

'쟤랑은 같이 싸우고 싶지 않다!'

"아니, 애들아. 같이하자! 왜! 그렇게 재밌게 놀아놓고!"

시선 마주칠까 봐 조용히 눈을 까는 사람들! 보통 성질 더럽기로 유명한 투기장 플레이어들이 이런 반응을 보이는 건 정말 보기 드문 일이었다.

'하지만 영지의 투기장은 다르지.'

영주 권한으로 다른 사람들 모였을 때 끼는 게 가능!

태현은 신이 나서 투기장을 확인했다.

[아키서스의 투기장이 완성되었습니다.]

[신성, 명성이 크게 오릅니다.]

[투기장 관련 NPC들이 절망과 슬픔의 골짜기에 찾아올 수 있습니다.]

태현은 투기장의 특성을 확인했다.

각 투기장마다 특성이 있지 않은가.

과연 아키서스의 투기장은?

[아키서스의 투기장은 개인전과 팀전이 가능합니다. 안의 지형은 16가지로 입장할 때마다 달라집니다. 계속해서 연속 우승 시 연승 보너스가 들어오며, <아키서스의 축복을 받은 청동 상자>를 받을 수 있습니다.]

[<아키서스의 축복을 받은 청동 상자>를 받은 상태에서 계속해서 연속 우승 시 <아키서스의 축복을 받은 순은 상자>를 받을 수 있습니다. <아키서스의 축복을 받은 순은 상자>를 받은 상태에서 계속해서 연속 우승 시 <아키서스의 축복을 받은 순금 상자>를 받을 수 있습니다.]

'오오……!'

아키서스의 축복을 받은 청동 상자:

행운의 신인 아키서스가 축복을 내렸다는 건, 그만큼 당신이 바라는 게 들어 있을 가능성이 커졌다는 뜻입니다. 다른 투기장 상자와는 비교할 수도 없지요!

'오오오오오······!'

태현은 가슴이 두근거리는 걸 느꼈다. 이거 정말 좋아 보이는데!?

[아키서스의 투기장의 속성은 랜덤입니다.]
[입장 시 모든 스탯이 랜덤으로 정해집니다.]
[입장 시 모든 스킬이 랜덤······]

"······응?"

태현은 순간 당황했지만, 일단은 제정신을 차렸다. 다들 랜덤이라면 어떻게든 실력 좋은 놈이 유리하게 마련. 당황할 이유가 없었다.

[<아키서스의 화신>은 <아키서스의 투기장>에 입장할 수 없습니다.]
[카르바노그가 깔깔 웃습니다. 자기가 자기 투기장에 입장하는 화신이 어디 있냐고 카르바노그가 말합니다.]

"폭군 다미아노 2세는 내 아버지를 살해했다."

어둠 속에서 목소리가 들려왔다. 살기로 가득 찬 목소리였다.

"왕관에 대한 정당한 권리가 아버지에게 있는데도! 감히!"

다미아노 2세의 삼촌인 안토니오. 사디크 교단과 손을 잡고 다미아노 2세를 암살하려고 했으니 자업자득인 셈이었지만, 안토니오의 아들 도미닉 앞에서 그런 소리를 할 사람은 없었다.

"클클클…… 맞습니다. 주인님."

"주인님의 말이 진리입니다."

"지금 대륙에 사디크의 화신이 나타났다고 들었다. 이건 아버지가 내게 보내는 신호다. 비록 내가 사디크 교단을 믿지는 않지만……!"

지금 도미닉 앞에 있는 이들은 살라비안 교단이었다.

카르바노그가 경고를 줬던 바로 그 교단! 타락한 뱀파이어들로 이뤄진 사악한 교단이었다.

"오늘 밤 다미아노 2세가 이 별장에 들른다고 했다. 반드시 다미아노 2세를 죽여라! 그리고 내 정당한 왕관을 가지고 와라!"

"예! 주인님!"

[사디크의 마수가 나타났습니다.]
[마을 공성전 퀘스트에 참석하시겠습니까?]

도망, 도망!

에랑스 왕국에서 놀던 플레이어들은 마수가 나타나면 도망치기 바빴다. 대부분 이런 퀘스트를 깰 능력이 없는 저렙 플레이어들! 몬스터 무리라면 모를까, 사디크의 마수가 덤벼드는데 버티고 싸울 사람은 없었다.

"아. 망했네. 기껏 퀘스트 깼는데."

"너 두 개 깼잖아. 그거 갖고 뭘 망해. 난 여기서 일거리도 받아놨는데."

특히 제작 직업들에게 타격이 컸다. 자리를 잡고 NPC들과 친해지며 이득을 보는 제작 직업!

"이번에는 어디로 가지?"

"야, 우리 정착하기 전에 거기 한번 가보지 않을래?"

"?"

"절망과 슬픔의 골짜기……."

"거기 이상한 놈들만 있다던데."

"아냐, 요즘 거기 투기장이 엄청 재밌대."

"투기장 구경은 동영상으로 하고, 우리는 우리 거나 하자."

"투기장 구경이 아니라 직접 참가하자는 거야."

"뭐? 미쳤어?"

"거기 투기장은 들어갈 때 모든 게 랜덤이어서 우리도 할 만해! 게시판 보면 그런 일들 올라왔다고. 랭커도 재수 없으면 한 방이야!"

실제로 아키서스의 투기장에서는 온갖 죽창 사례가 일어나고 있었다.

[암살자 앨콧, 충격적인 패배! 굴욕 그 자체! 요리사한테지다!]
[상인 직업 야메탱커 투기장 2연속 우승! 비결은 '마음을 비우고 될 때까지 한다'!]

투기장에서 패배하면 사망 페널티는 없었지만 그래도 나름의 페널티가 붙었다. 골드도 내고 페널티도 각오해야 하는 게 투기장! 게다가 〈아키서스의 투기장〉은 랜덤 그 자체라 랭커도 쉽게 패배할 수 있었다.

얼핏 생각해 보면 랭커들은 이런 불합리한 투기장에 갈 이유가 없어 보였지만……. 그럼에도 불구하고 투기장에는 랭커들도 많이 보였다.

그 이유는 하나. 〈아키서스의 축복을 받은 청동 상자〉가 얼마나 대단한지 깨달았기 때문이었다. 운 좋게 처음으로 청동 상자를 받은 플레이어는 당당하게 사람들 앞에서 상자를 깠다. 그리고…….

[<오스턴 왕자의 잃어버린 장검>을 얻었습니다!]

"우와아아악! 이걸 찾고 있었는데! 진짜 나왔어!"

바로 대박을 뽑아낸 것!

고작 청동 상자에서 저 정도 대박이 나오다니.

거기에 자기가 원하는 아이템이 나올 가능성까지!

원하는 아이템을 찾아 생고생을 하던 랭커들의 눈이 돌아갈 수밖에 없었다.

-어차피 계속 랜덤이면 결국에는 실력 있는 사람이 유리할 수밖에 없다!

……라고 패배자 앨콧이 말했답니다.

-너 죽고 싶냐?!

-어허. 여기 김태현 영지다. 사고 치면 김태현이 와서 이놈 한다!

……이 개, 개…….

랭커들의 눈만 돌아간 게 아니었다. 고블린 만능 제작기 앞에서 줄 서 있던 사람들의 눈도 돌아갔다.

이제 영지 사람들은 두 갈래로 나뉘었다. 고블린 만능 제작기 앞에 서 있거나 투기장 앞에 줄 서 있거나!

그뿐만이 아니었다. 에랑스 왕국이나 오스턴 왕국에서 일하던 플레이어들도 소문을 듣고 영지에 찾아왔다.

영지도 박살 났겠다 투기장이나 해보자!

오스턴 왕국 세금 올랐는데 저기나 가볼까?

"크으윽…… 내 투기장인데 왜 내가 못 들어가는 거야……."

살기 넘치는 슬픔!

깡! 깡!

태현은 슬퍼하면서 망치를 휘둘렀다. 지금 그들은 우르크 영지에 도착해 있었다. 골짜기에 돌아가기 전에, 일단 빼돌려 놓은 바위는 챙겨 가야 하지 않겠는가.

깡! 깡! 깡!

'슬, 슬퍼하면서 망치질을 하고 있어.'

'태현이 저놈 진짜 무섭다!'

아저씨들은 경악한 얼굴로 거리를 벌렸다. 잘못 놀렸다가는 저 망치에 한 대 얻어맞을 것 같았던 것이다.

-음? 저 바위, 어디서 본 거 같다.

-맞다. 맞다. 낯이 익다.

영지에 새로 추가된 거인들은 고개를 갸웃거리며 지나갔다. 태현은 아무렇지도 않게 말했다.

"너희들의 기억력이 엄청나게 좋아서 그래. 하도 많은 바위들의 모양을 기억해서 비슷하다고 느끼는 거지. 세상에 비슷한 바위가 없겠어? 그러고 보니 저기 먹을 거 준비했다는데 가서 먹는 게 어때?"

-그런가?

-헤헤. 우리 기억력 좋다.

-배고프다. 먹으러 가자.

[너무 쉬운 설득이어서 화술 스킬이 오르지 않습니다.]

'쳇.'
설득을 마친 태현은 다시 돌아서서 작업에 몰두했다.

[<현철이 섞인 정체불명의 바위>를 두드립니다. 대장장이 기술 스킬이 낮습니다. 바위를 부술 때 파손이 있을 수 있습니다.]

'어쩔 수 없지.'
스킬이 낮을 때 손해는 감수해야 했다. 그래야 스킬이 늘었다. 물론 태현은 최대한 대비를 해놓았다.

-신의 예지!

[<아키서스의 보이지 않는 손>이 대장장이 기술 스킬에 보너스를 줍니다. <현철이 섞인 정체불명의 바위>를 완전하게 부수는 데 성공합니다!]

'휴.'
쓰라린 마음을 대장장이 기술로 달래는 태현. 그러나 지금 판온에는 태현 때문에 더 쓰라려하는 사람들이 많고 많았다.

"대형 몬스터 토벌 잘하는 용병단 NPC 고용해. 고렙 이상 플레이어들 모아서 토벌대 조직하고! 잠깐. 앨콧 어디 갔지? 왜 안 보여?"

"그, 그게 말입니다……."

쑤닝의 질문에 부하는 침을 삼켰다. 앨콧은 지금 〈절망과 슬픔의 골짜기〉에 가 있었던 것이다.

"왜 대답을 못 해?"

"그것이…… 그러니까……."

"……앨콧 이 자식 뭐 하고 있어?"

"투기장에 있습니다."

"투기장? 투기장에 있을 수도 있지."

쑤닝의 반응에 부하는 살짝 안도했다. 그래. 쑤닝 님도 이제 좀 관대해지셨지! 이 정도는 괜찮을 거야!

"김태현 영지네 투기장에……."

"뭐 이 개×끼야?!"

"히익!"

"아니 ××× ×××× ×××."

'아니' 다음부터는 욕설 필터링에 걸려서 제대로 들리지도 않을 수준!

"이 자식은 지금 이런 상황에 정신이 있는 거야 없는 거야! 당장 오라고 해!"

"그, 그것이……."

-앨콧 님. 지금 당장 오셔야 합니다. 저희 일손이 부족합니다!

-한, 한 판만 더 하고 갈게! 진짜 딱 한 판만!

-앨콧 님. 한 판 끝났습니다. 오셔야 합니다!

-진짜 마지막으로 한 판만!

-앨콧 님! 이제 진짜 오셔야 합니다!

-내 명예를 걸고 진짜 진짜 마지막으로…….

-야 이 인간아!!

앨콧은 전형적인 도박 중독자의 모습을 보여주고 있었다.

쑤닝은 분노해서 이를 갈았다.

'랭커 새끼들 관리를 해야지. 안 되겠어!'

길드 동맹의 덩치 자체는 커졌는데, 아직도 조직은 예전 연합 때처럼 따로 노는 느낌이 강했다. 특히 위치가 높은 랭커들은 더더욱 그랬다. 명령을 내려도 자기 멋대로 구는 일이 잦은 것!

"랭커들에게 전원 연락해라. 이번 일에 제대로 참가 안 하는 놈들은 길드 탈퇴까지 가능하다고."

"예? 그래도 되겠습니까?"

"랭커 놈들 콧대를 꺾어봐야지. 안 되겠어! 지들이 뭐 대단하다고. 그래봤자 김태현 놈 하나 못 잡고 빌빌대던 놈들이잖아!"

'그건 비교가 좀…….'

태현이 이상한 거지 랭커들이 이상한 게 아니었다.

"걱정 마라. 랭커 놈들은 자기들이 아쉬워서 절대 나가지 않을 테니까. 그놈들도 알아. 길드만큼 자기들을 지원해 주는 곳 찾기 힘들다는 걸. 욕심 많은 놈들이니까 튀어 오겠지. 당장 불러!"

현재 판온 게시판에서 화제는 크게 두 가지였다.

하나는 던전 대회! 곧 있을 본선 대회를 앞두고, 사람들은 온갖 이야기를 하고 있었다. 어떤 전략이 유행할 거라느니, 어떤 팀이 유행할 거라느니…….

'김태현 팀에 걸어도 되겠지? 아. 투기장 대회 때는 두둑하게 땄는데 불안하네.'

'근데 예선에서 이세연 팀이 1등 했잖아. 김태현이 PVP는 몰라도 던전 레이드는 좀 부족할지도 몰라.'

심지어 누가 이길지 예측하는 도박까지!

'무조건 김태현 님이 된다. 길드 활동비도 박았단 말이야! 지면 난 망해!'

그리고 다른 화제 하나는 사디크의 화신이었다. 플레이어들이 경험한 적 없는, 중앙 대륙의 왕국을 휩쓰는 대재앙! 사디크의 화신 본체는 물론이고 사디크의 화신이 부리는 마수 군단만 나타나도 도시나 성은 벌벌 떨었다.

-사디크 마수에 대해서…….
-사디크 화신 나타나면 어떻게 해야 하죠?
-사디크 마수 나타났을 때 교단 가입하면 살려주나요?
-사디크 교단 가입하고 싶은데 가입할 수 있을까요?
└그건 무리일 듯. 몇 번 해봤는데 마수들이 들은 척도 안 하더라. 가

입하려면 다른 곳에서 해야 할 듯?

현재 에랑스 왕국과 오스턴 왕국 국경 근처는 벌벌 떨고 있었다. 사디크의 화신이 어디로 올지 몰라서. 예외는 타이럼 시가 있는 잘츠 왕국 정도였다.

-하하 우리는 태울 것도 없고 길도 복잡해서 못 올걸?
-사디크의 화신도 타이럼 시는 거르는 거 봐라!
-너도 타이럼 시 해라. 두 번 해라.

그리고 위의 두 화제만큼은 아니지만, 태현 영지의 투기장도 있었다. 평소 투기장 모르던 사람들도 관심이 가게 만드는 화끈한 투기장!

쑤닝 입장에서는 기가 막혔다. 아무리 그래도 오스턴 왕국의 수도를 점령하고 왕국 통일을 거의 완성했는데, 이게 저 위의 소식들에게 묻힐 만한 소식인가?

'젠장. 사디크 정리하고 왕관 퀘스트 하면 괜찮아지겠지.'

오스턴 왕가의 왕관을 찾아서 쑤닝이 직접 쓰고 국왕임을 선포한다면, 이제까지보다 훨씬 파급력이 있을 것이다.

그러기 위해서는 일단 지금 문제를 해결해야 한다!

"사디크 놈을 해결하기 위한 방법을 짜내봐라! 사디크 교단의 약점이 뭐지? 뭐에 약했지?"

"어…… 아키서스 교단 아닙니까?"

"지금 어떤 새끼가 말했어!"

"히익!"

"용서해 주십쇼, 쑤닝 님!"

"으음. 이걸 어디에 써야 잘 썼다고 소문이 날까?"

태현은 쪼개진 현철이 섞인 바위를 용광로에 넣고 고민에 잠겼다.

-후욱, 후욱! 주인님…… 언제까지…….

옆에서 용광로에 힘을 불어넣는 흑흑이만 죽을 맛이었다.

[흑흑이가 사디크의 화염을 거대 오크식 용광로에 불어넣습니다. 거대 오크식 용광로의 힘이 더욱더 강해집니다!]

"캬. 저 검은 놈 신통하네."

"옛말에 검은 소가 일을 잘하냐, 누런 소가 일을 잘하냐 했었는데 검은 소가 일을 잘하는 거였어."

우르크 영지의 대장장이들은 감탄했다. 그들이 용광로의 화력을 올리려면 온갖 비싼 재료 아이템을 퍼부어야 했는데, 흑흑이는 혼자 힘으로 그걸 해내고 있었다.

과연 화염의 신 사디크의 마수!

[<쪼개진 현철이 섞인 정체불명의 바위>가 녹기 시작합니다. 재료가 분리됩니다! 대장장이 기술 스킬이 낮습니다. 완전히 녹지 않아 손해가 있습니다.]

[대장장이 기술 스킬이 오릅니다.]

'이걸로 단검을 만드는 건 너무 아까운데…… 뭘 만든다?'

태현은 <카르바노그의 단검>을 다시 확인했다. 영지에 오자마자 <카르바노그의 단검>을 만들어 본 태현이었다.

[뛰어난 대장장이가 만들어서 내구력이……]

[신의 예지 스킬로 내구력이……]

[높은 행운으로 내구력이……]

온갖 추가 버프가 붙었지만, 정작 결과물은 처참했다.

카르바노그의 단검:

내구력 300/300, 물리 공격력 1

토끼의 강함은 그 숫자에 있다.

(추가 옵션: 단검을 든 사람의 숫자가 많아질수록 단검의 공격력에 추가 버프.)

내구력만 높아지지 물리 공격력은 1인 것! 이걸 봤을 때 카르바노그의 단검은 아무리 좋은 재료로 만들어도 무조건 1로 고정되는 것 같았다.

'뭐 이런 쓰레기 아이템이…….'

[카르바노그가 항의합니다.]

그래도 태현은 시간이 날 때마다 카르바노그의 단검을 만들었다. 일단 많이 만들어봐야 나중에 뭐라도 하지 않겠는가.

[<쪼개진 현철이 섞인 정체불명의 바위>에서 오리하르콘이 분리되어 나옵니다.]

"어??"

태현은 깜짝 놀랐다. 현철이나 다른 금속을 기대하고 있었지, 오리하르콘은 기대하지도 않고 있었는데! 설마……!

[<쪼개진 현철이 섞인 정체불명의 바위>에서 최고급 화염석이 분리되어 나옵니다.]

[<쪼개진 현철이 섞인 정체불명의 바위>에서 최고급 강철이 분리되어 나옵니다.]

[<쪼개진 현철이 섞인 정체불명의 바위>에서 오리하르콘이 분리되어 나옵니다.]

또 나왔다!

계속해서 조금씩 나오는 오리하르콘. 태현은 오리하르콘 화살을 만들 수 있을지도 모른다는 사실에 가슴이 두근거렸다. 그러던 도중 강제로 보약을 먹던 케인이 도망쳐서 찾아왔다.

"야. 그런데 에랑스 왕국이랑 오스턴 왕국 쪽에 사디크의 화신이 날뛰고 있다던데…… 뭐 안 해도 되냐?"

"내가 왜? 내 일도 아닌데."

"죽어라, 다미아노 2세! 아버지의 원수!"

푸욱!

"크허억! 말도 안 되는……!"

도미닉과 살라비안 교단의 뱀파이어들은 다미아노 2세를 습격했다. 밤일수록 강해지는 뱀파이어들!

살라비안 교단의 비술로 강해진 타락한 뱀파이어들은 몇 안 되는 다미아노 2세의 호위를 쓰러뜨리고 다미아노 2세를 공격했다. 초대를 받고 조촐하게 나왔다가 함정에 빠진 다미아노 2세는 피투성이가 되어 쓰러졌다.

털썩-

"놈이 쓰러졌다!"

"주인님! 놈이 쓰러졌습니다!"

"왕궁으로 가자! 수도에 있는 병력들을 장악해라! 귀족, 기사들을 불러서 매혹시켜라! 내 명령을 듣지 않는 기사들은 죽여라!"

"예!"

"왕궁 수비대장, 아탈리 왕국 1군단장, 왕궁 수호기사단장을 찾아서 죽여라!"

아탈리 왕궁의 밤은 치열했다. 살라비안 교단의 뱀파이어들은 이리 뛰고 저리 뛰면서 중요 NPC들을 제압하고 처리했다.

"근위대장이 안 보입니다."

"뭐? 어디 간 거지? 찾아내라!"

뱀파이어에게 붙잡힌 귀족 하나가 사실을 털어놓았다.

"크윽…… 근위대는…… 국왕 폐하의 명령으로…… 김태현 백작의 영지에……."

저번에 다른 교단들이 태현을 공격할 때, 태현은 충신인 척하면서 아탈리 국왕에게서 근위대 병력을 뜯어냈다. 그걸 그대로 영지 수비에 갖다 놓은 것!

덕분에 아탈리 왕국 근위대는 이번 습격에서 벗어날 수 있었지만…….

"김태현 백작의 영지에 있답니다."

"흥. 됐다. 어차피 다 죽을 놈들인데. 도망쳐 봤자 죽음이라는 걸 알려주겠다."

도미닉은 혀를 차더니 말했다.

"날이 밝으면 아탈리 왕국에 새 국왕이 올랐다는 것을 온 세상에 알려라! 모든 영주들은 내 앞에 와서 충성 서약을 해야 할 것이다. 그렇지 않은 놈들은 모두 반역자다!"

[아탈리 왕국의 국왕, 다미아노 2세가 사망했습니다.]

"풉!"

[안토니오의 아들, 도미닉은 사악한 교단의 힘을 빌려 왕관을 썼습니다. 새 국왕 도미닉 1세는 각 영지의 영주들에게 소집 명령을 내렸습니다. 오지 않는 이들은 반역자로 낙인찍힐 것입니다.]

'갔다가는 죽겠군.'

안토니오를 잡은 게 누군가. 바로 태현이었다.

'아니…… 다미아노 2세는 뭘 했길래 이렇게 쉽게 죽어? 내가 경고까지 했는데. 기사들도 안 데리고 다녔나?'

다그닥, 다그닥-

저 멀리서 상처투성이의 전사 NPC 한 명이 달려왔다.

아탈리 왕국 근위대장이었다.

"으흑흑, 백작님!"

딱 봐도 골치 아플 것 같은 예감이 확 들었다. 태현은 모르는 척을 하려다 말았다. 얼굴을 바꾸기에는 이미 너무 늦었던 것!

〈국왕 폐하 만세!-아탈리 왕국 내전 퀘스트〉

사악하고 야심 찬 도미닉은 다미아노 2세를 살해하고 왕좌에 올랐다. 그러나 모든 귀족들이 도미닉의 편에 선 것은 아니다. 뜻 있는 귀족들은 도미닉의 지배에 저항하려고 한다.

이들과 힘을 합쳐 도미닉을 몰아내고 다미아노 2세의 원수를 갚아라!

보상: ?, ??

"백작님! 폐하의 원수를 갚아주십시오!"

"아니, 내가 뭔 힘으로?"

"다른 귀족분들은 이 사태에 분노하고 계실 겁니다!"

"내가 좀 바쁜데…… 분노하고 있다면 게네들이 알아서 해 주지 않을까?"

"백작님!!"

시큰둥한 태현의 태도에 근위대장은 바닥을 치며 꺼이꺼이 울기 시작했다. 텁수룩하게 수염을 기른 중년 전사가 바닥을 치며 우는 건 보기 좋은 모습이 아니었다.

"아니, 내가 안 하려고 하는 게 아니라…… 도미닉 그놈 보니까 왕궁도 장악하고 도와주는 놈도 있는 것 같던데 내가 병력이 있어야지."

"영지의 근위대원들은 모두 백작님을 따를 것입니다!"

'아차. 게네들이 있었지.'

하도 날로 먹은 병력이라 순간 잊고 있었다. 태현은 아차 싶었다.

'설마 게네들이 없어서 죽은 건 아니겠지? 에이…… 설마……'

물론 아니었지만, 태현 입장에서는 묘하게 찜찜했다.

설마 그런 나비효과가!

〈왕이여, 만수무강하소서-아탈리 왕국 국왕 퀘스트〉

도미닉의 학살로 다미아노 2세의 아탈리 왕가 핏줄은 모조리 끊겼다. 이에 각지에 있는 영주 귀족들은 야심에 차오르기 시작했다. 반역자 도미닉을 쓰러뜨릴 경우 누구든지 새 왕좌에 오를 수 있는 것이다.

아탈리 왕국의 정당한 귀족이라면 누구든지 이 퀘스트에 참가할 수 있다. 반역자를 처치하고 아탈리 왕국의 새로운 국왕이 되어라!

보상: 아탈리 왕국의 국왕.

판온에서 본 적이 없는, 보기 드문 국왕 퀘스트!

설마 이렇게 보게 될 거라고는 생각지도 못했었다.

'이건 정말…… 생각지도 못했는데……?'

에랑스 왕국이나 오스턴 왕국만큼 크지는 않지만, 아탈리 왕국도 나름 괜찮은 나라였다. 물론 각 영지를 갖고 있는 귀족들이 있으니 모든 걸 태현 마음대로 할 수는 없겠지만, 지금 〈절망과 슬픔의 골짜기〉 하나 있는 상황보다는 훨씬 나은 상황!

'아니지. 지금 김칫국부터 마시면 안 되는군.'

순간 솔깃했지만, 태현은 곧바로 정신을 차렸다. 지금 보니 다른 귀족들도 다 야심 차게 도미닉을 해치우고 자기가 왕위에 오를 생각인 것 같았다. 그렇게 된다면 병력이 거의 없는 태현보다는 군대에 기사단까지 데리고 있는 귀족들이 훨씬 유리했다.

'생각 좀 해보자. 내가 부릴 수 있는 병력이⋯⋯.'

영지에 있는 병력은 맥크레니 상단 용병, 아키서스 교단 성기사, 사디크 교단 성기사 등 정도가 전부였다. 대부분이 영지 주변을 지키고 치안을 관리하는 데에도 빠듯한 정도!

[현재 영지를 지키는 병력이 적습니다. 문제가 일어날 수 있습니다. 영지 주민들이 강력한 믿음을 가지고 있습니다. 문제가 일어날 확률이 줄어듭니다.]

[아키서스 교단의 본부가 영지에 있습니다. 문제가 일어날 확률이 줄어⋯⋯.]

[사디크 교단의 인원들이 영지에 있습니다. 문제가 일어날 확률이 줄어⋯⋯.]

사실 태현도 영주인 만큼, 마음만 먹으면 병력을 늘릴 수는 있었다. 군대를 소집하고 훈련시키고⋯⋯.

영주와 영주가 아닌 플레이어의 가장 큰 차이점은 바로 이것!

그렇지만 태현이 그러지 않은 이유는 필요하지 않았기 때문이었다. 군대는 소집하고 훈련하고 유지시키는 게 다 돈!

다른 영주들은 군대 없으면 치안이 개판 나고 민심이 하락하고 몬스터나 외부 공격까지 들어오니 눈물을 머금고 군대를 모으고 용병을 고용했지만⋯⋯. 태현은 그럴 필요가 없었다. 민심? 태현 영지의 민심은 판온에서 손꼽힐 정도로 높았다. 외부 공격? 태현은 언제나 외부에서 병력을 빌려서 영지에 박아놓았다.

아농 백작의 기사단부터 시작해서 이번에는 국왕의 근위대까지! 그렇기 때문에 태현은 군대를 만들기보다는, 아키서스 교단 NPC들을 늘리는 데에 주력했다. 게다가 이런 상황이 올 줄은 더더욱 몰랐으니까.

'음. 좋다 말았군. 괜히 있지도 않은 병력 데리고 꼬라박지 말고 버텨야겠다. 다른 귀족 NPC 놈들이 도미닉을 처리해주길 빌어야겠군.'

결정을 내린 태현은 근위대장을 보며 말했다.

"근위대장!"

"예! 백작님!"

"내가 바빠서 그런데 좀 기다려야 할 거 같군!"

"……백작니이이이임! 어허헝!"

태현은 마음만 먹으면 누가 눈물을 흘려도 무시할 수 있는 사람이었다. 옆에서 통곡하는 근위대장은 무시하고, 태현은 오리하르콘 추출에 집중했다. 화살 하나만 나오면 대박이다!

태현이 근위대장을 무시하고 있는 동안, 다른 사람들에게도 퀘스트가 떴다. 〈절망과 슬픔의 골짜기〉를 거점으로 하고 있는 모든 사람들에게!

〈김태현 백작을 왕으로!-아탈리 왕국 국왕 퀘스트〉

도미닉의 학살로 다미아노 2세의 아탈리 왕가 핏줄은 모조리 끊겼다. 정당한 귀족인 김태현 백작은 도미닉의 폭정을 끝내고 아탈리 왕국에 정의와 평화를 가져오려고 한다.

새로운 국왕이 될 수도 있는 김태현 백작을 도와 승리로 이끌어라! 만약 그렇게 될 경우 공을 세운 사람들에게는 막대한 보상이 있으리라.

보상: ?, ??, ??

투기장 앞에 길게 줄 서 있던 사람들은 모두 퀘스트를 보고 깜짝 놀랐다.

이건……! 대박의 예감!

"야, 봤냐?! 봤냐?!"

"당연히 봤지! 사람들 모으자!"

"아탈리 왕궁에 뭔 일 났다는 말은 들었는데 이거였어?!"

태현이 직접 진행하는(아니지만) 퀘스트에 참가할 수 있는 기회! 소식은 빠르게 퍼졌다. 투기장 하려고 기다리던 플레이어들은 냉큼 이 퀘스트를 수락했다. 언제 차례가 올지 모르는 투기장보다는 이 퀘스트가 훨씬 더 매력적이었다.

태현의 퀘스트에 참가할 수 있는 것은 물론이고, 보상마저 보통 퀘스트와는 비교가 안 됐다. 일반 플레이어들은 평소에 절대 손에 넣을 수 없는 기회!

-김태현, 왕국 퀘스트에 도전…….

-김태현이 하는 왕국 퀘스트 분석, 도미닉과 도미닉 군대!

-살라비안 교단이 뭐 하는 교단임? 가입하려고 했더니 피 빨려고 하던데?

-김태현 왕국 퀘스트 하려면 어떻게 해야 하죠? 영지 가서 거점만 바꾸면 되나요?

덕분에 태현의 영지에 오지 않던 플레이어들도 우르르 몰려와서 영지에 거점을 박기 시작했다.

이 퀘스트를 놓칠 수는 없어!

"됐다……! 크흑!"

-헥헥…… 주인님…… 저는 더 이제…….

[흑흑이의 브레스 스킬이 오릅니다.]

[흑흑이가 지쳐 쓰러집니다. 사디크의 마수를 쓰러질 때까지 부린 것으로 인해 아키서스 교단의 명성이 오릅니다.]

'응?'

뭔가 이상한 메시지창이 있는 것 같았지만 태현은 넘어갔다. 지금 중요한 건 그게 아니니까!

참새 눈물만큼 나오는 오리하르콘을 모아서 결국 화살 하나를 만드는 데 성공한 것이다.

작은 오리하르콘 화살(1):
오리하르콘 화살 하나를 통째로 못 만드는 사람이 머리를 굴려 작게 만든 화살. 그러나 그 창의성과 실력만큼은 대단하다고 할 수 있을 것이다.

'고급 대장장이 기술 스킬이 7까지 올랐군.'
최상위 대장장이 랭커들은 고급 대장장이 기술 스킬을 넘어, 최고급 대장장이 기술 스킬을 찍었다고 소문이 돌고 있었다. 어찌나 길드 쪽에서 아끼는지 찍고서도 제대로 된 정보를 공개하지 않을 정도!
이해는 갔다. 태현 같아도 상대 길드를 견제하려면 그런 대장장이부터 암살할 테니까. 암살하기도 쉽고 방해하기도 쉬운 목표!
'대장장이 기술을 최고급 찍고 싶긴 한데, 시간이 없군. 이런 바위 더 구할 수 없나?'
"태현이 이 녀석!"
"?"
"음흉하기는! 형님이 부러워 죽으려고 하시더라!"
오크 아저씨는 태현의 등짝을 철썩 치더니 가버렸다.
"태현 님. 이거 퀘스트 떴는데 받으면 되나요?"

이다비의 설명을 듣고 나서야 태현은 무슨 일이 일어나는지 알게 되었다. 그도 모르는 사이에 토벌대가 조직되고 있었던 것!

"아직 아냐! 뭔 토벌대야!"

"네?! 하시는 거 아니었어요?!"

"지금 상황이 저거 할 수 있는 상황이 아니잖아⋯⋯."

태현은 이다비를 어이없다는 듯이 쳐다보았다. 다른 멍청한 놈들, 케오⋯⋯ 은 그렇다 쳐도 객관적으로 판단을 할 이다비까지 저러다니!

"그런데 태현 님은 원래 불가능해 보이는 퀘스트도 했잖아요. 아니, 사실 불가능해 보이는 퀘스트들만 했던 것 같은데⋯⋯."

"그건 그렇지만⋯⋯."

반박하기 힘들게 사실로 때리는 이다비! 그렇지만 태현도 할 말은 있었다.

"내가 했던 퀘스트들은 무모해 보여도 다 계산이 있어서 했던 거라고. 아무 계산도 없이 하는 건 케인이나 하는 짓이지."

"응? 나 불렀어?"

지나가던 케인이 이름을 듣고 호다닥 달려왔다.

"야! 국왕 작위 퀘스트라니! 나 너무 기대된다. 뜨자마자 받았는⋯⋯ 컥! 왜!"

"그래. 이렇게. 그리고 이번 건 계산이 안 선단 말이야. 뭐가 있어야 퀘스트를 할 텐데⋯⋯ 근데 플레이어들 얼마나 모였어?"

말하던 태현은 궁금해져서 물었다. 이다비는 대답 대신 영지의 영상을 켜서 보여주었다.

-김태현! 김태현! 김태현!

-이용권! 이용권! 이용권!

-투기장! 투기장! 투기장!

각자 뭘 바라는지 너무 확실하게 느껴지는 외침!

"이 정도면 좀 적은데? 뭐 하기는 힘들 것 같다."

"아. 여기는 좁아서 이만큼만 있는 거고요, 다른 사람들은 다 도시 밖에서 서 있어요."

도시 밖에 모여 있는 사람들. 안에 있는 사람들의 수십 배는 되는 어마어마한 규모였다.

태현은 이 인원을 보는 순간 직감했다.

이건…… 될지도 몰라!

"좋아. 지금 당장 영지로 돌아간다!"

"와!"

와아아아! 와아, 와아!

"……잠깐. 뭔가 이상한 놈들이 있는데."

'와!'는 태현 일행이 한 소리였다. '와아아아!'는 유지수가 데리고 다니는 타이럼 사냥꾼들이 한 소리였고.

여기까지는 괜찮았다. 타이럼이 가족 같은 분위기의 훈훈한 도시였지만, 타이럼 사냥꾼들의 실력은 확실했으니까.

그렇지만 '와아, 와아!'는 누가 한 소리지?

정답은 바로 거인들이었다. 김태산을 따라온 거인 부족들은 대부분이 영지에 자리 잡았지만, 몇몇 전사들은 태현을 따라가겠다고 나선 것이다.

-너, 대전사 이겼다. 우리 강한 사람 좋아한다. 너 따라간다.

오크 아저씨들은 지나가면서 분함의 눈물을 흘렸다.

"크흑, 태현이 녀석. 거인들에게 인정을 받다니. 부럽다."

"우리는 아직도 인정 안 해주던데!"

'그딴 거 필요 없어……'

태현은 떨떠름한 눈으로 거인들을 쳐다보았다.

도움이 될까? 아니, 확실히 잘 쓰면 도움은 될 것 같은데…….

고민하던 태현은 결국 거인들을 받아들였다. 이런 대형 퀘스트에서는 손 하나가 아쉬웠기 때문이었다.

다다다다-

일행이 막 출발하려는데, 멀리서 한 무리의 파티가 나타났다.

-주인님! 뱀파이어입니다!

-주인이여, 뱀파이어다!

흑흑이와 용용이가 곧바로 반응했다. 나름 신을 모시는 신수와 마수인 둘에게 뱀파이어 같은 불결한 생물은 바로 알아차릴 수 있는 것!

도미닉을 도와주는 건 살라비안 교단, 그리고 살라비안 교단은 뱀파이어를 부린다고 했으니…….

"공격 준비! 암살자다!"

태현의 말에 일행은 재빨리 공격을 준비했다. 특히 타이럼 사냥꾼들은 신이 나서 화살부터 갈겼다.

-발싸! 발싸!!

-히히 화살 발싸!!

'저놈들은 못 본 사이 더 이상한 놈들이 됐군.'

태현은 못 본 척했다. 유지수도 못 본 척하고 있었다. 표정을 보아하니 마음고생이 심해 보였다.

동병상련! 아키서스 교단을 이끄는 태현 입장에서는 이해가 갔다.

"아야! 아얏! 쏘지 마! 쏘지 말라고! 나란 말이야!"

쏟아지는 화살을 막아내며, 뱀파이어가 비명을 질러댔다.

"뭐냐?"

-속임수다. 속임수. 우리 거인 똑똑하다. 저런 속임수에 속지 않는다.

거인들은 우쭐하며 말했다. 평소라면 듣지 않았겠지만, 태현은 그 말에 설득력을 느꼈다.

"확실히 속임수겠군. 뱀파이어는 사악하니까. 다시 공격!"

"야!! 김태현 이 나쁜 놈아!"

"저, 저 사악한 뱀파이어 봐. 내 이름까지 부르면서 수작을 부리는군. 다시 공격! 접근하지 못하게 해라!"

"저…… 태현 님. 저 사람 에반젤린 씨 아닌가요?"

이다비가 멀리 있던 뱀파이어의 얼굴을 알아보고 입을 열었다. 그 말을 들은 케인은 무릎을 쳤다.

"아, 어디서 많이 봤다 했더니!"

같은 대회에서 만나놓고 얼굴도 기억 못 하는 둘!

"중지! 잠깐. 그런데 에반젤린으로 위장한 뱀파이어일 수도 있잖아."

"그런 복잡한 계략을 쓰는 사람이 있을 리가…… 아니, 있긴 있네요. 태현 님밖에 없죠."

그사이 에반젤린은 천천히 걸어왔다. 눈빛에는 분노, 슬픔, 원망, 기타 등등이 복잡하게 담겨 있었다.

"너 일부러 그랬지……!"

"네가 암살자인 줄 알았다니까. 그런데 여기는 무슨 일로 왔냐?"

"살라비안 교단 퀘스트 때문에 왔어. 으. 화살 왜 이렇게 아파? 피 쭉쭉 깎였네."

"미안하게 됐어. 포션이라도 줄게."

"나도 포션은 있…… 아야! 야! 이거 성수잖아!!"

"아. 아키서스 교단에서 나온 거라 착각했다. 미안."

거의 태현을 찌를 눈빛! 에반젤린은 투덜거리며 말했다.

"살라비안 교단 때문에 도와주러 왔더니……."

"잠깐. 너도 뱀파이어인데 도와주러 왔다고? 진짜?"

이 자식은 무슨 속고만 살았나?

에반젤린은 그렇게 생각하다가 스스로 해답을 찾았다.

맨날 속이고만 살았으니 저렇지!

"확실히 맞는 말이야. 음음. 그렇게 당해놓고서도 그냥 왔을 리가 없다. 분명 무슨 속셈이 있는 게 분명해."

옆에서 케인이 추임새를 넣었다. 에반젤린은 한층 더 어이가 없어졌다. 다른 사람은 몰라도 케인이 그런 소리를 하면 안 되지!

"아니 어이가 없어서…… 그쪽이 그런 소리를 할 처지야?"

"내가 왜?"

"대회 끝나고 캐나다 선수들이 뭐라고 하는지 알아? 케인 선수는 뭐 김태현한테 약점 잡힌 거 있냐고 묻더라!"

"?!"

"내가 보기에 너는 스톡홀름 증후군 수준이야!"

"스…… 스톡 그게 뭔데?"

케인은 물었지만 뜻을 아는 다른 사람들은 모두 고개를 돌렸다.

에반젤린은 다시 입을 열었다. 지금 중요한 건 케인이 아니라 퀘스트였으니까.

"그리고 당연히 그냥 도와주러 온 게 아니지. 나도 내 퀘스트 깨러 온 거야. 살라비안 교단 막는 퀘스트."

그 말을 들은 태현은 다른 일행들과 수군거렸다.

물론 다 들리게!

"저 말 진짜 같냐?"

"진짜 아닐까요?"

"흥. 난 아닌 것 같은데."

-속임수 같다. 우리 거인 똑똑하다. 뱀파이어는 거짓말 잘하는 종족이다.

"다 들리거든!"

CHAPTER 5

자기가 받은 퀘스트창(원래는 파티를 하더라도 일일이 다 보여줄 필요는 없었다)까지 보여주고 나서야, 에반젤린은 첩자 의혹을 풀수 있었다.

'내가 어디 가서 이런 취급 안 받는데⋯⋯!'

실력이면 실력, 얼굴이면 얼굴, 게다가 이제 붙은 페널티 문제도 해결되었으니 더 이상 혼자 돌아다닐 필요도 없었다.

그러나 그런 거 따위는 전혀 신경 안 쓰는 게 태현 일행!

"자. 그러면 살라비안 교단에 대해서 아는 걸 자세히 설명해봐. 두괄식으로. 마지막에는 세 줄 요약 넣는 거 잊지 말고."

"맞아, 맞아!"

스르릉-

에반젤린은 대답 대신 무기를 뽑으려고 들었다. 내가 더러워서 그냥 싸우고 말지!

"잠깐. 저 사람은 누구야?"

"아. 지수라고 아는 동생."

"앗. 반가워요."

에반젤린은 반갑게 인사했지만 유지수는 경계심 가득한 눈빛으로 에반젤린을 쳐다보았다.

"내, 내가 뭐 잘못했나?"

"흠. 케인이랑 비슷한 반응을 보이는군. 찔리는 게 많은 인생을 살아왔니?"

"누가 할 소리를⋯⋯!"

"뱀파이어라서 무서운가 보지. 어쨌든 설명이나 해봐."

"나도 아는 게 그렇게 많지는 않아⋯⋯."

에반젤린이 말해준 살라비안 교단의 정보는 다음과 같았다. 악신 계열에, 사악한 힘을 받아들여서 일반 뱀파이어보다 몇 배로 더 강하고, 도미닉은 그 뱀파이어 교단의 꼭두각시 중 하나라며⋯⋯.

"그리고 아키서스 교단을 싫어해."

이번에는 태현이 입을 다물 차례!

"왜??"

"나도 몰라. 당한 게 많나 봐."

[카르바노그가 낄낄댑니다.]

"뭐⋯⋯ 상관없지. 도미닉도 이미 날 싫어하는데 교단이 더 싫어한다고 달라지겠어."

이제 와서 한 놈 더 추가한다고 태현의 마음이 달라지지는
않았다.

"그래서 그게 다야? 뭐 더 없고? 혼자 온 건 아니지?"

마치 빚쟁이처럼 뻔뻔하게 말하는 태현!

"……내가 부리는 뱀파이어 전사들하고 마법사들 데리고
왔는데."

"하하. 에반젤린. 난 널 믿고 있었어."

"너는 정말……."

영지로 이동하면서 태현은 살라비안 교단을 상대하기 위해
서라면 어떤 것이 필요할지 고민해 보았다. 다른 귀족들의 병
력을 끌어들이거나 이이제이는 나중에 하더라도, 기본적으로
영지에 있는 저 많은 인원들을 데리고 싸우려면 준비가 필요
했다.

'음. 이번에 현철도 기껏 얻었는데 아직 쓰지도 못하고 있
는데…….'

조잡한 기술로 추출해 낸 현철 덩어리:

조잡한 기술로 추출해 낸 거대한 현철 덩어리입니다. 완벽하지
는 않지만 이 정도로 추출해 내는 것도 어마어마한 기술이 필요
합니다.

태현은 하나씩 정리하기 시작했다. 일단 영지에 있는 수많

은 플레이어들에게는 아키서스 교단의 각종 아이템들을 지급해 줄 수 있었다. 성수부터 시작해서 성기사들, 사제들을 동원한 축복까지. 이 정도면 대 뱀파이어 준비로는 기본은 될 것 같았다.

[카르바노그가 뭔가 잊은 것 없냐고 묻습니다. 이를테면 자신의 이름이 붙은……]

'단검은 어따 쓰지?'

일반 플레이어들한테 뿌릴 수는 없었다. 일단 태현 혼자 만드는 만큼 양이 그만큼 되지도 않았다. 게다가 태현을 노리는 적들이 이런 단검들을 대량 구매한 다음 역으로 태현을 노릴 수도 있는 것 아닌가.

뿌리더라도 좀 믿을 만한 놈들한테 뿌려야 한다! 그래야 회수도 가능하지!

'현철은 일단 거인들한테 줘야겠다.'

고민했지만 지금 상황에서는 일단 거인들에게 주는 게 맞았다. 워낙 다루기 어려워서 좋은 무기를 만들기 어려웠고, 그나마 쉽게 만들 수 있는 건 몽둥이 같은 종류였다. 대장장이들이 든는다면 피눈물을 흘리겠지만…….

'거인들이 쓰면 효과도 좋고, 무엇보다 나중에 다시 뺏어서 녹인 다음 제련할 수 있단 말이지.'

투박한 몽둥이라면 녹여서 다시 다른 무기로 만들어도 손해가 적었다. 대장장이 기술 스킬을 올리기 위해 최소 몇 번은 더 현철 덩어리를 만질 생각인 태현이었다.

뚝딱뚝딱-

"자. 여기 너희 무기야."

-우오오! 이게 뭐냐!

"아아. 이건 '금속 무기'라는 거다."

-대단하다! 인간! 너무 대단하다!

-응? 그런데 이거 어디서 많이 만져본 느낌이다.

자기네들 성소에 있던 바위를 갖고 왔으니 거인들이 익숙할 법도 했다. 그러나 태현은 시치미를 뚝 뗐다.

"그만큼 잘 만들었기 때문이지!"

-그런가!

-인간 대단하다. 강하고 재주도 많다! 우리 인간 계속 따라다니고 싶다!

"아, 아니. 그건 좀……."

태현 일행이 영지 멀리 도착하자, 수많은 플레이어들이 따라 나와서 함성으로 환영했다.

"김태현!! 김태현!!"

"기다리고 있었습니다!"

"영주님 투기장 하나 더 지어주세요!"

꿈틀-

환호의 외침 중 하나가 태현의 심기를 거슬렀다.

너희들만 좋은 짓을 내가 다시 하라고?

"언제 출발하죠?! 뱀파이어하고 싸우고 싶어요!"

"장비 세팅도 다 뱀파이어하고 싸우려고 바꿨습니다!"

몸이 근질거리는 플레이어들은 태현의 입만 뚫어지게 쳐다보았다. 지금 당장 공격하라고 명령을 내린다면 우르르 달려나갈 기세!

그러나 태현은 진지한 눈빛으로 주변을 둘러보며 말했다.

"반갑습니다, 여러분. 제가 하려는 퀘스트에 이렇게 와주시다니 정말 감사합니다."

태현의 공손한 태도에 다시 한번 함성이 터져 나왔다. 가장 잘나가는 랭커 중 한 명이 보여주는 이런 태도는 언제나 신선하게 다가왔다. 물론 태현을 잘 아는 사람들은 이 태도가 뭘 의미하는지 알고 있었다. 마치 기르던 짐승을 잡기 전에 마지막으로 잘 먹여주는 것 같은 태도!

"그렇지만 여러분들이 일단 해야 할 건……."

"……?"

"수비입니다!"

"??!"

"제가 알아본 결과, 뱀파이어 놈들은 여기로 공격해 올 겁니다. 굳이 뱀파이어들을 잡기 위해 갈 필요 없이, 여기서 방어를 굳히고 있다가 역습하면 훨씬 더 쉽게 잡을 수 있습니다!"

"!!"

"여기서 저번에 대해적 갈르두를 상대해 보신 분들도 있을 겁니다."

웅성웅성-

사람들 사이에서 고개를 끄덕이는 사람들이 나왔다. 저번 갈르두 해적단이 쳐들어왔을 때 영지에 있다가 참가한 사람들이었다. 그들에게는 그 퀘스트가 판온에서 가장 재밌었던 퀘스트 중 하나! 레벨이 높지 않아도, 장비가 화려하지 않아도 어려운 난이도의 퀘스트에 참가해서 무언가 할 수 있었다.

"그때처럼 방어하는 겁니다. 참 쉽죠?"

"예!!"

지금 당장 싸우고 싶어 하는 플레이어들은 불평했지만, 대부분의 플레이어들은 분위기에 휩쓸려 좋다고 환호했다.

"자! 그러면 여러분 방어를 위해 건설을 합시다!"

말을 마친 태현은 사악하게 웃었다. 이렇게 많은 인원을 보고 태현이 떠올린 건…… 바로 공사였다.

대규모 인원을 이끌고 화려하게 벌이는 전투? 태현은 그런 건 믿지 않았다. 언제 어디서 본 적도 없는 사람들이 모여 있는데 제대로 된 지휘가 되겠는가!

기껏해야 공격, 후퇴 정도만 가능할 것이다. 이런 인원을 데리고 왕국 수도를 장악한 뱀파이어 교단과 맞붙는 것보다는 공사가 훨씬 더 효율적이었다.

"펠마스, 갈락파드. 평소에 하고 싶었지만 돈 없고 손 없어서 못했던 건설들을 이번 기회에 다 해치우자!"

두 간부들의 눈동자가 반짝였다.

뚝딱뚝딱- 땅땅땅-

골짜기 밖에까지 수많은 플레이어들이 망치를 두드리고 삽으로 땅을 팠다. 영지 뒤는 거대한 골짜기와 산이 막아주고 있었으니, 영지 앞을 아예 높은 성벽으로 둘러쌀 생각이었다. 거기에서 멈추지 않았다. 성벽 앞에는 작은 요새들이 추가로 세워지고 있었다.

"이 요새는 제가 지휘해서 짓겠습니다! 절 따라오세요, 모두들!"

"여기 구역을 지으려면 재료가 더 필요한데…… 저쪽 숲에서 챙겨오면 될 것 같습니다."

태현의 영지에 있던 건축가 플레이어들은 신이 나서 소매를 걷어붙이고 나섰다. 이런 대형 건축 퀘스트야말로 스킬이 성장할 기회! 물론 이런 퀘스트도 보상을 받고 하는 게 보통이었지만, 그들은 전혀 보상을 생각하지 않았다. 순수하게 이 영지를 아끼는 마음에서 자원한 것!

뱀파이어들에게서, 혹은 나중에 들어올 다른 공격에서 이 영지를 지키는 완벽하게 건축물을 세우리라! 새로 온 플레이어들 중에서는 '우리가 왜 이런 걸 해야 하는 거지?'하고 의문을 품는 사람도 있었지만, 다른 사람들의 반응에 묻지 못했다.

-아니. 뉴비 티 내시네. 아키서스 영지에 하루 이틀 와보시나.

-퀘스트를 하려면 준비해야 하는 거 몰라요?

-아, 아니. 나도 알지! 그냥 한번 말해봤어!

의문을 품는 놈이 이상한 놈이 되는 분위기!

-그런데 성벽이나 요새는 그렇다 쳐도, 아키서스 건물은 왜 짓는 거지?

-그러게……? 기도소나 창고 같은 건 지을 필요 없지 않나?

-뱀파이어랑 싸우니까 버프 같은 거 때문에 짓는 거겠지!

-창고…… 가? 그런가?

어마어마한 노동력으로 영지가 빠르게 철옹성으로 바뀌는 걸 보며 에반젤린은 감탄했다. 이렇게 대규모로 인원을 동원해서 벌인 경우가 판온에 있었던가!

보통 이 인원의 1/10도 안 되는 인원도 많은 축에 속했다.

"그런데 살라비안 교단이 여기로 온다는 정보는 어떻게 얻어낸 거야?"

"응? 아. 그거? 나도 몰라. 그냥 기다리면 오겠다 싶어서 말한 건데."

"……!"

"도미닉도 나 싫어하고 교단도 나 싫어하면 기다릴 경우 알아서 오지 않을까 싶어서."

"거, 거짓말을 했다고?"

"거짓말은 아니지. 계속 기다리면 온다니까."

"안 오면 어쩌려고!"

"언젠가는 오겠지. 뭐 안 와도 상관없고."

태현은 흐뭇한 표정으로 주변을 둘러보았다. 판온 1 때는 뭘 해도 다 혼자서 해내야 했는데, 판온 2에서는 가만히 있어도 도와주겠다고 사람들이 찾아왔다.

덕분에 이렇게 날로 먹을 수 있는 것!

"백작님. 성수 만들 준비가 끝났습니다."

"아. 가서 도와줄게."

태현도 가만히 있지 않았다. 어떻게든 스킬 하나라도 더 올리려고 무조건 참가했다.

"태현 님. 저기 대장장이들이 뱀파이어 상대하려고 은을 도금한 화살을 만든다는데요."

"앗! 나도 갈게!"

"태현 님. 저기 기계공학 대장장이들이 폭탄 만든다고……."

"음. 그건 안 간다. 멀리 떨어져서 만들라고 해라."

어쨌든 솔선수범하는 태현의 모습은 영지에 몰려온 플레이어들에게 깊은 감명을 줬다. 랭커 중에서 저렇게 겸손하게 솔선수범하는 랭커가 얼마나 있는가!

보통 랭커 정도 되면 어깨에 힘을 주고 저런 잡일 퀘스트 같은 건 길드원들이나 다른 사람들에게 시키게 마련이었다. 그러나 태현은 뭐든지 직접 끼어서 만들려고 했다.

화르륵!

덕분에 제작 직업 플레이어들의 마음에도 불이 붙었다.

"나도…… 나도 힘낼 거야!"

"내가 더 열심히 하겠어!"

대장장이들이 달려들어서 태현의 손에서 화살을 뺏자, 태현은 당황했다. 이 자식들이 뭐 잘못 먹었나?

"아니 내가 한다니까……."

"아닙니다! 태현 님! 이건 저희가 하겠습니다!"

"다른 걸 해주세요!"

'이 자식들 설마 이게 쏠쏠하게 오른다는 걸 눈치챘나?'

그러나 태현은 물러서지 않았다.

"아니야! 나도 할 거다!"

"그런……!"

그럴수록 더더욱 감동받는 플레이어들!

[1차 성벽이 완성되었습니다.]

[영지의 치안이 크게 오릅니다.]

…….

[2차 성벽이 10% 완성되었습니다.]

[성벽 외곽 요새가 완성되었…….]

하도 많은 건설 완료 창이 떠서 제대로 확인하기도 힘들 정도였다. 돈 하나 안 받고 순식간에 완성되어가는 철옹성!

태현 영지에 잠입해 있던 길드 동맹 첩자들은 이 어마어마한 상황에 당황하면서 보고를 올렸다.

……이렇게 되어가고 있습니다. 어떻게 하죠?

쑤닝은 화낼 정신도 없었다. 그저 어이없을 뿐.

'단체로 정신 나간 거 아냐?'

퀘스트 한답시고 전혀 상관도 없는 건설을 하고 있으면 항의하고 따져야 하지 않는가! 그런데 무슨 단체로 최면에라도 걸린 것처럼 다들 열심히 삽질을 하고 있었다.

그에 비해 쑤닝과 길드 동맹의 상황은 정반대.

[길드 동맹, 이래도 괜찮은가?]

오스턴 왕국을 아직 다 점령하지도 않았는데도 이런 높은 세금은 무덤을 파는 짓……

[과거에서 교훈을 전혀 얻지 못하는 길드 동맹]

언제나 게임에서 패권을 잡는 길드는 나왔지만 오래 가는 길드는 없었다. 이는 제대로 된 관리를 하지 못하고 막 나갔기 때문…… 길드 동맹은 김태현의 영지를 보면서 배워야 할지도 모른다. 김태현의 영지는 세금 없이……

일부러 쑤닝의 혈압을 올리려고 쓴 것 같은 외부 분석글!

문제는 이게 실제로 대부분이 갖고 있는 불만이라는 점이었다. 기껏 오스턴 왕국 수도까지 함락시켰는데 돌아오는 건 세금!

-이럴 거면 차라리 다른 왕국에서 하는 게 낫겠다!

-같은 중국인이라고 길드 가입했는데 우리한테 돌아오는 건 없고 너

무한 거 아냐?

-길드가 너무 고렙 애들만 대우해 준다!

-파워 워리어는 완전히 평등한…….

-이 사람 저번부터 보이는데 첩자 아닌가요? 차단 좀.

-근데 진짜 파워 워리어가 그렇게 좋냐?

-돌아다니는 글 들어보니까 좋은 것 같던데.

물론 쑤닝과 길드 동맹의 간부들도 할 말은 많았다. '지금 상황에서는 어쩔 수 없다고!'

아직 완전히 점령이 끝난 것도 아닌데 사디크의 마수 군단들이 주변을 휩쓸고 있었다. 박살 난 영지를 재건하고 남은 영지를 지키기 위해서는 돈이 필요했다. 점령전 도중 얻은 재산들은 사디크의 화신 때문에 깡그리 날아갔고…….

차라리 돈이라도 빼돌렸으면 억울하지나 않았을 것이다. 지금 오스턴 왕국은 밑 빠진 독이었다. 돈을 붓는 대로 빠져나갔다.

-랭커 린야오는 데리고 있는 용병 부대 이끌고 지금 당장 오그던 요새로! 마수가 나타났다!

-랭커 맥필은 1군단 데리고 이렌 시로 가라! 마수 세 마리가 날뛰고 있다!

-길드 동맹 내 건축가들과 레벨 100 이하 길드원들 집합! 마수를 막을 성벽과 해자를 건설해야 한다!

쑤닝은 있는 자원을 최대한 짜내서 명령을 내렸다. 나름 상황에 적합한 명령이었다. 물론 그렇다고 길드원들이 이해해 주지는 않았다.

-아니, 내 용병 부대를 지금 쓰라고? 이거 죽으면 보상해 줌?
-쑤닝. 1군단 애들이 불만이 너무 심해. 세금도 많이 떼면서 언제까지 부려먹기만 할 거냐고.
-길마님. 아무래도 뭐라도 조금 보상을 해줘야 할 것 같습니다. 그냥 막노동 퀘스트 시키면 불만이 장난 아닐 겁니다.

'크으윽, 크으윽……!'
명령 하나 내릴 때마다 사사건건 걸려오는 태클! 뭐 하나 쉽게 가는 게 없었다. 그런데 태현은 그냥 말 한마디로 수많은 플레이어들을 부려먹고 있으니……. 얄미워도 너무 얄밉다!!

쿵!!
굉음과 함께 성벽이 들썩거렸다. 동시에 마수가 부딪힌 성벽이 무너져 내렸다.

[동쪽 성벽이 무너집니다! 사디크의 마수가 안으로 들어옵니다!]

"막아! 막아!!"

플레이어들은 나뉘었다. 비명을 지르며 도망치는 플레이어들과, 어떻게든 막아보려고 달려가는 플레이어들로!

안 그래도 힘든 상황인데 이렇게 나눠지면 결말은 뻔했다.

콰아앙!

거대한 도롱뇽처럼 생긴 사디크의 마수가 무너진 성벽 사이로 들어와 화염을 미친 듯이 뿌려대기 시작했다.

[사디크의 화염이 건물에 옮겨붙습니다.]

[사디크의 화염이 보초 탑을 태우기 시작합니다.]

[사디크의 화염이……]

"도망치자!"

"그, 그래야겠다……."

남아 있던 플레이어들까지 포기를 하고 도망을 치려는 무렵!

둥둥둥-

"린야오 님이다! 린야오 님이 나타났어!"

다행히 늦지 않게 용병 부대를 이끌고 나타난 길드 동맹의 랭커! 덕분에 플레이어들은 안도의 한숨을 내쉴 수 있었다. 고대 무술가라는 영웅 직업을 가진 린야오는 데리고 온 용병 전사들과 함께 마수를 쓰러뜨리는 데 성공했다.

"뭐 이렇게 강해? 젠장. 용병 둘 죽었네."

"그래도 린야오 님이셔서 잡을 수 있었습니다! 감사합니다!"

"감사한 건 당연한 거고. 젠장. 이대로 계속 가다가는 내가 망하겠네. 내가 이 용병 부대 키우느라 얼마나 공을 들이는지 알아?"

퀘스트로 얻은 용병 부대였지만, 린야오는 이 용병 부대를 키우기 위해 전력을 다하고 있었다. 아껴주고 먹여주고 경험치 주고 장비 주고……. 그런 용병 NPC들이 마수 하나 잡겠다고 죽다니!

"사디크의 화신이 직접 안 나와서 망정이지."

처음에는 직접 움직여서 엄청난 충격을 줬던 사디크의 화신도, 지금은 보이지 않고 있었다. 사디크가 부리는 대형 마수들만 나타나서 난동을 부릴 뿐!

사람들은 '어딘가 자리를 잡고 숨어 있는 거 아닌가' 하고 추측했다.

"길드 동맹에서 사디크의 화신인가 뭔가 그거 잡을 계획은 없나? 나 말고 다른 놈들끼리."

"지금 막는 데에도 정신이 없는 상황이라 힘들 것 같습니다. 게다가 해야 할 다른 퀘스트도 많아서……."

"그건 쑤닝 그놈만 좋은 짓이잖아. 젠장."

린야오는 무슨 소리인지 알아듣고 투덜거렸다. 해야 할 다른 퀘스트라는 건 즉 쑤닝에게 뜬 퀘스트, 국왕 퀘스트를 의미했다. 길드 동맹의 간부나 랭커들은 현재 길드 동맹이 진행하고 있는 주요 퀘스트들을 전부 알고 있었다. 그중 하나는 쑤닝의 전직 퀘스트였다.

현재 쑤닝은 영웅 직업인 〈철혈의 영주〉로 전직한 상태. 거대한 길드를 완벽하게 이끌기 위해 비밀리에 직업을 조사하고 전직한 쑤닝이었다. 그렇지만 여기서 끝이 아니었다. 〈철혈의 영주〉는 퀘스트를 깨면 전설 직업인 〈철혈의 군주〉로 전직할 수 있었다. 그러기 위해서는 오스턴 왕국을 완전히 지배해야 했다.

단순히 수도를 함락시키는 것으로 끝나는 게 아닌, 왕국의 상징을 찾아 모으고 왕관을 머리에 써서 왕위에 올라야 하는 것! 원래 급한 대로 수도를 함락시키고 왕위에 앉는 이벤트를 하려고 했는데 사디크 습격 때문에 미뤄지고 있었다.

"오스턴 왕가의 아이템을 찾아오라니. 그게 나 같은 랭커한테 시킬 짓이야? 젠장."

린야오는 아이템 목록을 다시 한번 훑어보았다. 오스턴 왕가의 풍요를 상징하는 깃발, 오스턴 왕가의 흑철로 만들어진 장식용 검, 오스턴 왕가의 칠색 보석 등……. 각종 오스턴 왕가의 아이템들이 나와 있었고, 쑤닝은 가능한 많이 이 아이템들을 찾아오기를 원했다. 그래야 전직 퀘스트에 필요한 조건들이 채워졌기 때문이었다.

문제는 이런 아이템 찾기 퀘스트만큼 시간 날리기 딱 좋은 것도 없다는 것! 단서가 별로 없으면 더더욱 찾기 힘들었다. 린야오는 아이템 좀 찾아보겠다고 시간 날리고 개고생만 한 랭커들을 몇 명 알고 있었다.

앨x이나 장x안이라던가…….

길드 동맹의 길드원은 린야오를 달래기 위해 애썼다.

"그래도 린야오 님을 믿으니까 이런 걸 공유하고 있는 거 아니겠습니까?"

"네가 찾아봐라. 젠장. 오스턴 왕가의 칠색 보석? 이거 설명 봐. 어떤 놈이 왕관에서 빼갔다는데 이걸 어떻게 찾아! 내가 도적 직업도 아닌데!"

"그런데 여기 영지는…… 뭔가 좀 이상하다?"

수많은 사람들이 건설을 하는 동안 기다리던 에반젤린은 뭔가 위화감을 느꼈다.

"이상하다고? 그걸 이제 와서 말하는 거야?"

태현은 한심하다는 듯이 에반젤린을 쳐다보았다. 이 영지가 이상하다는 걸 이제 와서 깨닫다니. 얼마나 둔하단 말인가!

"……저기 저 슬롯머신이나 미치광이들이나 투기장이나 그런 거 말하는 게 아니라……."

"슬롯머신도 아니고 미치광이도 아니지만 뭐 어쨌든 그렇다 치고. 뭘 말하는 건데?"

"그거 말고, 여기 세금이 너무 낮지 않아? NPC들도 지나치게 행복해하고……."

"지금 내 영지가 잘 굴러가는 게 말도 안 된다는 거냐?"

"아, 아니. 그런 게 아니라. 말이 안 되잖아."

에반젤린은 이해가 가지 않았다. 분명 태현의 영지는 확실한 장점과 매력을 갖고 있는 곳이긴 했지만, 단점도 많았다.

다른 거대 도시에 비하면 없는 건물들이 많은 것!

아키서스 교단 관련 건물을 우선시한 결과였다. 이런 건물들은 플레이어들의 불편이나, 주민 NPC들의 만족도에도 영향을 끼쳤다. 그런데 태현의 영지 주민들은 너무 행복해했다.

대체 뭐지?

"흠. 내가 이곳저곳에서 갖고 온 아이템 때문인지도 모르겠네."

"아이템?"

오스턴 왕가의 풍요를 상징하는 깃발, 오스턴 왕가의 흑철로 만들어진 장식용 검, 오스턴 왕가의 칠색 보석, 오스턴 왕가의 비전 갑옷, 왕자의 목걸이 등……. 다 태현이 오스턴 왕국에서 빼돌린 아이템들이었다.

착용할 수 있는 건 태현이 착용하고, 영지에 설치할 수 있는 건 영지에 설치! 강력한 아이템인 만큼 영지에 설치할 경우 효과는 굉장했다. 세금을 내려주고 불만도를 낮춰주는 효과는 기본이고 온갖 추가 효과까지!

설명을 들은 에반젤린은 감탄했다.

"그런 아이템이 있어? 와, 처음 들어보는데? 잠깐. 그거 어디서 구했어?"

"앗. 저기 요리사들이 날 도와달라고 부르는군. 가서 도와줘야겠다."

호다닥!

대답을 피하는 태현을 보고 에반젤린은 수상쩍은 눈빛을 보냈다.

'설마 훔친 건 아니겠지? 에이. 아무리 김태현이라도 왕궁에서 그런 걸 훔치는 건 무리겠지. 비밀 퀘스트라도 하고 받았나? 그걸 치사하게 숨기냐? 내가 어디 가서 말할 사람도 아닌데.'

에반젤린도 설마 태현이 훔쳤을 거라고는 생각지도 않았다. 태현이 떠나자 혼자 남은 에반젤린은 심심해서 주변을 둘러보았다. 이번 퀘스트는 다른 친구들을 내버려 두고 혼자 왔기에 이 영지에는 아는 사람이 별로 없었던 것이다.

'누구 아는 사람이……'

케인은…… 아는 척하기 싫었고.

'앗!'

유지수를 발견한 에반젤린은 반가운 표정을 지었다. 처음 볼 때부터 귀여워서 친해지고 싶었던 플레이어!

호다닥!

그러나 유지수는 에반젤린을 보자마자 도망쳤다.

'어째서?!'

"이다비 씨. 저도 파워 워리어에 가입하면 어떨까요?"

"네……? 대체 왜……?"

이다비는 당황한 눈빛으로 유지수를 쳐다보았다. 이미 좋은 소수 정에 길드에 있으면서 왜 스스로 무덤을 파려고 하는 거지?

"제가 생각해 봤어요. 케인 씨나 에반젤린 씨는 어떻게 그렇게 태현 오빠하고 친근하게 지낼 수 있는지."

'그냥 호구 잡혀서 그런 거 같은데…….'

이다비는 그렇게 생각했지만 둘의 명예를 생각해서 입 밖으로 내뱉지는 않았다.

"두 사람 다 퀘스트를 엄청나게 도와준 적이 있어서예요! 그리고 지금도 도와주고 있고요!"

'그게 도와주고 있는 건가……?'

엄밀히 말하자면 태현에게 착취당하고 있는 것에 가깝다고 생각했다. 그러나 유지수는 진지했다.

"파워 워리어 길드는 지금 오빠를 가장 많이 도와주고 있는 길드. 제가 거기에 들어가면 확실하게 도와드릴 수 있을 거예요!"

"어……."

이다비는 머뭇거렸다. 사실 지금도 태현은 유지수를 꽤나 잘 챙겨주고 있었다. 케인과 에반젤린에 비교한다면 하늘과 땅 차이! 마치 이다비가 동생들을 챙겨주는 것 같은 느낌이었다.

'동생 취급하는 것 같은데…… 그게 더 좋지 않나?'

이다비 입장에서는 유지수가 동생 취급받는 게 부러웠다. 자기도 저렇게 어리광…….

'아니, 내가 무슨 생각을!'

"왜 그러세요?"

"아, 아무것도 아니에요. 그리고 파워 워리어 길드 가입하는 건 저는 상관없지만 추천하지는 않아요."

가입했다가는 일행의 다른 사람들이 이다비를 차가운 눈으로 쳐다볼 것이다.

'아무리 돈이 좋아도 그렇지 저렇게 순진한 애를 꼬셔서 가입시키냐!', '이다비 님 좀 너무한 거 아닙니까?' 같은 반응이 나올 게 분명!

"왜요?"

"파워 워리어 길드는…… 으흠. 별로 질이 좋은 길드가…… 그보다는 굳이 파워 워리어 길드에 가입안 해도 다른 방법으로 도울 수 있을 거예요. 사실 지금도 충분히 도움이 되고 있잖아요? 궁수 NPC들도 저렇게 데려오고."

타이럼 사냥꾼들은 뭔가 좀 이상하긴 했지만 실력 하나만은 확실했다. 일제히 집중사격을 퍼부으면 대형 몬스터도 맥을 못 추고 쓰러졌다.

'그에 비해 우리 길드원들은……'

태현이 단검을 쓸 사람들을 모아달라고 했기에 이다비는 길드 내에서 일단 사람을 모아보았다.

"태현 ㄴ……"

"저요! 저요! 저요!"

태현 말만 나오면 손부터 들고 보는 길드원들!

"……엄격한 심사 조건으로 뽑겠습니다."

결국 이다비는 면접을 볼 수밖에 없었다.

"헤헤. 길마님. 이거 약소하지만……"

"이 자식 치사하게! 길마님! 저는 저놈보다 더 비싼 주머니에 담아왔습니다!"

"성의는 잘 받겠어. 탈락!"

"크아악!"

이다비는 몇 가지 조건을 정했다. 성실하고, 체력이나 민첩 스탯이 높고, 단검 스킬이 있고…….

그러면서 느낀 건 하나였다.

아, 정말 파워 워리어 길드에는 쓸 만한 인재가 없구나!

모으긴 모았지만 과연 이걸로 괜찮을까? 싶은 생각이 절로 들었다.

"……그러니까 괜히 길드에 들어오는 것보다는 다른 걸로 도움이 되는 것도 나쁘지 않을 거예요."

이다비의 말에 유지수는 고개를 끄덕이며 물었다.

"예를 들면요? 퀘스트를 돕거나?"

"그렇죠."

"학, 학교 갈 때 같이 가는 거는요?"

"그렇…… 네?"

"내일 학교 갈 때 할아버지 운전기사님에게 부탁해서……."

"잠깐, 잠깐만요."

할아버지의 운전기사라고 말한 게 신경이 쓰였지만, 지금 그보다 중요한 건 그게 아니었다.

왜 갑자기 학교가 나오지?

"학교라니. 그게 무슨 소리죠?"

"내일부터 개강인데요……?"

이다비는 깜짝 놀랐다. 일단 둘이 같은 학교였다는 건 그렇다 치자. 그보다…….

-태현 님. 내일 계획은 어떻게 되세요?

-음, 일어나서 케인을 깨우고 구박 좀 한 다음 아침을 먹고 캡슐에 들어가겠지. 그런 다음 나와서 점심을 먹고 캡슐에 들어가고 다시 저녁을 먹은 다음 캡슐에 들어가지 않을까?

-완벽한 계획이네요. 저도 그러려고요!

아까 태현과 나눈 대화! 뭔가 많이 이상한 계획이었지만 둘은 서로 이상한 걸 눈치채지 못했다.

'설마 내일 개강인 거 모르시는 거 아니겠지?'

"무슨 소리야. 이다비. 내가 모를 리 없잖아."

망치를 두드리며 공성병기용 창을 만들던 태현은 '무슨 소리를 하냐'는 표정으로 대답했다. 이다비는 안도의 한숨을 내쉬며 고개를 끄덕였다.

"아. 그렇죠?"

"그래. 당연히 알고 있었지. 응? 근데 네가 어떻게?"

"아. 유지수 씨한테…….

"지수한테 들었어? 둘이 의외로 친하네? 걔가 낯 많이 가리는데. 음. 나라서 그럴지도 모르겠다."

"네? 그게 무슨 소리죠?"

"믿음직스럽잖아."

이다비의 얼굴이 붉어졌다. 옆을 지나가던 버포드가 '저 자식들 뭐 하냐'는 표정을 지으며 지나갔다.

'사디크의 화신이 나타나도 목숨 걱정이나 해야 하고…… 투덜투덜……'

한때는 판온 유일의 사디크 교단 플레이어였는데, 지금은 '사디크의 화신이 나타났습니다! 당신은 배신자이니 걸리면 위험합니다!'란 메시지가 떴다.

자기가 선택한 거니 후회는 없지만, 그래도 뭔가 억울한 건 억울한 것!

"그런데 태현 님. 아까는 분명 내일 계속 게임만 하는 것처럼 이야기하셨는데요."

"그렇지. 원래 개강 첫 번째 주에는 빠져도 되거든."

"……그, 그래요?"

"그리고 그다음 주까지도 괜찮고."

"……"

"세 번째 주까지 빠지면 아슬아슬하긴 하지만 어떻게든 커버가……"

"그냥 갔다 오세요. 어차피 지금 건설 중이니까!"

유지수가 이상한 것만 배울 것 같아서 걱정이었다.

"기분이 좋아 보이네? 오늘 무슨 일이라도 있어?"

"으응. 아무것도 아냐."

유지수는 그러면서 힐끗 강의실 뒤를 쳐다보았다. 김예리는 고개를 갸웃거렸다. 유지수뿐만 아니라 다른 사람들도 힐끗거리며 강의실 뒤를 보고 있었다. 마치 누군가를 기다리는 것처럼.

"아. 설마 김태현 선수 기다리는 거야?"

"아, 아, 아닌데?"

"맞는 것 같은데……."

다른 과였지만 우연히 만나서 빠르게 친해진 둘이었다. 김예리는 곧 일어나야 했지만 조금만 더 앉아 있었다.

"그러고 보니 같은 과였지? 팬이야?"

"오빠…… 아니, 선배랑은 먼저 만난 적이 있어……."

"진짜? 나도 그런데."

"어??"

유지수는 당황했다. 언제 어디서?

"팬, 팬 사인회 같은 거에서?"

"그런 것도 했었어? 아니. 그런 거에서 만난 게 아니라…… 말 안 했었나? 내 오빠가 김덕수인데."

"그게 누구?"

"케인."

"……."

"왜 그래?"

"미, 미안……."

유지수는 게임에서 케인을 노려보았던 게 떠올라서 곧바로 사과했다. 설명을 들은 김예리는 웃음을 터뜨렸다.

"뭘 그런 걸 가지고. 신경 안 써도 돼. 그보다 지금 여기 사람들 다 김태현 선수 때문에 이러는 거야?"

강의실에는 분명 다른 과로 보이는 사람들도 몇 명 앉아 있었다. 곧 있을 강의를 들을 이유가 없는 사람들! 태현이 나타난다는 말을 듣고 호기심에 찾아온 게 분명했다.

"난 이해해!"

"어…… 그, 그래."

유지수의 열정에 김예리는 살짝 당황했다. 지수한테 저런 면이 있었나? 김예리한테 태현은 오빠를 사람 만들어준 오빠 친구였다. 케인이 말하는 것만 들어보면 '도대체 어떻게 저런 사람이 있지? 사람 맞나?' 싶을 정도!

"그러니까 김태현이란 놈이 있는데. 그놈이 내 길드를 망가뜨렸어! 흑흑! 그거 잘해서 스트리머로 데뷔하려고 했는데!"

"그러니까 결국 망했다는 거네?"

"그놈만 없었으면! 동생아. 돈 좀 빌려줄래?"

처음에는 이랬다가…….

"요즘 나 좀 잘나가는 거 같아. 곧 선수 데뷔할지도 몰라!"

"그래. 오빠가 그렇다면 그런 거겠지. 물론 오빠 상상 속에서만 말이야."

"망, 망상 아니거든!"

"망상이라고는 안 했는데……."

"이번에는 진짜야! 같이 다니는 애들이 있는데 다들 대단하다고."

"오빠랑 같이 다니는 사람들은 다 오빠처럼 이상한 사람들이잖아."

레드존 길드 때 사건으로 푹푹 찌르는 여동생! 케인은 마음이 아팠다.

"게네들이랑은 헤어졌고……."

"그러면 누군데?"

"김…… 김태현."

"뭐?"

작아지는 목소리!

"왜 같이 다녀? 탈탈 털렸다면서? 설마 협박당하는 거야?"

"아냐! 아니…… 협박은 맞나? 하지만 이건 내 자유 의지야!"

'오빠가 드디어 이상해졌구나!'

그때만 해도 김예리는 걱정이 태산이었다. 그러나 그 뒤의 일은 더 충격적이었다.

케인의 선수 데뷔! 민망한 모습을 좀 보여주기는 했지만 대회에서 뛰어난 모습을 보여줬고(자폭도 했지만), 상금까지 당당히 타왔다. 거기에 게임단에 들어가서 선수로 뛰고 있지 않은가.

예전의 그녀에게 '너희 오빠는 김태현한테 털렸지만 곧 있으면 같이 다녀서 프로게이머로 데뷔까지 한단다'라고 말했다면 절대 믿지 않았을 것이다.

'그런데 김태현 선수는 오빠가 뭐가 예뻐서 계속 데리고 다니지? 게임 잘해서인가? 근데 오빠가 게임 잘하는 것 같지는 않은데.'

케인이 들었다면 '야!'라고 외쳤을 소리였다.

달칵-

앞의 문이 열리고 교수가 들어왔다. 태현의 전공 교수인 김 교수였다.

"오늘은 사람이 좀 많네? 출석부터 불러볼까?"

하나씩 출석을 불러가던 김 교수는 무언가 깨달았다.

'김태현 이 자식…… 안 나왔잖아!'

태현 얼굴 한번 보겠다고 기다리고 있던 사람들은 태현이 끝까지 안 오자 당황해했다.

"뭐야? 왜 안 와?"

"이거 듣는 거 맞아? 정보가 틀린 건가?"

"야!!"

"아니, 개강총회에만 나오면 되는 거 아니었어요?"

'이런 미친놈 같으니……'

김 교수는 어이가 없었다. 개강총회에 꼭 한번 나오라고 했더니 그걸 개강총회에만 나오라고 알아듣는 놈이 세상에 어디 있단 말인가.

"일주일에 한 번만 나와서 수업 듣는 놈이 그걸 빠져?!"

"첫 번째 주라 제 시간표가 확정이 안 되어서……."

"말 같지도 않은 변명 하지 마! 네 시간표는 이미 확정 끝났잖아! 너 기다리던 애들이 몇 명이나 있었는데!"

"예? 그런 미친놈들이 있단 말입니까? 대학 와서 왜 그런 짓을?"

"네가 할 소리냐……"

"그보다 얼굴만 내밀면 되는 거 맞죠?"

지금 태현은 김 교수한테 잡혀서 끌려가고 있었다.

"얼굴만 내밀면 안 되고 조금 앉아 있다 가. 애들 질문도 좀 받아주고 우리 과가 얼마나 좋은지도 말해주고 네가 나 같은 멘토를 만나서 얼마나 좋았는지도 말해주고."

"네? 마지막은 처음 듣는…… 그리고 교수님께서 착각하시는 거 같은데 과 애들이 저 별로 안 좋아해요."

"그건 네가 착각하는 거라니까."

김 교수는 그렇게 말하며 태현을 끌고 갔다.

지금의 태현과 몇 년 전의 태현은 위상 자체가 달랐다. 몇 년 전의 태현은 '뭐 하는 놈인지는 모르겠는데 성격 더러운 놈인 거 같다 조심하자' 정도였지만, 지금의 태현은 '아니! 저 사람이 그 김태현이야!?'였다.

같은 짓을 해도 몇 년 전의 태현이 했다면 '헉 무서워!'겠지만 지금의 태현이 하면 '헉 역시 김태현 선수야 뭔가 있어 보여!'라는 반응이 나오게 마련!

"자. 들어가!"

둘이 안으로 들어가자, 자리에 있던 사람들의 눈이 크게 떠졌다. 눈치만 안 보였다면 소리라도 지를 것 같은 표정이었다.

"교, 교수님. 여기 앉으세요!"

"아닙니다. 여기 앉아주세요!"

"제 옆이 비어 있습니다! 여기 잔도 하나 더 갖다 놨는데!"

"이 자식들…… 평소에 이렇게 좀 챙겨주지…….."

평소에는 맨날 자기 옆에 안 앉으려고 온갖 핑계를 대던 놈들이 태현이랑 같이 왔다고 자기 옆에 앉히려고 하다니.

"무슨 소리십니까 교수님! 저희가 교수님을 얼마나 존경하는데! 김태현 선배님. 안녕하십니까! ××학번 강준수라고 합니다! 직업은 성기사입니다!"

"성기사? 혹시 어느 교단이니?"

"데메르 교단인데요……?"

'헉. 혹시 아키서스 교단이 아니라서 그런가?'

팬답게 태현이 어떤 직업이고 뭘 하는지는 다 꿰고 있는 그였다. 그러나 태현은 인자하게 웃으며 말했다.

"녀석. 아주 좋은 교단을 골랐구나."

"선배님! 저도 성기사입니다! 저는 파이토스 교단입니다!"

태현이 못 들은 척 고개를 돌리자 파이토스 교단 성기사라고 말했던 후배는 당황했다.

어째서?!

그 뒤로는 자리에 참가한 사람들의 자기소개가 이어졌다.

말이 자기소개지 거의 판온 자기소개 수준!

김 교수가 어이없어할 정도였다.

"여기 판온 정모 아니거든?"

"선배님! 저번에 깨신 갈르두 퀘스트에 대해 여쭤보고 싶은 게 있습니다! 그때 마지막에 돌격한 사람들은 어떻게 된 건가요!"

"걔네들은 지금 아키서스 교단을 믿으면서 행복하게 잘 지내고 있지."

"선배! 오빠라고 불러도 괜찮죠? 저도 아키서스 영지에서 지내는데 〈고블린 만능 제작기〉 너무 재밌어요!"

"음. 그건 빨리 그만두는 게 좋을 거 같다."

유지수도 부끄러워하면서 손을 들었다.

"오빠…… 선, 선배……."

"넌 그냥 따로 물어보면 되는데 너까지 왜 그래?"

순간 시선들이 유지수에게 모였다. '네가 어떻게 김태현하고 알고 지내는 거야?'라고 물어보는 것 같은 눈빛!

"아. 일어나야겠군."

"왜요?!"

"조금만 더 있다 가세요!"

"가서 게임해야 해."

가서 게임하려고 집에 간다고 말하는데 멋있어 보이기도 힘들 것이다. 그런데 태현은 그 어려운 걸 해내고 있었다.

"아. 너무 멋지다."

"나도 게임하러 일어서야겠어. 가서 레벨 1이라도 더 올려야지."

"얘들아? 얘들아??"

"아탈리 왕국의 명예를 위해서! 기사단 돌격!"

아탈리 왕국 수도 앞 평원. 영지를 이끄는 귀족 영주 하나가 휘하 기사단을 이끌고 돌격하고 있었다.

상대는 물론 도미닉과 살라비안 교단!

"보아라! 저놈들은 병사도 얼마 없다! 아무도 저놈들을 따라주지 않아서 저런 것이다!"

원래라면 수도 성벽을 믿고 안에 들어가서 버텨야 할 도미닉과 살라비안 교단. 그러나 그들은 밖으로 나왔다. 심지어 군대도 데리고 나오지 않았다. 상대하는 귀족이 기세가 오를 수밖에 없었다.

"기사단이 너무 강해 보이는데?"

"설마 퀘스트가 여기서 끝나는 건 아니겠지? 나 김태현 퀘스트 참가하려고 기다리고 있었는데……."

왕국 수도에 있던 플레이어들은 성벽 위에 올라가서 대결을 구경하고 있었다. 물론 대부분이 도미닉이 지는 걸 원했다.

[살라비안 교단이 수도를 지배합니다. 수도의 세금이 오릅니다. 밤에 수도를 돌아다니지 마십시오. 뱀파이어를 만날 경우 흡혈당할 수 있습니다.]

[뱀파이어 전용 특수 건물들이 생깁니다.]

[각 교단 건물들이 폐쇄…….]

도미닉이 점령하고 나서 플레이어들에게는 별로 좋은 게 없었던 것! 그렇지만 지더라도 지금 지면 안 됐다.

태현이 여기까지 왔을 때 태현한테 져야 한다! 그래야지 퀘스트에 참가할 그들한테도 보상이 떨어지지 않겠는가.

두두두두두-

평원을 달리며 기사단이 돌진했다. 아무것도 없는 평원에서 말을 타고 돌진하는 기사만큼 강한 직업도 드물었다. 돌진 공격에 제대로 얻어맞으면 한 방에 훅 갈 수 있었다.

사아아아-

살라비안 교단원들 주변으로 핏빛 안개가 돌더니, 살라비안 교단원들이 변신하기 시작했다.

꾸드득, 꾸득-

거대한 괴물 형태로 변신하는 교단원들!

쾅!

달려들어서 기사들을 날려 버리기 시작했다. 몇몇 기사들은 그 사이에 공격을 넣는데 성공하긴 했지만 그래봤자 한둘 정도 잡을 뿐이었다.

-피를 내놓아라!

콰직!

기사단을 잡고서 바로 피를 빨아대는 교단원들! 보통 뱀파이어보다 훨씬 더 탐욕스럽고 거친 흡혈이었다.

"으…… 으아아!"

이끌고 온 기사단이 괴멸되자 귀족은 비명을 지르며 도망치기 시작했다. 그걸 본 도미닉은 오만하게 명령했다.

"이 왕국에서 나한테 거역하는 반역자는 필요 없다! 저놈의 목을 갖고 와라!"

"예, 주인님!"

"더 기다리려고 했지만 기껏해야 저런 놈들이라니. 됐다! 이제부터는 내가 직접 나서겠다. 내가 직접 나서서 반역자들을 치고 반역자들의 영지를 손에 넣겠다!"

"어디부터 가시겠습니까?"

"가장 먼저 쳐야 할 놈은 당연히 하나밖에 없다!"

[돌랑 영주가 사망했습니다. 영지에 영주가 없습니다. 영지가 혼란 상태에 빠집니다. 영주민들이 <절망과 슬픔의 골짜기>로 대거 이주합니다.]

'어?'

왕국 내전에 이런 효과가 있었다니! 태현은 반색했다. 이렇게 근처 영지 귀족들이 도미닉에게 꼬라박아서 죽어준다면…….

[건축이 완성되었습니다.]
[건축이…….]

"다 됐습니다!"

"이건 정말 기적이야……!"

건축가 플레이어들 중 몇 명은 눈물을 훔치며 기적이라고 중얼거렸다. 그만큼 대공사였던 것이다.

(비교적)평범한 영지였던 절망과 슬픔의 골짜기를, 산맥을 끼고 있는 난공불락의 철옹성으로 만드는 대공사!

"너희들이 있어서 할 수 있었어!"

"크흑! 저 성벽을 내 손으로 만들었다니까!"

"저 요새는 내가 다 지은 거나 마찬가지지!"

"고생 많으셨습니다. 여러분."

건축가들끼리 서로 껴안고 울고 있는데 웬 모르는 사람이 와서 말을 걸자 건축가들은 놀랐다.

"누구?"

"아. 별건 아니고 저기 밖의 요새 벽에 이거 좀 설치하려고요. 안에 끼워 넣을 수 있죠?"

"그게 뭔데요?"

"넣으면 벽이 더 좋아지는 마법의 아이템입니다."

"??"

"어쨌든 집어넣겠습니다."

가브리엘은 웃으며 기계공학 대장장이들과 함께 움직였다.

가브리엘의 계획은 간단했다. 영지 외곽의 요새들에 폭탄을 잔뜩 잔뜩 파묻자! 벽은 물론이고 땅 밑에도!

그 소리를 들은 태현은 감탄했다.

대체 저런 미친놈들은 어디서 나온 걸까?

영지 안에서 자폭은 할 수 없어도, 영지 외곽의 요새는 괜찮았다. 만약 적들이 외곽 요새를 점령한다면?

그 순간 콰콰쾅!

물론 자기 자식처럼 요새를 지은 건축가들은 이 사실을 몰랐다. 안다면 가만히 있지 않을 것!

"도미닉이 움직인답니다!"

도미닉이 수도에서 나와 직접 태현을 공격하러 온다는 소식은 바로 전달되었다. 영지에 있는 플레이어들은 그 소식을 듣고 드디어 올 것이 왔구나 싶었다.

"역시 태현 님이 말한 대로 오는구나!"

"이걸 예측하고 이런 대공사를……!"

태현도 소식을 듣고 감탄했다.

"진짜 올 줄이야. 날 얼마나 싫어하는 거지?"

"그건 나중에 고민해 보고. 지금은 어떻게 막을지나 고민해
보자. 얘네 장난 아니라는데."

도미닉이 수도 앞에서 보여준 싸움은 벌써 영상으로 게시판
에 돌고 있었다. 새로 나타난 살라비안 교단이 어느 정도인지
확실하게 알려주는 싸움!

"일단 뱀파이어 계열 스킬은 물론이고…… 변신에 흡혈에,
디버프 거는 건 물론이고……."

태현은 하나씩 정리하기 시작했다. 엄청나게 센 뱀파이어라
고 보면 됐다. 거기에 각종 성가신 스킬들은 덤.

"뭐, 어쩌겠어. 일단 기본적인 방법으로 가야지. 이렇게 인
원이 많은데 이걸 데리고 특별하게 싸울 수도 없고."

"기본적인 방법?"

"저렙 플레이어들은 뒤에서, 고렙 플레이어들은 앞에서. 성
벽이 세 개나 지어졌으니까 버티기는 충분할 거야."

"고렙 플레이어들이 앞에 나설까?"

최상윤은 고개를 갸웃거렸다. 어디서나 고렙 플레이어들은
손해를 보기 싫어했다. 잃을 게 많았기 때문이었다. 아무리 다
들 태현의 팬이더라도 가장 앞에서 돌격을 할까?

"돌격 안 하면 너랑 케인이 뛰어서 분위기를 살려봐."

"……야."

"아. 그리고 저 장비들도 좀 풀어줘야겠다. 가장 앞에서 싸울 사람들한테는 저 장비들 준다고 말해줘."

최상윤은 태현이 가리킨 창고를 보고 깜짝 놀랐다.

저건…….

'길드 동맹하고 베이징 파이터즈 애들한테서 뜯어낸 장비 잖아…….'

남 PK하고서 얻은 장비들 중 안 팔고 남겨놨던 장비들!

이다비가 아쉽다는 듯이 말했다.

"아깝지만 어쩔 수 없죠."

한 번에 다 팔면 좋은 가격을 받을 수 없으니, 장비들은 꾸준히 나눠서 경매장에 올리게 되어 있었다. 도중에 파워 워리어 길드원들을 시켜서 가격을 올리는 건 기본!

자기 장비가 경매장에 올라온 걸 본 플레이어는 억울했지만 참고 살 수밖에 없었다.

"잠깐. 넌 뭐 하려고?"

"아. 난 빈집털이 갈 거야."

"크흑. 태현 님. 저를 이렇게 믿어주시다니…… 저 에드안! 온 힘을 다해 보답하겠습니다! 과거의 제가 아닌 새로운 제 모습을 보여 드리겠습니다! 뭘 하면 될까요?"

"도둑질."

"……예?"

"널 불렀을 때는 당연히 도둑질하려고 부른 거지. 설마 다른 걸로 불렀겠니?"

태현은 흑흑이와 용용이, 골골이를 데리고 에드안과 함께 아탈리 왕국 수도로 향하고 있었다.

발상의 전환! 도미닉과 살라비안 교단과 싸우는 것도 좋았지만, 그건 나중에도 충분히 할 수 있었다.

지금 중요한 건 왕국 수도에 아무도 없다는 것! 물론 살라비안 교단원들이 어느 정도 남아서 지키고 있겠지만 그 정도는 충분히 뚫을 수 있었다.

'나중에 도미닉하고 살라비안 교단이 질 경우 왕궁 창고를 다 털고 도망칠 수도 있으니 미리 챙겨놔야지.'

세상은 원래 미리 미리 대비하는 사람이 유리한 법! 태현은 이런 퀘스트에서 작은 대비 하나가 나중에 얼마나 큰 결과를 불러오는지 알고 있었다. 기껏 고생이란 고생은 다 하고 퀘스트를 깼는데 손에 들어오는 건 빈 창고라면…….

그것보다 허무한 일은 없을 것이다.

-주인이여. 조심해야 할 것 같다. 수도 하늘에 박쥐들이 떠 있다.

-주인님. 더 가까이 다가가면 저놈들이 우리를 눈치챌 겁니다. 저놈들은 살라비안 교단의 마수입니다.

거대한 박쥐들과 반투명한 유령 와이번들이 수도 하늘을 떠돌면서 감시하고 있었다. 혹시라도 하늘에서 접근하는 침입자를 막기 위한 교단의 감시자였다.

'으음…… 어쩐다?'

지금이라도 내려서 은신을 하고 수도 정문이나 성벽을 넘어야 하나? 가능하면 하늘을 뚫어서 가고 싶었다. 정문이나 성벽은 지키고 있는 게 한둘이 아닐 테니까.

고민하던 태현은 좋은 방법을 떠올렸다.

뚝딱뚝딱-

[기계공학의 거장이 만든 간단한 낙하산을 완성시켰습니다.]

낙하산이나 글라이더 같은 기계공학 아이템은 인기가 적은 아이템 중 하나였다. 날아다닐 거면 비행 주문이나 비행 탈것이 있는데 군이 불편하고 떨어지는 것밖에 못하는 아이템을 쓸 이유가 없는 것이다. 그렇지만 이런 아이템들은 가끔 쓸 때가 있었다. 바로 이런 때에!

-용용이는 숨고. 흑흑이랑 골골이가 나서자.

-예? 왜 쟤만 숨습니까?

-아키서스 신수가 보이면 이상한 걸 눈치챌지도 모르잖아. 사디크의 마수인 넌 괜찮아.

태현의 말에 흑흑이는 투덜거리며 움직였다. 용용이는 태현과 에드안을 태우고 저 높이 올라갔다. 흑흑이와 골골이가 시선을 끄는 사이, 둘은 낙하산을 타고 조용히 내려가는 계획!

-잘해라. 언데드.

-너나 잘해라. 블랙 드래곤.

"저, 태현 님. 괜찮은 겁니까?"

에드안은 불안하다는 듯이 물어보았다. 아무리 봐도 흑흑이와 골골이는 사이가 좋지 않아 보였던 것이다.

사디크의 마수와 데스 나이트! 물과 기름 같은 존재였다.

"설마 자기들 위험한데 싸우겠어?"

"마수랑 언데드는 그런 거 신경 안 쓰지 않는 것 같……."

"괜찮아. 시선만 끌어주면 되니까. 남은 건 자기들이 알아서 하겠지."

에드안의 걱정은 사실로 맞아떨어졌다.

-아, 잘 좀 날아라! 블랙 드래곤!

-시끄럽다 언데드!

-저기 대형 흡혈 박쥐가 보인다. 화염 잘 쏴라. 나한테 닿게 하지 말고.

-……아앗! 날개가 미끄러졌다!

흑흑이는 앞으로 몸을 기울이는 척하면서 골골이를 집어 던졌다.

-이…… 이 검은 도마뱀 새끼가!

졸지에 높은 하늘에서 추락하게 된 골골이는 기겁해서 스킬을 사용했다.

-검은 오라의 밧줄! 올가미 조이기!

대형 박쥐 하나를 잡아채고 등에 올라탄 골골이!
꿰에엑! 꿰엑!
-가만히 있어라! 내가 네 주인이다!

[같은 언데드입니다. 길들이는 데 추가 보너스를 받습니다.]
[데스 나이트로 추가…….]
[대형 흡혈 박쥐를 길들이는 데 성공합니다!]

떨어질 위험에서 풀려난 골골이가 할 짓은 하나밖에 없었다. 복수!
-저 검은 도마뱀한테 한 방 먹여주고 말겠다……! 돌격!
꿰에엑!
박쥐는 기쁘게 울부짖었다.
-어?
꼴 보기 싫었던 골골이를 집어 던지고 속 시원해서 웃고 있던 흑흑이는, 무언가 어둠 속에서 덤벼들자 당황했다.
저놈들, 왜 골골이를 쫓아가지 않고 나한테 덤벼들지?
답은 금방 나왔다. 골골이가 대형 흡혈 박쥐를 타고 흑흑이에게 덤벼들고 있었던 것이다.
-이 검은 도마뱀 자식! 감히 날 집어 던졌겠다?!
-너 미쳤냐?! 이건 명령 위반이야!

-명령 위반은 무슨! 내가 받은 명령은 시선을 끄는 거다. 널 죽여도 시선을 끄는 건 끄는 거지!

살기 넘치는 칼질! 슉슉슉 하는 소리와 함께 골골이의 칼질이 어둠을 갈랐다.

꿰액!

[대형 흡혈 박쥐가 <끈끈이 선지>를 토해냅니다.]
[대형 흡혈 박쥐가 <흡혈의 칼날>을 시전합니다.]

대형 흡혈 박쥐는 골골이가 마음에 들었는지, 버프까지 걸어주었다. 덕분에 상대하는 흑흑이만 죽을 맛이었다.

파아앗!

마법으로 연막을 치고 재빨리 공중에서 급기동해 공격을 피해낸 흑흑이는 골골이를 설득하려 들었다.

-너 나중에 주인님에게 그대로 말한다!

-윽…… 말, 말해봐라! 네가 먼저 했으니까! 나는 떳떳하다!

잠시 움찔하던 골골이는 흑흑이의 말을 무시했다.

먼저 집어 던진 건 저놈!

-이런 말 더럽게 안 듣는 언데드 놈!

-내가 할 소리다 더러운 도마뱀 새끼야!

이쯤 되자 흑흑이도 물러설 수가 없었다. 흑흑이는 들킬까 봐 참고 있던 화염 마법들과 사디크의 권능 스킬들을 사용하기 시작했다.

화르륵!

짙은 어둠 속을 사디크의 화염이 비추기 시작했다.

"어…… 너무 시선을 끄는 거 아닙니까?"

"그러게? 흑흑이 녀석. 쓸데없이 괜히 오바하네."

멀리서 번쩍이는 화염과 시끄러워지는 소음을 보며, 태현과 에드안은 조용히 아래로 내려갔다. 설마 골골이와 흑흑이가 치고받고 있다고는 생각지도 못한 채!

"시선은 확실히 끈 것 같습니다. 마수들이 안 보이네요."

탁-

둘은 조용히 착지하는 데 성공했다. 원래는 밤에도 밝았던 수도였지만, 살라비안 교단이 점령하고 난 뒤부터는 밤에는 마법의 안개가 끼어서 희끄무레했다.

뱀파이어들에게 추가 보너스를 주는 마법의 안개!

어찌나 짙은지 주변 파악이 힘들 정도였다.

"후후. 태현 님. 오랜만에 제 실력을 보여 드릴 때가 왔군요."

"그냥 조용히 좀 하면 안 되냐?"

구박을 받은 에드안은 시무룩해져서 은신을 준비했다.

[에드안이 <대도적의 은신> 스킬을 사용합니다. 뛰어난 은신 스킬을 가지고 있는 에드안 덕분에 은신에 추가 보너스를 얻습니다.]

태현도 나름 고급 은신 스킬을 찍은 사람이었다. 도적 직업이 아닌데도 고급 은신 스킬을 찍은 사람은 흔치 않았다.

그런데도 태현에게 추가 보너스를 줄 정도라면……. 에드안은 최고급 은신 스킬 이상을 갖고 있는 게 분명했다.

'새삼 대단하단 말이지.'

평소에 워낙 촐싹대서 그렇지, 에드안은 뛰어난 도적이긴 했다. 했던 일들을 떠올려보면 더더욱 그랬다.

"후후. 어떻습니까? 저는 펠마스 같은 놈과 다른……."

말로 자꾸 점수를 깎아 먹는 게 문제!

'이 자식이 자꾸 이러니까 나도 착각하게 되고…….'

말하는 걸 듣다 보면 대도적이라기보다는 대도적을 사칭하는 NPC에 가까운 게 에드안!

"힉!"

골목을 돌자 길가에 거대한 마수가 나타났다.

뱀 형태를 하고 있는 살라비안의 마수!

"후후. 태현 님……."

'오. 안 도망치나?'

에드안이 도망을 치지 않고 가만히 있자 태현은 놀랐다. 보통 도망쳐야 정상인데?

"……몸이 안 움직입니다……."

태현은 한숨을 쉬고 천천히 마수 뒤로 접근했다.

-행운의 일격, 행운의 일격······.

아직은 수도에서 소란을 크게 피울 때가 아니었다. 일단 왕궁 안에 들어갈 때까지는 조용하게 가는 게 좋았다.
그렇다면 노리는 것은 일격!
퍽!

[치명타가 터졌습니다! 살라비안의 마수가 치명적인 부상을 입었습니다. <피의 저주>가 발동됩······.]

꿰에엑······.
마수는 일격에 끝나지 않았다.
'이 정도면 될 줄 알았는데?'
뒤에서 접근한 데다가 은신 상태, 거기에 각종 버프까지 넣고 한 번에 찔러 넣었다. 그런데도 버티다니.
그렇지만 태현은 당황하지 않았다. 몸은 바로 다음 공격을 준비했다.

-아키서스 검법!

다음 약점이 나타나고 태현의 검이 물 흐르듯이 그 약점을 공격했다.
쾅!

그제야 살라비안의 마수가 쓰러졌다.

[아이템을 얻······.]

태현은 재빠르게 마수를 옆으로 당긴 다음에 해체에 들어갔다. 마수만 보면 일단 해체하고 재료를 수집하는 습관이 생긴 것이다.

"태, 태현 님. 움직여야 하지 않습니까?"

"잠깐만. 이것 좀 챙기고."

"그거 챙겨서 어디다 쓰시게요! 움직여야 합니다! 그 오크들처럼 이상한 습관 들이신 겁니까!"

명치를 찌르는 에드안의 일격!

태현은 비틀거렸다. 내가 그 정도였나?

'아, 아니. 난 그래도 그 아저씨들보단 낫지······ 낫지 않나?'

마수 해체를 끝내고, 태현은 다시 움직였다. 고급 요리 스킬을 가진 덕분에 해체가 순식간에 끝난 것이다. 다양한 스킬들을 가진 태현은 어지간한 상황에는 다 대응이 가능!

'그나저나 살라비안의 마수가 생각보다 HP가 높은 거 같다. 교단 특징이 깡체력인가?'

이 정도면 되겠지 싶었는데 버티다니. 느낌이 좋지 않았다. 각 교단마다 특징이 있었다. 아키서스는 행운, 사디크는 화염······. 살라비안 교단은 타락한 뱀파이어들의 교단이란 건 알겠는데 그 특징이 뭔지는 애매했다.

피?

'피면 확실히 체력이 높을 수도……'

"이쪽으로."

후다닥-

둘은 안개 낀 길을 달리고 달려 왕궁으로 향했다.

날이 밝기 전에 털고 빠진다!

왕궁 앞에 도착한 둘은 발걸음을 멈췄다.

마치 타오르는 것처럼 핏빛으로 붉게 물든 왕궁!

[살라비안 교단의 강력한 마법이 왕궁을 감싸고 있습니다. 안에 들어갈 경우 어떤 일이 일어날지 모릅니다.]

케에엑, 케엑…….

왕궁 근처를 살라비안의 마수들이 얼씬거리고 있는 데다가, 안에는 강력한 마법까지 있다고 경고했다.

"태, 태현 님. 꼭 보물을 지금 챙겨 가야 하는 건 아니잖습니까?"

에드안은 겁이 났는지 태현을 설득하려고 들었다.

그러나 태현은 쉽게 발걸음을 돌리지 못했다.

'저렇게 마법을 강하게 쳐놨다는 건……'

안에 뭔가 중요한 게 있다는 뜻!

언제나 보안이 좋을수록 그 안에는 비싼 게 있었다. 판온 1때부터 느낀 법칙이었다.

뚫고 들어가서 훔치면 대박이다!

[카르바노그가 조심하라고 말합니다! 저 살라비안의 마법은
HP를 흡수한다고 말합니다.]

살라비안 교단도 이런 건 예상하지 못하고 있었을 것이다.
신 관련해서는 백과사전이나 다름없는 카르바노그!
'HP를 흡수한다고?'
태현은 난처함을 느꼈다. 다른 거면 모를까 HP는 위험했다.
다른 랭커들에 비해 총 HP가 절대적으로 낮은 게 태현!
아키서스의 화신 직업 특성과, 각종 노가다로 인해 스탯 스
킬은 부족하지 않지만 총 HP와 MP의 양은 어쩔 수 없었다.
그 단점을 특유의 컨트롤과 스킬로 커버할 수 있었기에 태현
이 강한 것이었지만······.
저렇게 무조건 흡수하는 건 어떻게 할 방법이 없었다.

[카르바노그가 좋은 생각을 떠올립니다. 아키서스의 신수와 도
둑놈만 대신 안에 들여보내자고 말합니다.]

"그거 좋은 생각인데?"
-주인이여······.
"미안하다. 용용아. 빨리 들어갔다가 나오자."
-난 카르바노그가 싫다······.

"나도……."

용용이와 에드안은 조용히 중얼거렸다.

-침입자다! 침입자!

-어디서 더러운 블랙 드래곤이 여기를 범하느냐!

-네놈을 잡아서 피를 빨아 마셔주마!

'돌겠네, 진짜!'

흑흑이는 울고 싶은 마음으로 날아올랐다. 원래 소란 좀 일으키고 가야 했는데, 골골이와 합이 안 맞은 덕분에 소란이 더 커지고 있었다. 이제는 박쥐와 유령을 타고 날아오는 뱀파이어 전사들까지 모이기 시작했다.

살라비안 교단의 전사들은 마수들과 달리 머리가 돌아가는 적들이었다. 마수들만 상대하던 때보다 몇 배로 힘들어진 상황!

-주변을 포위해라! 도망치지 못하게 해!

-놈에게 저주를 걸어라. 움직이기 힘들도록!

-데스 나이트의 이름으로 놈에게 한 방 먹여주겠다!

-잠깐…… 넌 누구냐?

신나게 떠들던 타락한 뱀파이어 전사들은 뭔가 이상하다는 걸 깨달았다. 못 보던 데스 나이트가 있는 것!

침입자를 공격하는 걸 보니 아군 같긴 한데, 저런 언데드가 있었나?

-……나, 나는 너희 편이다.

골골이는 그제야 이성이 돌아왔다. 아차, 나는 쟤네랑 다른 편이었지! 같이 흑흑이를 쫓다 보니 무의식적으로 같은 편인 줄 알았던 것이다. 다행히 그 태도가 워낙 자연스러워서 뱀파이어들도 의심하지는 않는 것 같았다.

-데스 나이트? 누가 불러낸 거지?

-그러게. 누가 불러냈나, 데스 나이트?

-어…….

골골이는 머리를 굴렸다. 떠오르는 이름, 들어봤던 이름은 하나밖에 없었다. 에라 모르겠다!

-도, 도미닉 님이…….

-뭐?! 도미닉 님?!

'걸렸나?!'

-이거 내가 귀한 분을 못 알아보고 건방을 떨었네. 미안하게 됐어. 도미닉 님에게 말하지는 말아달라고.

바로 고개를 숙이는 뱀파이어들!

[타락한 뱀파이어 전사들을 속이는 데 성공합니다.]
[교활한 데스 나이트로 진화…….]

[골골이가 뱀파이어들을 속여 넘기는 데 성공합니다.]
[주인으로서 명성이 오릅니다.]
[화술 스킬이 오릅니다.]

용용이와 에드안을 안으로 보내고 기다리고 있던 태현은 당황했다.

왜 갑자기? 아니, 그보다 골골이 이놈은 시선 끌라고 보냈더니 뭔 짓을 했길래 뱀파이어들을 속여 넘긴 거지?

일단 속여 넘긴 걸 보니 안 좋은 상황 같지는 않은데…….

-대체 저 블랙 드래곤은 뭐 하는 놈이지?

잽싸게 도망치는 흑흑이를 보며 뱀파이어들은 이를 갈았다. 골골이는 현명한 목소리로 말했다.

-내가 알기로 저놈은 사디크의 마수다.

-사디크!

-그 야만적이고 폭력적이고 더러운 놈!

-그놈들 망하지 않았나? 교단이 박살 났다고 들었는데.

-아니. 저기 에랑스 왕국에 화신이 나타났다고 하더라고.

-화신이라니. 제법 대단하군. 우리도 어서 살라비안 님을…….

뱀파이어들은 이러쿵저러쿵 떠들어댔다.

-데스 나이트, 대단하군. 역시 도미닉 님이 불러내서 그런지 대단해.

-별, 별거 아니다.

-도미닉 님이 네게는 무슨 명령을 내렸지?

-어…… 왕…… 왕궁을 지키라고 하셨다.

-그런데 여기 왔다고?! 왜 여기 온 거냐!

뱀파이어들은 깜짝 놀라서 골골이에게 따졌다. 골골이는 당황했지만 물러서지 않았다.

-너…… 너희가 제대로 일을 하지 못해서 내가 온 거 아니

냐! 침입자 하나 제대로 잡지 못하다니.

-크윽…….

-맞는 말이야. 데스 나이트! 넌 어서 돌아가라. 우리는 반드시 저놈을 잡아서 명예를 회복할 테니.

-알, 알겠다.

골골이는 일단 고개를 끄덕였다. 당당하게 왕궁 안으로 갈 수 있다니, 일단 잘 된 건가?

-좋아. 가볼까…….

-이봐!

골골이는 다시 날아오를 준비를 하는 뱀파이어들을 불렀다. 뱀파이어들은 고개를 갸웃거렸다.

-왜 그러지?

-절대 포기하지 말고, 끝까지 쫓으라고! 명예를 회복하기 위해서!

-……그 정도는 알고 있어! 당연하지!

파아앗!

멀리서 쉬고 있던 흑흑이는 다시 날아오는 뱀파이어들을 보며 기겁했다.

-돌겠네. 저놈들! 침입도 안 하는데 왜 자꾸 쫓아오는 거야! 이 정도면 그냥 봐줘도 되지 않나?!

흑흑이는 날개를 파닥이며 도망치기 시작했다. 도시를 지키고 있는 놈들이라 적당히 쫓아오다 말 줄 알았는데, 뭘 잘못 먹은 것처럼 쫓아오고 있었다.

"으윽…… 체력이……."

-힘내라. 도둑놈.

"내, 내 이름은 에드안인데……."

-도둑놈이라고 불리는 걸 좋아하는 거 아니었나? 꼬박꼬박 그렇게 말하고 다녀서…….

"대도적! 대도적! 도둑놈이 아니라 대도적!"

-아. 그랬군. 대도둑놈.

에드안은 말하는 걸 포기했다. 이 건물 안에서는 계속 흡혈을 당하는 기분이라 힘이 들었다.

'포션 하나 마시고 가야겠군.'

딸칵-

-아, 고맙다. 대도둑놈. 눈치가 있다.

용용이는 덥석 포션을 받아먹었다.

"내가 마시려고 딴 거야……."

-그래? 눈치가 있다는 말은 취소해야겠다.

'태현 님! 보고 싶습니다!'

에드안은 속으로 울었다. 아키서스의 신수인 만큼 그가 함부로 대할 수도 없었고(애초에 둘이 붙어도 에드안이 질 가능성이 컸다), 이 근처에는 용용이를 통제해 줄 태현도 없었다. 태현이 있을 때는 몰랐지만, 새삼스럽게 태현이 어떤 놈들을 데리고 다니는지 느낄 수 있었다.

태현만 없으면 아주 자기 멋대로 온갖 깽판을 칠 놈들!

물론 그놈들에 들어가는 에드안이 할 소리는 아니었다.

"그나저나 사람이 없어서 편하긴 한데 좀 으스스하다."

붉은 기운이 계속해서 HP를 조금씩 빨아들이고 있었다.

그 때문인지 왕궁 안에는 사람이 전혀 없었지만, 오히려 그게 더 무서웠다.

-대도둑놈. 어디로 가야 하나? 설마 길 잃은 건…….

"아니야. 내가 여길 한두 번 온 줄 아냐?"

-한두 번 온 줄 아냐니. 온 적이 있나?

"물론. 예전에 온 적이 있지. 잡혀서 팔이 잘렸지만."

죽은 다미아노 2세의 아버지가 아직 왕으로 있을 때 에드안은 왕궁을 털려고 한 적이 있었다. 물론 서툴렀고, 그 대가로 양팔을 내줘야 했다.

-잡혔다고? 그러면 대도둑놈이 아닌 거 같다.

"아, 아니. 목숨 건졌으면 충분히 대단한 거지……."

-내 주인은 팔도 안 날렸을 거다.

에드안은 시무룩해졌다.

"……어쨌든 빨리 돌고 나가자고. 지금 내 HP가 쭉쭉 깎이는 게 무섭네."

[<살라비안이 남긴 혼의 조각>이 흡혈을 가속합니다. HP가 더 빠르게 줄어듭니다.]

에드안은 당황했다. 여기서 더 빠르게 줄어든다고!

왕궁을 전부 다 돌 시간이 없을 것 같았다. 중요한 곳만 빠르게 돌아야 했다.

"따라와!"

타다다닥-

-제대로 알고 가고 있는 거 맞나?

"맞다니까! 일단 여기 왕좌를 지나서 뒤로 가면 보물을 보관하는 방이 있어. 규모는 작지만 왕이 직접 감상하는 곳이라고."

원래라면 다미아노 2세가 왕좌에 앉아 있을 홀! 수많은 기사들과 마법으로 보호받고 있어야 할 홀이지만, 아무도 있지 않았다. 다미아노 2세가 앉아 있을 왕좌에도 아무도…….

"으아악!"

-왜 그러나!

"저 흉측한 건 뭐야?!"

에드안은 기겁하며 뒷걸음질 쳤다. 다미아노 2세가 앉아 있을 왕좌 위에 붉은색의 피로 된 고치가 자리 잡고 있었던 것이다. 마치 심장처럼 박동하면서 점점 커지고 있는 고치!

-저기서는 신성력이 느껴진다.

"신성력이고 뭐고 가까이 다가가면 안 될 것 같은데!"

-그런데 네가 말하지 않았나? 저기 뒤에 방이 있다고…….

"……생, 생각해 보니까 다른 곳도 괜찮은 곳이 많았어."

-거기까지 갈 시간이 없을 것 같다. 나도 마법으로 몸을 보호하고는 있지만 여기는 위험하다.

용용이는 완고했다. 시킨 일은 하자!

"으윽……."

에드안은 울상이 되어 앞으로 걸어갔다. 이렇게 위험한 일일 줄은 몰랐는데…….

'더럽게 소름 끼치네!'

꿈틀, 꿈틀-

커져가는 피의 고치가 박동할 때마다 소름이 돋았다.

'어? 저건…….'

에드안은 고치 안에 무언가 반짝이는 걸 발견했다. 어디서 많이 본 왕관! 다미아노 2세가 쓰고 있던 아탈리 왕국의 왕관이었다.

꿀꺽-

평생 훔치려고 했던 왕관을 여기서 보자, 에드안은 지나칠 수가 없었다.

-뭐 하는 거냐, 대도둑놈! 위험하다!

에드안이 고치에 팔을 뻗자 용용이가 당황했다. 저 불길한 신성력으로 덮인 고치는 닿는 순간 어떻게 될 줄 알 수 없었다.

"저건…… 꼭 훔쳐야 해!"

-그러다 죽는다!

"죽더라도 지나칠 수 없어!"

번쩍!

에드안은 양 팔을 뻗어 왕관을 꺼냈다. 그 순간 소름 끼치는 비명이 터져 나왔다.

끼에에에에에에에에에엑!

왕궁, 아니, 수도 전체를 울리는 비명!

"뭐야?!"

밖에서 기다리고 있던 태현도 당황했다. 안에서 뭔 짓을 하고 있길래!

[<살라비안의 비명>을 들었습니다. 무조건적으로 기절합⋯⋯.]

[<아키서스의 화신>입니다. 저항에 성공합니다.]

'미친. 뭔 디버프가⋯⋯.'

아키서스의 화신이 아니었다면 바로 기절 상태에 빠졌을 거라는, 아찔한 메시지창이 나왔다.

'안에 들어가 봐야 하나?'

다행히 안의 둘은 멀쩡했다. 용용이 덕분이었다.

콰드득! 콰득!

그러나 고치에서 뻗어 나온 피의 팔은 에드안의 양팔을 붙잡고 놓아주지 않았다. 왕관을 놓고 가라는 것처럼!

"절대 놓을 수 없다! 읍읍!"

에드안은 이빨로 왕관을 물었다. 그러고는 외쳤다.

"읍읍(잘라)!"

용용이는 놀랐다. 뭐 저런 욕망에 눈이 먼 인간이 있나! 아무리 의수라지만⋯⋯.

그러나 지금은 망설일 시간이 없었다. 엄청나게 거대한 비명이 터져 나왔으니 밖에서도 적들이 몰려올 가능성이 컸다.

[<살라비안이 남긴 혼의 조각>이 고동치며 흡혈을 가속합니다.]

게다가 더 강력하게 흡혈하는 혼의 조각!
용용이는 재빨리 에드안의 양팔을 잘라냈다.
와작!
"읍읍읍!"

[블러드 골렘이 소환됩니다.]

고치 앞을 지키려는 듯이 생겨나는 붉은 피로 된 골렘들!
-이런…… 빠져나가야 한다!
"읍읍읍읍 읍읍읍읍읍 읍(저거라도 챙겨 나가야 해)!"
에드안은 필사적으로 홀의 벽들을 가리켰다. 창고까지 갈
시간이 없더라도 최대한 갖고 나가야 했다. 이 홀의 컬렉션들
은 아탈리 왕국이 자랑하는 예술품 컬렉션! 하나하나가 예술
가들이 보면 감동의 눈물을 흘릴 작품들이었다.
-지금 그럴 수는…… 에잇! 뭘 가져가면 되나!
"읍읍, 읍읍, 읍읍!(저거, 저거, 저거!)"
에드안은 정신없는 상황에서도 최대한 빠르게 지목했다. 그
리고 발로 조각상들을 걷어찼다.
휘릭-

그러자 넓은 벽이 돌아가며 숨겨져 있던 예술품들이 드러났다.

[숨겨져 있던 예술품들이……]

"읍읍읍!(여기 있는 거 다 챙겨!)"
-인정한다. 인간. 넌 정말 대도적이다!
용용이는 에드안의 의지에 감탄했다. 팔은 잘려 나가고 블러드 골렘들이 죽이려고 덤벼드는데도 끝까지 한탕을 추구하는 저 자세!

CHAPTER 6

"이 자식들 뭐 하고 있는 거야……."

태현은 한숨을 쉬며 앞을 쳐다보았다. 멀리서 뱀파이어 전사들과 살라비안 교단의 괴수들이 달려오고 있었다. 보아하니 방금 비명이 수도 전체를 깨운 것 같았다.

이렇게 된 이상 여기서 더 있는 건 무리였고 최대한 빨리 빠져나가야 했다.

'응?'

무리의 앞에서 달려오는 데스 나이트가 어딘가 익숙했다.

-가자! 내 명령을 따라라! 가…… 헉.

골골이는 신나서 외치다가 앞의 태현을 발견하고 멈칫했다.

-여, 여기는 아무도 없군. 저기로 가자!

골골이는 재빨리 전사들을 이끌고 다른 곳으로 향했다.

-너 뭐 하나?

-그…… 그게 말입니다…….

골골이는 당황해서 설명을 시작했다. 흑흑이가 먼저 괴롭혔다는 말은 절대 빼놓지 않고!

-……그래. 잘했다.

-감…… 감사합니다.

혼은 나중에 내고, 일단 골골이를 이용해야 했다.

-최대한 시간을 끌어라. 빠져나갈 수 있도록.

-알겠습니다!

골골이는 전사들을 이끌고 이리 뛰고 저리 뛰었다.

-이쪽이다!

-아니, 이쪽인 거 같다!

-사실 이쪽일지도?

뱀파이어 전사들은 뭔가 이상했지만 일단 골골이를 따랐다. 도미닉이 소환한 데스 나이트니까 뭔가 있겠지!

그사이 용용이가 반쯤 시체가 된 에드안을 업고 왕궁에서 뛰쳐나왔다.

-주인이여! 나왔다!

"잘했다고 하고 싶은데…… 얘는 왜 이래?"

-그게…….

용용이가 안에서 있었던 일들을 빠르게 설명했다. 그 말을 들은 태현은 황당한 얼굴로 물었다.

"그러니까 들어가서 달랑 왕관 하나랑 예술품들만 갖고 나왔다고?"

……이, 이 도둑놈 때문이다!

대도적에서 도둑놈으로 다시 돌아온 에드안!

용용이는 바로 에드안을 탓했다.

[카르바노그가 저거 골드 드래곤 맞냐며 신기해합니다.]

태현과 같이 다니면서 용용이는 안 좋은 것만 배우는 것 같았다.

'오리하르콘이나 좀 챙겨 오라고 들여보냈더니…….'

태현은 입맛이 썼다. 기껏 들어가서 챙겨온 게 예술품들하고 왕관이라니. 물론 저 예술품들은 예술 직업, 그러니까 화가나 조각가 같은 직업들이 보면 엄청나게 좋아할 물건이긴 했지만…….

왕궁의 다른 아이템들과 비교한다면 아쉬웠던 것이다.

게다가 왕관이라니. 어지간히 좋은 게 아니라면야…….

"일단 빠져나가자. 여기서 더 오래 있다가는 위험할 거 같으니까."

골골이가 시간을 끌고 있다지만 아까 비명 때문에 수도의 모든 뱀파이어들이 왕궁으로 몰려오고 있었다. 자칫하다가는 여기서 포위될 수도 있는 상황!

"왔다!"

〈절망과 슬픔의 골짜기〉에 몰려 있던 플레이어들은 모두 숨죽이고 기다리고 있었다.

멀리서 다가오고 있는 군대! 도미닉이 직접 이끌고 나온 살라비안 교단의 군대였다. 이미 정찰을 나간 플레이어들로 인해 살라비안 교단의 군대가 어느 정도인지는 정보가 돌고 있었다. 지금도 실시간으로 살라비안 교단 군대에 관한 글들과 동영상들이 올라오고 있었으니까…….

현재 판온에서 가장 관심을 많이 받는 곳을 따져본다면, 에랑스 왕국과 오스턴 왕국 사이 국경지대와 바로 여기!

"버프 걸어드리겠습니다!"

"버프 못 받으신 분들 여기 오세요! 지금 마법 씁니다!"

"은화살은 저쪽 앞에서 나눠주니 궁수분들은 넉넉하게 챙겨 가시면 됩니다!"

〈절망과 슬픔의 골짜기를 지켜라-공성전 퀘스트〉
절망과 슬픔의 골짜기를 노리고 살라비안 교단의…….

[공성전 퀘스트에 참가했습니다. 공적치 포인트가 오릅니다.
[아군에게 축복을 걸어주었습니다. 공적치 포인트가 오릅니다.]
[아군 장비를 수리해 주었습니다. 공적치 포인트가…….]

원래 이런 공성전 퀘스트는 개인별로, 파티별로 따로 놀게 되어 있었다. 즉 처음 보는 다른 사람들에게 버프를 걸어주거나 장비를 수리해 줄 일은 없는 것! 남 좋은 일을 해줄 이유가 없는 것이다.

그렇지만 이번 공성전 퀘스트는 달랐다. 여기 영지에 있는 모든 플레이어들이 참가한, 왕위 계승 퀘스트의 일부! 그래서인지 남에게 버프만 걸어줘도 공적치 포인트가 쌓였고 남의 장비만 고쳐줘도 공적치 포인트가 쌓였다.

평소에 전투 직업들에게 밀려 할 일이 없던 제작 직업들에게는 절호의 기회였다.

"장비 혹시 더 없습니까? 그것도 해드리죠."

"아니 더 없는데……."

"거기 부츠가 지금 좀 닳은 거 같은데! 잠깐 줘보십쇼!"

"내구도 꽉 차 있는 새 부츠야! 뭔 소리를 하는 거야!"

그러는 사이 도미닉은 군대를 이끌고 점점 접근하기 시작했다. 단순히 살라비안 교단뿐만이 아닌, 반란을 일으키고 나서 뺏은 왕국군도 꽤 보였다.

"들어라, 반란군……."

쉭!

도미닉이 입을 열자마자 멀리서 화살이 날아오기 시작했다. 플레이어들이 쏜 건 아니었다. 플레이어들은 '쟤 무슨 소리 하나 들어나 보자' 싶은 마음으로 기다리고 있었던 것이다.

화살을 쏜 건 타이럼 사냥꾼들! 분위기 파악하는 능력이나 눈치하고는 담을 쌓은 이들!

파파파파팍!

"쏴! 쏴!"

"저놈 잡으면 전쟁 끝 아니냐?!"

타이림 사냥꾼들은 신이 나서 화살을 쏘아댔다. 물론 도미닉에게 맞는 건 하나도 없었다.

카카캉-

도미닉 주변에 붉은색 방어막이 쳐져 공격을 다 막아낸 것이다. 그러나 말을 끊기에는 충분했다. 도미닉의 이마에 굵은 힘줄이 돋았다.

"못 배운 놈들이라 그런지 말도……."

"어? 공격 시작했나?"

"그런 거 같은데?"

"그러면 쏘자!"

문제는 이 공격을 다른 플레이어들이 공격 개시로 받아들였다는 점이었다. 다들 쏘는 걸 보니 공격 시작인가보다!

공들여 쌓은 요새와, 가장 바깥쪽 성벽에서 미친 공격이 시작되었다. 단순히 화살뿐만이 아닌 각종 공성 병기를 사용한 파상공세!

콰콰쾅! 콰쾅!

마법사들은 나서지도 않았는데 화살비와 바윗덩이만으로도 땅이 울리고 주변이 뒤집혔다.

"도미닉 님! 뒤로 물러서십시오. 저희들이 나서겠습니다!"

살라비안 교단원들이 도미닉을 끌고 뒤로 물러서게 할 정도였다. 그걸 본 수비군의 사기가 올랐다.

"와아아아아아아아!"
"도망친다! 도망쳐!"

[영지 수비군의 사기가 오릅니다.]

"저…… 저놈들이 감히……!"
그리고 이 반응이 도미닉의 심기를 건드렸다.
감히 저런 놈들이 날 조롱해!
특히 타이럼 사냥꾼들이 괘씸했다. 어디서 야만족처럼 후
줄근하게 입은 놈들이…….
"가라. 내 위엄을 똑똑히 보여주어라!"
"크흐흐…… 도미닉 님. 제가 처리하겠습니다. 보고만 계시
지요."
쭈글쭈글한 외모를 가진 추악하고 늙은 뱀파이어가 나섰다.
그러나 차고 있는 장비와 뿜어내는 마력만은 어마어마했다. 살
라비안 교단의 대주교!
"와. 저 지팡이 〈타락한 태양의 지팡이〉 아냐?"
"왼쪽에 끼고 있는 눈은 설마……."
"미친, 전설에만 나오는 아이템을 혼자 몇 개를 끼고 있는 거야?"
"기껏해야 사디크 교단 정도라고 생각했는데 사디크 교단보
다 훨씬 더 강한 거 같은데……."
대주교가 끼고 있는 장비 중 몇 개를 알아본 플레이어들이
웅성거렸다. 그 말을 들은 버포드는 헛기침을 했다.

"크흠, 크흠."

"?"

"사디크 교단도 나름…… 좋은 아이템 많이 있지 않았나? 요즘은 화신도 막 소환하고……."

"좋은 아이템이 뭐가 있었지?"

"글쎄? 김태현 토벌 퀘스트 방송 봤는데 딱히 없었던 거 같은데……."

"나도 직접 참가했는데 확실히 저 뱀파이어만큼 임팩트 있지는 않았던 것 같아."

버포드는 울컥해서 외쳤다.

"김태현이 다 태우고 박살 내서 아이템이 많이 사라진 거지! 원래는 좋은 아이템도 많이 있었어!"

생각해 보니 새삼 억울했다. 김태현 놈이 두 번이나 교단을 박살 냈는데 장비가 좋은 게 남아 있을 리가 있나!

"아니 왜 화를 내?"

"사디크 교단이 살라비안 교단보다 세력이 작고 갖고 있는 아이템은 좀 없을 수 있어도 사디크 교단 역시 좋은 교단이라고! 판온에서 가장 핫했던 암살 퀘스트와 토벌 퀘스트를 진행했고……."

"토벌 퀘스트는 진행한 게 아니라 당한 거 아닌가?"

"……그리고 요즘은 대륙을 불태우는 사디크의 화신도 있지. 다시는 사디크 교단을 무시하지 마라!"

버포드는 진심을 다해 외쳤다. 물론 그 진심이 다른 사람들에게도 통하는 건 아니었다.

"교단 다 망한 다음에 나와봤자…… 그냥 깽판만 치고 다니는 거 같던데……."

"맞아. 난 화신 나와서 뭐 교단 재건 퀘스트라도 뜨나 했더니 그런 거 안 뜨나 봐? 마수 군단에 가입하려고 했던 놈들은 그냥 바로 죽었다고 하고."

다른 사람들에게 버포드의 소리는 그저 헛소리로 들릴 뿐이었다.

'크흑……'

그러는 사이 살라비안 교단의 대주교는 마법을 시작했다.

[타락한 피의 땅이 시전됩니다. 대주교가 불러내는 모든 소환수들의 능력치가 증가합니다. 소환수들은 죽어도 다시 빠르게 부활합니다!]

대주교 중심으로 거대한 파동이 퍼져 나가더니 땅이 붉게 물들기 시작했다. 성벽과 요새 근처를 아예 덮어버리는 드넓은 범위! 어마어마한 시전 범위였다.

"타락한 종들이여, 나와라!"

장판을 깐 대주교는 미친 듯이 소환 마법을 연사했다. 한 번 소환할 때마다 뱀파이어 전사들이 미친 듯이 쏟아져 나왔다. 하급 뱀파이어 전사들은 물론이고 중급, 고급 뱀파이어 전사들까지 있었고 거기에 각종 살라비안 교단의 괴수들까지!

-피의 광란! 광폭한 저주! 불어나는 피!

순식간에 몇만이나 되는 뱀파이어 군세가 성벽과 요새 앞을 채우기 시작했다.

꿀꺽-

플레이어들은 누가 먼저라고 할 것도 없이 침을 삼켰다.

보스 몬스터가 오는 건 알고 있었지만 이런 임팩트를 눈앞에서 보여주는데 담담하게 있을 사람은 많지 않았다.

"와…… 미친……."

"교단이라면서 언데드 소환까지 해? 장난 아닌데. 리치 뺨치는 수준이잖아."

"사디크 교단이랑은 차원이 다르네."

'사디크 이야기는…… 굳이 할 필요 없잖아……'

버포드는 속으로 울었다. 사디크 교단은 저렇게 대규모로 뱀파이어 전사들을 소환해 내서 공격하는 스킬 같은 건 없었다. 잘 단련되고 훈련된 성기사 개개인들과 사디크가 내려준 마수, 그리고 강력한 화염의 힘으로 싸우는 게 사디크 교단!

'각자의 장단점이 있는 법이라고!'

버포드가 속으로 울고 있는 사이, 공격이 시작되었다.

캬아아아아아아아아아악!

[대규모의 군세가 공격해 들어옵니다. 사기가 떨어집니다. 공포

저항에 실패할 경우 공포 상태에 빠집니다.]

　위에서, 아래에서.
　대형 박쥐 괴수들과 거기에 타고 있는 뱀파이어 전사들은 위에서. 다른 지상 괴수들과 뱀파이어 전사들은 아래에서!
　마치 거대한 붉은 파도처럼, 뱀파이어 군대가 덤벼오기 시작했다. 순식간에 요새와 성벽을 넘을 것 같은 기세.
　"겁먹을 거 없다! 공격! 공격!"
　"저놈들은 절대 못 넘어온다!"
　그러나 플레이어들은 기가 죽지 않았다. 그러기에는 수비에 공을 들인 게 너무 많았기 때문이었다.
　파파파파파파팟-
　성벽과 요새에서 미친 듯이 쏟아지는 화살들!
　콰콰쾅! 콰쾅!
　그뿐만이 아니었다. 뒤에 배치해둔 공성 병기에서 무식한 바윗덩이들이 계속해서 쏟아져서 날아왔다. 아직 또라이들……
아니, 기계공학 대장장이들이 만든 폭탄들은 쓰지도 않았는데도 이 정도!
　절묘하게 배치한 요새와 성벽에서 쏟아지는 공격에 뱀파이어 군세는 접근도 못 하고 그대로 녹아내렸다.

　[공적치 포인트를……]
　[공적치 포인트를……]

"와아아아아!"

"우리가 이 정도였나??"

플레이어들도 놀랄 정도! 그만큼 영지의 수비가 엄청나게 강해졌던 것이다. 그나마 조금 가까이 간 건 비행 괴수였지만, 그들도 성벽 위까지 올라가진 못했다.

"앗! 날아다니는 놈들이다!"

"저놈들부터 노리자!"

타이럼 사냥꾼들이 눈에 불을 켜고 화살을 쏴댄 것이다. 날아다니는 괴수들은 체력과 방어가 비교적 약했고, 급소를 노리는 공격에 순식간에 추락했다.

[첫 번째 공격이 완전히 실패했습니다. 살라비안 교단의 사기가 내려갑니다!]

콰직!

아직 살라비안 교단의 정예 군대는 뒤에 그대로 남아 있었지만, 나름 야심 차게 보낸 첫 번째 공격이 너무 쉽게 격파되자 도미닉의 얼굴이 구겨졌다.

"이게 뭐 하는 거지?"

"걱정 마십시오. 폐하. 공격은 이제 막 시작되었을 뿐입니다."

대주교는 표정을 변하지 않고 말했다. 물론 처음 시도한 공격이 너무 완벽하게 격파되긴 했지만, 이건 시작일 뿐이었다.

대부분 소모품으로 보낸 공격! 얼마든지 되살려서 다시 공격할 수 있었다.

"일어나라, 피의 노예들아!"

콰르르릉…….

붉게 물든 대지에서 아까 박살 난 뱀파이어들이 다시 일어나기 시작했다. 아까와 크게 차이가 없는 어마어마한 숫자!

그걸 본 플레이어들의 얼굴이 질리기 시작했다.

'살라비안 님. 제발 김태현 놈의 영지에도 나와 같은 고통을 주시기를 빕니다.'

쑤닝은 영상을 보며 기도를 했다. 게임 안에서는 가입을 하지 않았지만, 마음만큼은 진실했다. 제발 저놈도!

지금 오스턴 왕국 국경 근처가 마수들한테 박살이 난 걸 생각하면 자다가도 벌떡 일어섰다. 현재 오스턴 왕국을 점령한 건 길드 동맹이었지만, 상황은 그렇게 좋은 편이 아니었다. 남쪽 지역은 김태산과 그 오크 놈들이 뿌리고 간 폭탄 때문에 완전히 역병 지대가 되어 있었고 서쪽 지역은 사디크의 마수들이 신나서 날뛰고 있었다.

오스턴 왕가 NPC들은 동북쪽으로 도망쳤고, 직업 전직에 위해 필요한 왕가 관련 아이템들은 아직 손에 넣지 못한 상태나…….

이런 상황에서 태현 영지도 똑같은 꼴을 당할 걸 생각하니 속이 다 시원했다. 너도 어디 좀 당해봐라!

그러나 동영상에서 진행되는 모습은 기대와는 전혀 달랐다.

파바바바밧!

"……."

철두철미하게 건설된 성벽과 요새에서 쏟아지는 화력!

아무리 수비하는 입장이라고 하지만 저 화력을 보니 입이 다 물어지지 않았다. 길드 동맹이 만약 저기를 공략해야 한다면?

'미친……! 대체 뭘 어떻게 만든 거냐? 완전히 철옹성이잖아!'

사람들이 많이 모여서 만든 건 봤지만 저 정도로 살벌하게 만들어졌을지는 몰랐다. 살라비안 교단의 대주교니까 저렇게 계속 소환해 가면서 공격을 했지, 길드 동맹 길드원들이 저랬다가는 대거 로그아웃당했을 것이다.

쑤닝은 식은땀이 흐르는 걸 느끼며 고민하기 시작했다.

다섯 번째 공격. 다섯 번째 공격도 손해 없이 막히자 대주교의 눈빛에도 초조함이 감돌기 시작했다.

일단 처리해야 할 건 성벽 밖 요새들! 안 그래도 철옹성 같은 성벽을 밖의 요새들이 도와주고 있었다.

"너희들이 나서야겠다. 저 양쪽에 있는 요새부터 처리해라. 성벽은 그다음이다."

"예!"

살라비안 교단의 정예들이 옆의 요새를 노리고 움직이기 시작했다. 그러나 요새에 있던 플레이어들은 다섯 번이나 공격을 손해 없이 막아낸 것 덕분에 방심하고 있었다.

"공적치 포인트 팍팍 쌓이는데?"

"앗. 또 온다."

"걱정 마. 화살 충분해. 이 화살이 누가 만든 화살인 줄 아냐? 태현 님이 직접 만들어 준 화살이란 말이야."

"웃기는 소리 하고 있네. 너 같은 놈한테 왜 김태현이 직접 만들어줘?"

"아. 진짜라니까? 못 믿겠으면 여기 설명 보던가. 온갖 옵션이 다 붙어 있는 화살이라 이 말이야."

"진짜네?!"

안 믿던 플레이어들도 깜짝 놀랐다. 대체 어떻게 말했길래 연관도 없는 김태현이 화살을 만들어 준 거지?

"태현 님이 내 실력을 알아보고 기대한다는 의미에서 만들어 준 거 아니겠어?"

쉬이이익-

멀리서 무언가 날아오는 소리가 들렸다.

콰아아앙!

"으아아악!"

"뭐야! 뭐야!"

[<꿈틀거리는 독 괴물>이 폭발했습니다.]

[중독 상태에 빠집니다.]

[<폭발하는 블러드 골렘>이 폭발했습니다.]

[남쪽 요새 문이 크게 타격을 입습니다!]

살라비안 교단의 정예 교단원들은 다른 방식으로 공격에 나섰다. 그중 하나가 각종 괴수들을 이용한 공성 공격!

"잠깐, 저건…… 폭탄이잖아!"

"순수하게 기계공학 스킬로 폭탄을 쓰지 않고 마법으로 폭발을 일으키다니! 비겁한 놈들!"

요새 안에 있던 기계공학 대장장이들은 펑펑 터지는 괴수들을 보며 분개했다. 무릇 폭탄이란 건 피와 땀과 화약으로 정성껏 만들어야지, 저렇게 마법으로 쉽게 만들어서 던지면 안 되는 것!

물론 밖의 교단 사제들이 그런 말을 들을 리 없었다.

-계속해서 괴수들을 날려 보내라…….

카르륵! 카륵!

거대한 괴수들이 마법의 힘을 받아 요새 문과 요새 벽, 요새 위로 닥치는 대로 날아들었다. 그리고 폭발했다.

콰아앙! 콰앙!

"대단하군. 살라비안 교단."

태현의 영지에 있던 악마 대장장이 NPC, 사루온은 순수하게 감탄했다. 기계공학과는 다르지만 이 신성 마법으로 만들어낸 괴수 폭탄도 굉장했던 것이다.

"무슨 말씀이십니까 사루온 님! 어떻게 그런 말씀을!"

"맞습니다! 이건 순수성을 훼손시킨 겁니다!"

버럭 화를 내는 대장장이들!

사루온은 당황해서 말했다.

"아니, 나는 그냥 대단하다고……."

"아무리 사루온 님이라도 그런 말씀 하지 마십시오!"

마치 한 대 칠 것처럼 씩씩대는 대장장이들! 제자로 믿었던 대장장이들한테 이런 반응이 나오자 사루온도 당황했다.

악마한테도 대드는 기계공학 대장장이들. 그들은 반격에 나섰다.

"폭탄은 너희들만 있냐! 우리들도 폭탄 있다!"

"뜨거운 맛을 보여주자!!"

함성과 함께 요새 안에서 폭탄들이 쏟아져 나오기 시작했다.

콰콰콰쾅! 콰콰콰쾅!

요새 근처는 온갖 폭발이 일어나는 난장판이 되어가고 있었다. 근처에 있던 뱀파이어 전사들이나, 도미닉이 끌고 온 왕국군도 잘못 날아온 폭탄에 맞고 기겁해서 거리를 벌릴 정도!

"크아악! 저 미친놈들이!"

"조심해라!"

그러나 위력은 확실히 대단했다.

살라비안 교단원들도 폭탄에 한번 제대로 맞으면 그대로 사라졌다. 그렇지만 요새도 확실히 박살 나고 있었다. 안의 사람들이 어떻게든 수리를 해보려고 했지만, 그것보다 부서지는 속도가 훨씬 더 빨랐다. 살라비안 교단이 요새를 공략하기 위해 보낸 괴수를 거의 다 썼을 때가 되자 요새의 정면은 완전히 무너져 있었다.

"치고 들어가라!"

-캬아아아아악!

명령이 떨어지자 뒤에서 기다리고 있던 뱀파이어 전사들이 그대로 요새 안으로 치고 들어왔다.

"후퇴! 후퇴!"

"성벽 위로 가자!"

요새 안에 있던 플레이어들은 뒤로 후퇴하기 시작했다.

그러나 대장장이 중 몇 명은 남았다.

"크크…… 크크크크…… 크하하하하하핫! 와라!"

요새 한가운데에서 적들을 기다리는 그들!

그들의 눈빛에는 광기가 가득했다.

'오늘 드디어 업적을 찍을지도 모른다!'

'내 판온 인생 최대의 폭발을……!'

기계공학 대장장이들의 꿈. 그것은 더 크고 강력한 폭발!

그러나 그것도 쉽지 않았다. 폭탄 하나로는 폭발에 한계가 있었던 것이다. 역시 폭발의 위력을 늘리기 위해서는 더 많은 폭탄이 필수적!

그렇지만 많은 폭탄을 한 번에 폭발시키려면 그만큼의 비용, 공간, 상황 등등이 필요했다. 즉 이런 공성전 상황이야말로 기계공학 대장장이들에게는 기회!

이런 일이 더 많이 생기면 좋겠다! 더 많이 터뜨리게!

태현이 듣는다면 멱살 잡을 생각이었다.

"인간이다!"

"찢어 죽여라! 감히 우리에게 대항한 놈들이다!"

뱀파이어들은 사납게 울부짖으며 달려들었다. 대장장이들은 그들을 보며 웃었다.

"가자!"

콰아아아아아아아아아앙~!

[레벨 업 하셨……]

[기계공학 스킬이……]

[아군을 공격했습니다.]

[악명이……]

"응?"

[HP가 0이 되어……]

"잠, 잠깐……."

자폭으로 사망 페널티 정도는 각오한 그들이었다. 그렇지만 마지막 순간에 뜬 메시지창은 예상과 달랐다.

아군을 공격했다니 누구?

슈우우우우~

폭발로 인한 연기가 가시자 요새의 모습이 드러났다. 반쯤 부서진 요새가 폭발로 인해 깡그리 날아갔다. 치고 들어왔던 살라비안 교단의 괴수들과 전사들도 같이 날아갔고……

후퇴하던 플레이어들 몇 명도 같이 날아갔다.

웅성웅성-

성벽 위 플레이어들이 방금 일어난 모습을 보고 떠들기 시작했다.

"대단하긴 한데…… 방금 우리 쪽 사람도 같이 공격하지 않았나?"

"내가 제대로 본 게 맞으면 폭발이 도망치던 사람들도 휩쓴 거 같은데……"

요새에서 후퇴한 다음 성벽으로 오려던 파티까지 날려 버린 폭발! 기계공학 대장장이들은 헛기침을 하며 고개를 들지 못했다.

"크흠. 크흠."

"계산에 실수가 있었던 것 같……"

샤샤삭-

대장장이들 주변에 원이 생겨났다. 플레이어들이 빠르게 물러나면서 생긴 원!

아까까지는 같이 손을 잡고 뜨겁게 외치던 플레이어들이 질색하는 눈빛으로 대장장이들을 쳐다보고 있었다.

-쟤네가 게네야? 밥만 먹고 폭탄만 만든다는……

-방금 봤지? 그래도 같은 아군인데 같이 날려 버렸어!

-힉! 이쪽 쳐다봤어! 조심해! 우리도 폭탄으로 쓸지 몰라!

사실 정확하게 따지고 보면 사람을 폭탄으로 쓰는 건 태현

밖에 없었지만, 지금 그런 게 중요하지는 않았다.

점점 더 퍼져 나가는 기계공학 대장장이들의 악명!

그러나 대장장이들은 주눅 들지 않았다. 수많은 플레이어가 힐끗거리며 수군거리면 좀 주눅이라도 들 법한데, 기계공학 대장장이들은 오히려 어깨를 폈다.

"저 정도는 감수할 만한 희생이지."

"암. 폭발 범위가 조금 틀리긴 했지만 원래 기계공학 스킬이란 건 오차 범위를 감수하고 쓰는 스킬!"

"아프니까 기계공학 스킬이다!"

'완전 개미친놈들이잖아……?!'

쑤닝 길드에서 보낸 첩자는 기계공학 대장장이들을 보고 여러 번 기겁했다. 처음에는 살라비안 교단의 괴수들을 박살 내버리는 화력에 기겁했다. 아무리 수비하는 입장이고 오랫동안 준비했다지만 저 정도 파괴력은 쉽게 보기 힘든 것!

그리고 그다음으로 기겁한 건 그 대장장이들의 태도였다. 아군이 맞아도 신경 쓰지 않고 폭탄이 잘못 터지는 것도 아랑곳하지 않았다. 대체 이런 놈들을 왜 데리고 있는 거지?!

'속임수인가?! 겉으로 힘을 숨기는 건가? 아니…… 그러기에는 너무 미친놈들인데…….'

첩자는 혼란스러워졌다. 태현의 영지가 갖고 있는 전력을 분석해서 보고해야 하는데, 이 대장장이들을 어떻게 분석해야 할지 알 수 없었던 것이다.

"요새가 뚫렸다. 생각보다 적이 강한데……."

"김태현은?"

"이제 막 왕궁 퀘스트 끝내고 빠져나오시나 봐요."

"진짜 다행이다……."

케인은 안도의 한숨을 내쉬었다. 솔직히 태현이 있고 없고의 차이가 너무 컸다. 심장을 조여오는 것 같은 부담감!

영지에 있는 수많은 플레이어가 초롱초롱한 눈빛으로 '케인님! 믿고 있어요!', '케인 님이라면 무슨 생각이 있겠죠!'라고 말할 때마다 가슴이 무거워졌다. 사실 나는 아무 생각도 없는데!

"태현이 온다고 방심하면 안 돼. 최대한 피해를 덜 내고 방어해야지."

"알, 알고 있어."

태현 없는 태현 일행은 공성전 상황을 확인했다. 외곽 요새는 격파당했지만 그만큼 성과도 있었다. 살라비안 교단의 괴수들 숫자가 확 준 것이다. 자폭의 위력이 세긴 셌는지, 부활도 못 시키고 있었다. 남은 괴수들은 뒤로 후퇴시킬 정도!

척척척-

그렇지만 도미닉이 이끌고 온 군대는 대단했다. 대주교가 일으킨 뱀파이어 군대와 함께, 잘 무장한 왕국군이 앞으로 나섰다.

"발사! 놈들이 성벽에서 얼굴을 내밀지 못하게 해라!"

파파파파파팍!

이제까지 힘을 아끼고 있던 왕국군의 화살 공격! 무작정 덤벼드는 뱀파이어들과 달리 왕국군의 공격은 정교하고 위협적이었다.

픽! 파곽!

"윽!"

"크흑!"

성벽 위에 있던 플레이어들이 비명을 지르며 내려왔다. 한 대 맞을 때마다 피가 쭉쭉 깎이는 게 보통 묵직한 게 아니었다.

"힐! 힐 부탁드려요!"

"여기 방어막 깨지고 있습니다! 도와주세요!"

왕국군의 지원을 받고 외곽 요새들까지 사라지자 뱀파이어 군대는 드디어 성벽 앞까지 도착할 수 있었다.

처음으로 공략당하는 성벽 앞!

"기어오른다!"

"걱정 마. 어차피 약한 놈들밖에 없어!"

플레이어들은 개떼처럼 몰려드는 뱀파이어 군대를 보면서도 겁먹지 않았다. 아직 겁을 먹을 이유가 없었던 것이다. 요새가 박살 났어도 새로 세운 세 겹의 성벽은 멀쩡했고, 그 뒤에는 쌩쌩한 플레이어들이 우글거렸다. 영지에 있는 랭커들과 고렙 플레이어들은 나서지도 않은 상황!

플레이어들은 오히려 올라와 보라고 도발했다.

캬아아아아아악!

"와아아아아아아!"

성벽 위를 기어오르는 데 성공한 중급 뱀파이어 전사들.

대기하고 있던 플레이어들은 돌격해 스킬을 먹여주었다.

-세 번 베기!
-사자의 돌격!
-분쇄 강타!

캬아아악! 캬악!
뱀파이어 전사들은 그대로 밀려 성벽 밖으로 떨어졌다.
그 순간 하늘에서 붉은 벼락이 떨어지기 시작했다.
콰르릉, 콰직! 콰지직!

-타락한 피의 번개!

"교단 사제들이다!"
"젠장! 뱀파이어들 사이에 있었어! 너무 많아서 보이지도 않았네!"
갑작스럽게 날아오는 마법 공격! 이제까지 공격처럼 그냥 단순하게 인해전술이라고 생각했던 플레이어들은 제대로 얻어맞았다. 살라비안 교단의 고위 사제들은 뱀파이어들 사이에 숨어 성벽 밑까지 접근한 것이다. 이제까지 두들겨 맞은 한을 풀기라도 하려는 것처럼 성벽 위를 난타하는 그들!
처음으로 로그아웃(아까 자폭한 사람들은 제외하고) 당하는 사람들이 나오기 시작했다.
"안 되겠다. 내가 나설게!"
뒤에서 보던 에반젤린은 끌고 온 뱀파이어 NPC들을 부르며 외쳤다. 첫 번째 성벽이긴 했지만 지금 분위기를 내주고 싶지는 않았다. 지금은 앞으로 나설 때!

"힘내!"

"파이팅입니다!"

"응원할게!"

용감하게 응원하는 태현 일행들!

"……안 도와줘?"

"아니, 지금 돌격하는 게 맞는지 몰라서. 만약 네가 잘못 판단한 거라면 우리라도 남아야 할 거 아냐."

"뭐가 위험하다고 그래!"

"방심할 때가 가장 위험한 거야, 인마! 내가 얼마나 당해봤는데!"

케인은 당당했다. 그러나 에반젤린 입장에서는 어이가 없을 뿐이었다. 태현이 온갖 미친 짓을 할 때는 겁 없이 따라가던 놈들이……!

"김태현이 돌격할 때는 따라가잖아!"

"그…… 그건 걔니까 그런 거고……."

한마디로 태현과 너는 다르다는 것!

"……아오, 됐어! 그냥 내 부하들로만 하지 뭐. 충분히 깰 수 있어!"

에반젤린은 자신만만했다. 기껏 해봐야 성벽 위로 올라온 놈들은 중급 뱀파이어 전사. 레벨 100만 넘긴 플레이어라면 손쉽게 잡을 수 있었다. 랭커인 그녀라면 더더욱 쉬웠다.

"내가 왔어!"

"앗! 에반젤린 님!"

"에반젤린 님이다! 와아아!"

에반젤린을 알아본 플레이어들은 환호했다. 랭커만큼 이런 상황에서 든든한 사람들도 없었다.

캬아아아아악! 캬아아아악!

그리고 뱀파이어들도 플레이어들만큼이나 열광했다. 정확히 말하자면 발광이었다.

[타락한 살라비안 교단의 뱀파이어들이 당신을 보고 <영원한 광분> 상태에 빠집니다! <영원한 광분> 상태에 빠진 뱀파이어들은 다시는 부활할 수 없지만 놀라운 힘을 낼 수 있습니다!]

"어……?"

-고대 뱀파이어의 후예다! 저건 반드시 죽여야 한다!!

-죽여서 피를 빨아라! 절대 놓치지 마라!!

목숨을 걸고 광분 상태에 빠지는 뱀파이어 전사들! 심지어 밑에 있는 살라비안 교단의 사제들까지 광분 상태에 빠졌다.

캬아아아악! 캬아아악! 캬아아아악!

뱀파이어 전사들은 생각지도 못한 힘으로 성벽 위를 밀어붙이기 시작했다.

"용용아."

-지금 최선을 다하고 있다, 주인이여!

"아니. 난 딱히 너보고 더 빨리 가란 건 아니고. 흑흑이라면 더 빨리 갔을 것 같은데 생각하고 있었어."

파아아앗!

[용용이가 한계를 넘어 속력을 내기 시작합니다!]
[화술 스킬이 오릅니다.]
[용용이의 비행 스킬이 오릅니다.]

'단순한 녀석.'

태현은 속으로 웃었다. 옆에 널브러져 있던 에드안이 깨어나서 입을 열었다.

"으으…… 태현 님……."

"오냐. 기껏 가서 오리하르콘은 안 훔쳐 오고 왕관하고 예술품만 챙겨온 에드안."

말에 날카롭게 가시가 서 있었다. 에드안은 재빨리 변명했다.

"그, 그게 말입니다. 이게 상황이 정말 어쩔 수 없었던……."

"이게 그만한 가치가 있을까?"

태현은 왕관을 꺼내서 훑어보며 물었다. 온통 핏빛으로 물든 게 보통 요사스러워 보이는 게 아니었다.

"국왕의 왕관입니다! 가치가 없을 리가 없지요!"

"그래?"

아탈리 왕국의 왕관:
(현재 살라비안의 힘이 깃든 상태여서 제대로 된 상태 창을 볼 수 없습니다.)
(현재 살라비안의 힘이 깃든 상태여서 제대로 된 상태 창을 볼 수 없습니다.)

태현의 얼굴이 구겨졌다. 어디서 주위와도 이렇게 더러운 물건을······.

[<왕이여, 만수무강하소서-아탈리 왕국 국왕 퀘스트>가 갱신되었습니다. 아탈리 왕국의 왕관을 손에 넣었습니다! 스스로 즉위식 이벤트를 열 수 있습니다. 다른 아탈리 왕국의 귀족들이 왕관을 탐내려고 할 겁니다.]

'오오······?'
그나마 다행인 건 퀘스트 아이템으로서의 성능은 막강하다는 것!
'아탈리 왕국의 국왕은 기대도 안 하고 있었는데······.'
운명이 이상하게 점점 태현을 떠밀고 있는 기분이었다.
'내가 아탈리 왕국을 먹으면 유지, 관리가 가능하려나?'
"그런데 태현 님."

"왜?"

"골골이는 어디 있습니까?"

"몰라. 안 와서 버리고 왔어. 잘 지내겠지. 새 친구도 만든 거 같던데."

"……흑흑이는요?"

"걔는 아직 도망치고 있어서 합류하기 힘들대. 나중에 알아서 오겠지. 일단 우리부터 가자고."

"……넵."

에드안은 조용히 입을 다물었다. 그러나 태현도 좋아서 먼저 출발한 게 아니었다. 도미닉이 이끌고 온 군세가 생각보다 너무 대단했던 것이다. 리치를 뛰어넘는 어마어마한 숫자와 지속력. 거기에 살라비안 교단의 고위 NPC들은 아직 전력도 내지 않은 상태.

영지의 방어는 정말 튼튼했지만, 그것만으로는 안심할 수 없었다. 방어로는 이길 수 없는 법!

"용용아. 저 위로 조용히 날아 들어가자. 도미닉이 저쯤 있었으니까…… 그 위로 떨어져서 공격하는 거야."

-알겠다. 주인이여!

태현의 계획은 심플했다. 도미닉 근처에 떨어져서 있는 스킬들을 총동원, 도미닉을 기습한다!

죽이면 대박이고 죽이지 못하더라도 타격은 입힐 수 있을 것이다. 그럴 경우 다른 교단 NPC들도 최대한 없앨 생각이었다. 미친 짓 같았지만 태현은 빠져나갈 자신이 충분히 있었다.

"하나 둘 하면 떨어지는 거다."

-주, 주인이여.

"?"

-들킨 것 같은데······.

"??"

용용이의 말을 들은 태현은 아래를 내려다보았다. 수많은 뱀파이어와 괴수들, 살라비안 교단원까지 태현과 용용이를 빤히 쳐다보고 있었다.

'뭐야?!'

태현은 놀랐다. 지금 주변은 아직 해가 뜨지 않아 어두웠고, 각종 스킬까지 써서 은신했는데······.

살라비안 교단은 그걸 꿰뚫어 본 것인가?

'말도 안 돼! 그런 스킬이라면 내가 먼저 눈치를 챘어야······.'

화아악!

그 순간 뒤에서 눈 부신 빛이 비쳐왔다. 마치 태양과 같은 밝은 빛이었다. 태현은 그제야 밑의 군대가 태현을 쳐다보는 게 아니라는 걸 깨달았다.

그들이 쳐다보고 있는 건······. 갑자기 도미닉의 군세 뒤에서 나타난 사디크의 화신이었다.

"······쟤, 왜 여기 있냐?"

태현은 순간 그가 잘못 본 줄 알았다. 아니, 사실 잘못 본 것이기를 원했다. 지금 도미닉의 군대만으로도 충분히 머리가 아픈데 왜 사디크의 화신까지 여기 있단 말인가. 게다가 도미닉의 군대는 기습과 암살과 속임수로 어떻게든 돌려보낼 자신이 있었지만, 사디크의 화신은 솔직히 자신이 없었다.

지금 잡을 수 있을까? 레벨이 한 600, 700을 넘겨도 이상하지 않을 보스 몬스터! 최상위권 랭커들이 200 초중반을 넘나들고, 다른 랭커들이 막 200을 찍는 지금. 잡으려면 피해가 얼마나 나올지 상상도 가지 않았다.

-주, 주인이여. 어떻게 해야 하나?

태현은 1초 만에 결정을 내렸다.

"일단 눈 마주치지 말고 피하자."

-알겠다!

[<사디크의 영광>이 시전됩니다.]
[모든 은신 스킬이 해제됩니다.]
[모든 언데드 계열 종족들의 능력치가 내려갑니다.]

어두운 하늘에 화염으로 만들어진 구(球)가 떴다.

마치 인공 태양 같은 위엄! 문제는 그 인공 태양이 태현의 위치까지 발각시켰다는 점이었다.

"저거 뭐야?!"

"저, 저놈……."

"저놈 김태현 백작입니다!"

태현의 얼굴을 알아본 살라비안 교단이 재빨리 도미닉에게 보고했다. 도미닉의 얼굴이 귀신처럼 일그러졌다.

"이놈! 감히 내 위에서……!"

"쯧."

반면 성벽 위에서는 환호성이 터져 나왔다.

"와아아아아! 태현 님이다! 태현 님이야!"

"몰래 기습하려고 하고 있었구나! 역시 태현 님! 정정당당하고 멋있어!"

옆에서 외치는 환호성에 쑤닝 길드의 첩자는 고개를 갸웃거렸다. 지금 저게 상황에 맞는 칭찬인가?

"뭐 해! 넌 왜 안 외쳐!"

"헉, 죄송합니다. 김태현 만세! 정정당당한 싸움 파이팅!"

첩자는 다급하게 소리를 질렀다. 설마 이 모습이 길드 쪽에 들어가진 않겠지?

"김태현 백작. 감히 쥐새끼처럼 기습을 하다니!"

"기습으로 국왕 폐하를 시해한 놈이 뭐라는 거냐?"

"무…… 무슨 소리. 선왕께서는……."

"도미닉은 선왕 폐하를 몰래 기습해서 죽인 놈이다! 도미닉 아버지를 보면 알 수 있다! 도미닉 아버지가 누구? 바로 그 반역자……."

"닥치지 못할까!"

[도미닉을 말싸움에서 완전히 패배시키는 데 성공합니다.]

[도미닉이 이끄는 왕국군의 사기가 현저히 하락합니다.]

[도미닉이 이끄는 왕국군의 반란도가 늘어납니다.]

[화술 스킬이 크게 오릅니다.]

약점만 콕콕 골라서 찌르는 태현!

도미닉은 눈에 핏발이 설 정도로 분노했다.

"내가 네놈만큼은 쉽게 죽이지 않으리라. 사지를 조각내서 처참하게 죽여 버리고 말겠다!"

말싸움에서 승리한 태현은 도미닉의 저주를 무시했다.

노리는 건 아까 흔들린 도미닉이 이끄는 왕국군!

"자! 여기 〈아탈리 국왕이 하사한 검〉과 〈아탈리 왕궁의 나팔〉이 있다!"

예전, 사디크 교단 토벌 퀘스트를 깨고 국왕에게 받았던 보상템들!

아탈리 국왕이 하사한 검:

내구력 50/50, 공격력 30

스킬 '국왕의 이름으로' 사용 가능. 명성 제한 5,000.

아탈리 국왕이 뛰어난 공적을 내린 신하들에게 선사하기 위해 만든 검. 장식용이라 딱히 공격력이 높지는 않다.

아탈리 왕궁의 나팔:

내구력 10/10

스킬 '아탈리 왕가의 저주 해제', '아탈리 왕가의 저주' 사용 가능. 수리 불가능. 명성 제한 7,500.

아탈리 왕궁의 보물창고에 보관되고 있던 나팔. 드넓은 범위의 저주를 걸고 푸는 능력이 있다.

"저놈은 검도 없고 나팔도 없고 아탈리 왕가와 관련된 아이템은 아무것도 없을 거다! 뭐라도 갖고 있는 게 있냐?"

"이 개……."

"있으면 꺼내봐라! 못 꺼내네! 왕관은 있냐?"

도미닉은 분노했다. 왕관은 지금 의식 때문에 왕궁 안에 보관하고 있었다. 그걸 노리고 저렇게 말하다니!

"자! 여기 아탈리 국왕이 하사한 검이 있다! 모두 저 배신자, 반역자의 말을 듣지 말고 이쪽으로 와라!"

-국왕의 이름으로!

태현이 검을 들고 스킬을 사용하자 눈 부신 빛이 뿜어져 나왔다.

[<국왕의 이름으로> 스킬을 사용했습니다. 아탈리 왕국 내 NPC들에게 국왕의 이름을 빌려 강한 명령을 내릴 수 있습니다. 도미닉이 이끄는 왕국군의 반란도가 급격하게 늘어납니다!]

이제까지 검의 스킬을 아끼고 아껴뒀던 보람이 있었다. 스킬을 사용하자 왕국군이 크게 흔들리는 게 눈으로도 보였다.

"쏴버려!"

"……."

"뭐 하는 거냐! 쏴버리라니까!"

왕국군이 말을 듣지 않자 도미닉은 교단원들한테 명령을 내렸다.

케엑! 켁!

괴수들이 고개를 쳐들더니 태현을 향해 공격을 쏘아내기 시작했다.

"윽. 저거 뭐야?"

-독이다! 독!

"앗. 가까이 몰아라. 용용아."

용용이가 기껏 멀리 날아서 공격에서 벗어나려고 하는데 그걸 말리는 태현! 날아오는 녹색 덩어리들.

그냥 맞으면 태현의 행운으로 회피가 떠버릴 테니…….

"흡!"

……주인이여. 미쳐 버린 것인가?

용용이는 어이가 없었다. 날아오는 녹색 덩어리를 손으로 낚아채서 입으로 집어넣는 태현!

'윽. 맛없군.'

오크 아저씨들이 만약 이 모습을 봤다면 '태현이 녀석도 뭘 좀 아는군!' 하며 흐뭇해했을 것이다.

[살라비안 교단의 괴수들이 만들어낸 독을 먹었습니다. <독소

장착> 스킬이 오릅니다.]

　[고급 요리 스킬을 갖고 있습니다. 독을 먹고 받는 대미지가 줄어듭니다.]

　[고급 독 제작 스킬을 갖고 있습니다. 독을 먹고……]

　분명 공중에서 기막힌 묘기를 보여주고는 있었지만 그 결과물은 뭔가 많이 이상했다. 살라비안 교단의 괴수들도 당황스러운 눈으로 태현을 쳐다볼 정도!

　-쟤 지금 뭐 하는 거냐?

　[HP가 10% 미만으로 떨어집니다.]

　HP가 10% 밑으로 떨어지자 태현은 독을 먹는 것을 멈췄다. 각종 스킬들로 독 대미지를 적게 입긴 했지만, 계속 먹으면 HP가 닳을 수밖에 없었다.

　"자. 먹는 건 이 정도면 됐고…… 답례다!"

　-독소 장착, 맹독 살포!

　태현의 앞에 독 덩어리들이 만들어지더니 그대로 안개로 흩어져서 밑으로 뿌려지기 시작했다.

　[독소 장착으로 독을 만듭니다. 맹독 살포 스킬로 독을 안개로

만듭니다. 안개가 퍼지기 시작합니다.]

-'아래로 불어라!'

[언령 스킬을 사용합니다. 안개에 추가 효과가 부여됩니다! 안개가 더 강하게 불기 시작합니다!]

"크으윽!"
"커흑!"
밑에 있던 교단원들이 중독되고, 그보다 약한 뱀파이어 전사들은 픽픽 쓰러졌다.
태현은 거기서 멈추지 않았다.

-폭탄 연속 투하!

콰콰콰쾅! 콰쾅! 콰콰쾅!
-캬아아악!
"끄아아악!"
혼자서 교단을 휘저으며 아주 난장판을 만들어놓는 태현!
용용이를 타고 움직이면서 아슬아슬한 간격을 유지하고, 그 상태에서 온갖 스킬로 광역 피해를 줬다. 성벽에 있던 기계 공학 대장장이들은 눈물을 흘리며 박수를 쳤다.
"크흑…… 충성충성충성!"

"비행 괴수들은 당장 돌아와서 저놈부터 잡아라!!"

살라비안 대주교는 결국 성벽을 공략하던 괴수들을 돌아오게 했다. 태현을 그냥 잡을 수는 없다는 걸 깨달은 것이다.

[사디크의 화신이 휴식에서 깨어납니다.]
[<사디크의 영광>으로 소진되었던 힘이 회복됩니다.]

충격적인 등장이었지만, 태현이 날뛰느라 모두가 잠시 잊고 있었던 사디크의 화신! 휴식에서 깨어난 사디크의 화신이 가장 먼저 한 말은 한 마디였다.

-아키…… 서스…….

태현은 입맛을 다셨다.

'망했군.'

"찾았다. 사디크의 화신은 분명 이 산으로 들어갔어."

"그런데 파티장님. 사디크의 화신을 찾아봤자 우리가 이길 수는 없잖아요."

길드 동맹의 탐험가 플레이어들은 국경 지대를 샅샅이 뒤지며 사디크의 화신을 찾고 있었다. 국경 지대가 쑥대밭이 되고 있는 지금, 유일한 해결책은 사디크의 화신을 없애 버리는 것!

"걱정 마라. 어차피 싸우는 건 우리가 아니니까. 위치만 찾아내면 랭커들이 알아서 할 거야. 게다가 길드 내에서 찾아낸 자료들 보니까 대륙에 내려온 화신은 완전할 수가 없다더라. 사디크의 화신이 한 번 날뛰고 모습을 안 보이는 건 그래서일 지도 몰라."

"힘을 많이 써서 쉬고 있는 건가요?"

"그렇지! 그때 잡아버리면 되는 거야. 좋아. 바로 여기가……."

확!

탐험가 파티는 절벽을 넘어 올라갔다. 바로 여기가 사디크 의 화신이 있다고 알려진 곳!

그러나 아무것도 없었다. 타닥거리며 타오르는 사디크의 화 염만이 조금 남아 있을 뿐.

"어…… 어디로 간 거야?"

"아키서스의 영지는 여기가 아니라 오스턴 왕국인데."

길드 동맹의 첩자는 기가 막혔다. 이 상황에서도 끝까지 거 짓말을 시도하다니! 이 정도면 본받아야 하지 않나 싶을 정도!

-아키…… 서스…….

물론 사디크의 화신은 속지 않았다. 정확히 말하자면 태현 의 말을 듣지 않았다.

-아키서스의…… 기운이…… 느껴진다…….

쿵, 쿵-

사디크의 화신이 한 걸음 내디딜 때마다 거대한 불꽃이 튀었고 주변에 화염의 파도가 일어났다.

  화아악!

  그 서슬에 뱀파이어 전사들은 떼죽음을 당했다.

  '저 자식이 살라비안 교단이랑 손을 잡으면 위험한데.'

  태현의 머리가 빠르게 돌아갔다.

  영지를 버려야 하는가? 이제까지 들어간 게 얼마인데! 라는 생각이 들 법도 했지만 지금 그건 중요하지 않았다. 버려야 할 때는 어떤 것도 버릴 수 있어야 한다!

  그러나 다행히 그런 일은 벌어지지 않았다.

  적의 적은 친구라지만, 그것도 상황이 맞아줘야 하는 법. 살라비안 교단과 사디크 교단도 그렇게 친한 건 아니었던 것이다.

  "이런 건방진 놈이 어디서 갑자기 튀어나와 나를 내려다보는 거냐!"

  도미닉은 분노해서 창을 뽑아 들었다. 그리고 사디크의 화신에게 집어 던졌다.

  -살라비안 부패의 창!

  쐐애애액!

  창은 쏜살같이 날아가서 사디크의 화신에게 박혔다. 그러나 별다른 대미지를 주지는 못했다.

  -뭐냐…… 이 냄새는…… 살라비안…….

"어디서 교단도 다 잃어버리고 퇴물이 된 놈이 설치는 거냐! 썩 꺼져라! 여기는 살라비안 교단의 땅이다!"

도미닉의 말에 성벽 위에서 누군가 '크흑!' 하고 쓰러지는 소리가 났다. 버포드였다.

사디크의 화신은 말 대신 주먹으로 대답했다.

붕―

콰아아아아아아앙!

[사디크의 화신이 <사디크의 화염 지진>을 사용했습니다.]

주먹을 휘두른 곳을 중심으로 지진과 함께 화염이 솟구쳐서 바닥을 쓸어버렸다.

"끄아아아아아악!"

"캬아아악!"

몰려 있던 뱀파이어 군대는 아주 크게 타격을 받았다. 그걸 본 태현은 직감했다. 아, 이거 잘되겠다!

"용용아. 성벽 위로 가자! 구경이나 하면 되겠다!"

설마 했는데 정말로 둘이 붙을 줄이야!

'아키서스에 대한 원한도 별거 아니군. 둘이 손잡고 싸워야 할 상황에 서로 맞붙다니!'

[카르바노그가 그런 무서운 생각 하지 말라고 경고합니다.]

[사디크의 화신이 <용암 함성>을 사용합니다.]

꽝! 꽝! 꽝!

거대한 용암이 수천 마리의 뱀파이어 전사들을 쓸어버렸다. 마치 신화에서 나올 것 같은 장엄한 모습!

아키서스 영지 앞에서 두 교단의 거대한 힘이 맞붙었다.

"저 퇴물부터 먼저 잡는다. 살라비안 교단의 전사들이여! 전부 일어서라!"

아까까지 대기하고 있던 교단 고위 NPC들과 전사들이 움직이기 시작했다. 사방으로 빠르게 퍼지며 만들어지는 포위망! 성벽을 공격하기 위해 몰려갔던 중하급 뱀파이어들도 몰려와서 사디크의 화신 발을 노리고 덤벼들었다. 기어올라서 죽이려는 생각!

그러나 사디크의 화신은 결코 만만치 않았다.

화르륵!

캬아아아아아악!

중하급 뱀파이어들은 사디크의 화신과 닿는 것만으로도 단체로 타죽었다. 게다가 아까까지와는 달리 소환된 중하급 뱀파이어들은 다시 부활하지 못했다.

화염으로 완전히 태워 버리자 부활도 불가능한 것!

"잘한다! 사디크!"

태현은 손뼉을 치며 응원했다.

"저런 찢어 죽일 놈 같으니……!"

살라비안 교단의 대주교는 태현을 죽일 듯이 노려보았다.

원래 말리는 시누이가 더 얄미운 법!

지금 기껏 만들어놓은 뱀파이어 군세가 개박살 나고 이 땅 근처에 쳐놓은 광역 마법까지 박살 나고 있었다. 다 죽은 사디크 교단의 화신이 왜 갑자기 여기에 나타난 건지 알 수가 없었지만……. 일단은 잡고 본다!

"오냐…… 위대한 살라비안 님의 힘은 사디크 같은 하찮은 잡신이 범할 수 없다는 걸 알려주마!"

-살라비안의 영혼 소환, 지독한 피의 저주, 심장 각인, 신성력 약화…….

대주교는 소환을 포기하고 마법과 저주로 돌아섰다. 사디크의 화신을 상대할 때는 잡몹 몇만 마리를 소환해도 의미가 없었다. 존재 자체가 광역기였던 것이다.

지나가다가 불에만 닿아도 중하급 뱀파이어는 그대로 부활도 못 할 정도로 불탔고, 상급 뱀파이어도 움직이지 못할 정도로 불탔다.

"괴수들 앞으로!"

크아아악!

살라비안 교단이 불러낸 괴수들은 거친 함성과 함께 앞으로 달려들었다. 높은 HP와 HP 회복력, 흡혈, 각종 상태 이상 공격을 주 무기로 삼는 살라비안 교단의 강력한 괴수!

그러나 사디크의 화신과는 상성이 정말로 안 좋았다.

사디크 교단의 상징은 불! 살라비안 교단의 상징은 뱀파이어!

죽었다가 부활하는 능력도 사디크의 신성 화염 앞에서는 쓸모가 없었고, 달라붙어서 흡혈하는 것도 사디크의 화신에게는 무리였다. 각종 상태 이상 공격은 사디크의 화신에게 통하지도 않았다.

-독액 브레스!

좌아아악!

[사디크의 화신에서 지독한 열기가 뿜어져 나옵니다. <독액 브레스>가 허공에서 증발합니다!]

-날카로운 혓바닥 감기!

[사디크의 화신이 날카로운 혓바닥을 태웁니다!]

괴수들의 공격도 대부분 무력화!

사디크의 화신은 혼자서 몇만의 군세를 압도했다. 그렇게 살벌한 기세를 자랑하던 살라비안 교단의 군세도 점점 밀리기 시작했다. 일단 사디크의 화신이 퍼붓는 공격을 피하면서 거리를 벌리는 그들!

성벽 위의 플레이어들은 얼떨떨할 뿐이었다.

"이거…… 좋아해야 하는 건가?"

"저거 다 끝나고 여기로 오는 건 아니겠지?"

공성이고 뭐고 그냥 몸으로 부딪쳐서 성벽을 뚫어버릴 것 같은 사디크 화신의 위엄!

그러나 일단은 그들에게 도움이 되고 있었다.

"사디크가 저렇게 센 교단이었구나."

"맨날 발리고 다녀서 허접들인 줄 알았는데……."

"의외로 사디크도 괜찮은데?"

옆에서 듣던 버포드는 솟아오르는 눈물을 숨겨야 했다.

"크흡……!"

"형. 저 사람 우는 거 같은데."

"잘못 봤겠지."

한편 그러는 사이 태현은 사디크의 화신을 유심히 관찰하고 있었다. 지금은 우리 편이지만 언제든지 남의 편이 될 수 있는 상대!

'너무 강하다.'

도미닉과 살라비안 교단도 나름 아탈리 왕국을 뒤집은 강력한 세력이었다. 그런데 지금 사디크의 화신 앞에서는 개 패듯이 두들겨 맞고만 있었다.

이렇게 실력이 차이가 난다는 건……. 사디크의 화신이 그만큼 강하다는 뜻이겠지만, 동시에 화신의 힘이 너무 사기적이라는 걸 의미했다.

'아까 태양 비슷한 걸 띄웠을 때도 잠깐 휴식했었지? 소환도 불완전하게 됐었고…… 약점이 없을 수가 없다.'

판온의 보스 몬스터는 언제나 약점을 갖고 있었다. 사디크의 화신도 마찬가지였다.

'아마 시간제한인가?'

태현은 길드 동맹이 발로 뛰고 온갖 도서관을 뒤져서 찾아낸 정보를 몇 분도 안 되어서 추측해 냈다. 살라비안 교단도 태현과 비슷하게 생각했는지 거리를 벌리면서 시간을 끌려고 하고 있었다.

"흠……."

그렇다면 지금 해야 할 짓은? 때린 곳 더 때리기! 물에 빠진 놈 보따리 뺏기!

"가자! 용용아!"

용용이는 이해가 안 간다는 듯이 태현을 쳐다보았다. 지금이야 둘이 신나게 치고받고 있었지만 언제든지 저 둘은 태현을 공격할 수 있는 세력이었다.

태현이 괜히 옆에서 얼쩡거리다가 시선이라도 끈다면 둘이 정신을 차리고 합공을 할 수 있었다.

-주인이여. 그건 좀…….

"걱정 마라. 쟤네들은 절대 서로 힘을 못 합쳐!"

-그래도 기다리는 게 낫지 않나? 뭐 하러 지금 가서…….

용용이가 품은 의문은 곧 풀리게 되었다. 태현이 크게 외치기 시작한 것이다.

"들어라! 왕국군이여!"

"!?"

"지금 살라비안 교단이 도망치고 있는 게 보이는가! 바로 천벌이다! 국왕 폐하를 죽이고 왕좌에 오른 벌을 받는 것이다! 저기 내가 데려온 화신을 봐라!"

태현이 데려온 게 맞기는 했다. 아키서스의 힘을 찾아 사디크의 화신이 여기까지 왔으니까! 물론 왕국군들에게는 다른 의미로 들렸다. 마치 살라비안 교단을 박살 내는 사디크의 화신이 태현이 부리는 것처럼 느껴지는 말!

"아직 늦지 않았다! 도미닉의 협박에 굴복해서 반역자가 될 필요는 없다! 이제라도 놈의 지휘를 뿌리치고 도망쳐라! 내 영지는 언제나 열려 있다!"

태현의 말을 듣고 사디크의 화신을 상대하던 도미닉은 열불이 치솟았다.

"저, 저 개…… 도망치는 놈들은 사형에 처하겠다!"

그러나 도미닉은 태현을 막는 데 실패했다.

[왕국군을 설득하는 데 성공합니다!]

[화술, 명성이 크게 오릅니다.]

[도미닉이 이끄는 왕국군의 사기가 최저치로 하락합니다.]

[도미닉이 이끄는 왕국군의 반란도가 최대치로 늘어납니다. 왕국군이 반란을 일으킵니다!]

[칭호: 왕위 계승 유력자를 얻습니다.]

[귀족들 사이에 소문이 퍼집니다!]

'됐다!'

살라비안 교단 근처에 배치되어 있던 왕국군들이 와르르 무너지기 시작했다. 삼삼오오 흩어지는 왕국군들!

"뭐가 좋아서 반역자 밑에서 싸우겠나!"

"맞다! 국왕 폐하는 저런 뱀파이어들과 같이 다니는 음험한 놈이 아니야!"

"왕국의 진정한 계승자는 왕국의 영웅인 김태현 백작님이시다!"

"김태현 백작님 밑으로 가겠어!"

일부는 아예 전장 밖으로, 일부는 태현이 있는 영지 쪽으로 백기를 들면서 달려왔다.

[왕국군 최정예 병사 다섯 명이 영지에 추가됩니다!]

[왕국군 최정예 병사 일곱 명이 영지에……]

도미닉은 분노해서 왕국군을 공격하려고 했지만 할 수가 없었다.

-어딜…… 가려고 하느냐! 날 무시하느냐!

"아니 이런 개×끼가 진짜!"

사사건건 앞길을 가로막는 사디크의 화신! 공격을 퍼부으려는 괴수들을 하늘로 날려 버리며 진형을 붕괴시키는 화신을 보며 도미닉은 욕설을 내뱉었다.

"이런 자존심도 없는 놈! 네 교단이 저놈한테 망했는데 저놈을 도와주다니!"

물론 사디크의 화신을 먼저 모욕하고 선빵을 친 건 도미닉이었지만, 지금 그런 건 중요하지 않았다. 그만큼 필사적이었던 것.

-교단은…… 망하지 않았다…… 살라비안의 찌꺼기들…… 너희부터 죽여주마…….

"너희 교단 망했어!"

-아니다…… 숨어서 때를 기다릴 뿐…… 그래서 안 보이는 거다…….

"안 보이기는 무슨…… 전부 저승으로 갔겠지! 너희 교단은 망했어! 그것도 모르냐!"

태현은 멀리서 그 모습을 보고 중얼거렸다.

'저놈은 설득할 줄을 모르나?'

잘 달래야 할 상황에 오히려 도발하고 있었다.

그러나 도미닉도 생각이 있었다.

"현실을 봐라! 네 교단이 망한 건 저 영지에 있는 놈 때문이다! 느껴지지 않느냐, 아키서스의 힘이!"

어떻게든 부추겨서 태현의 영지를 부수려는 속셈!

"와, 도미닉. 너무 추하지 않냐? 아까는 사디크 무시하더니 이제 와서 같이 손잡으려고 하네."

태현이 비웃었지만 도미닉은 무시하고 말을 이었다.

"현실을 받아들여라! 사디크의 화신이여! 그 힘을 저쪽으로 돌리란 말이다!"

"아니야!!"

그때 성벽 위에 누군가가 올라왔다. 버포드였다.

"사디크 교단은 망하지 않았어! 여기 이렇게 살아 있다!"

"뭔 개ㅅ……."

화르르륵!

성벽 위에서 타오르는 화염! 그건 사디크의 화염이었다.

-오오……!

사디크의 화신은 그걸 보고 반색했다.

-봐라…… 내 교단은 망하지 않았다!

"저, 저게 어떻게 된……."

도미닉도 당황했다. 아니, 왜 사디크 교단원이 태현의 영지에 있나?

버포드는 진심을 다해 외쳤다.

"사디크 님!! 사디크의 힘을 보여주십시오! 사디크 교단이 얼마나 대단한지 보여주십시오!!"

야심 차게 국왕 암살 사건으로 모습을 드러낸 이후 망신만 당해 온 사디크 교단이었다. 게시판에 검색해 보면 온통 비웃는 글만 가득!

-사디크 교단 가입해 볼까 하는데 어떻게 생각하세요?

-미쳤어요?

-차라리 파워 워리어 길드 가입을 추천해 드립니다.

그러나 버포드는 포기할 수 없었다. 그렇게 고생을 했는데! 제발 한 번만 뭔가를 보여줘!

[당신의 진심이 사디크의 화신을 감동시킵니다.]
[사디크의 화신이 힘을 폭발시킵니다!]

-오오…… 오오오! 오오오오오오!
"어……."
"잠, 잠깐."
도미닉도, 태현도 당황했다. 쟤 왜 저래?
-주, 주인이여. 튀어야 할 것 같…….
"튀어!"
-알겠다!
용용이는 전력을 다해 날아올랐다. 사디크의 화신이 점점 타오르면서 부푸는 게 보통 흉흉한 기세가 아니었다.

[사디크의 화신이 <사디크의 영역 선포>를 사용합니다!]
[화염과 용암이 끓어 넘칩니다!!]

화르르르륵! 화륵!
사디크의 화신을 중심으로 엄청난 양의 화염과 용암이 뿜어져 나오기 시작했다. 근처 평원을 아예 다 뒤덮어 버릴 정도의 위력! 그 서슬에 그나마 남아서 몸을 피하던 살라비안 교단의 군세가 쓸려 나가기 시작했다. 고급 이하의 뱀파이어들은 깡그리 쓰러지고 괴수들도 직격당하는 순간 구슬픈 비명과 함께 넘어졌다.

예전 태현이 불의 마수가 갖고 있던 숨결을 폭발시켰을 때보다 몇 배는 더 위협적이었다.

"폐하! 피하셔야 합니다!"

"무슨 소리를 하는 거냐! 내가 저런 버러지들을 두고 도망치라는 거냐! 조금만 더 버텨라! 아무리 화신이라도 이렇게 힘을 쓸 수는 없어! 이러고 나면 저놈은 쓰러지게 되어 있다!"

"그렇지만 지금 여기에 있을 수는 없습니다. 저기를 보십시오!"

살라비안 교단원들은 억지로 도미닉을 끌고 물러서기 시작했다. 화신 근처는 이미 녹아버릴 것 같이 뜨거웠다.

버티는 건 자살행위!

[살라비안 교단이 도망치기 시작합니다. 공성전에서 승리했습니다!]

"와아아아아아아아아!"

메시지창을 본 플레이어들이 환호성을 내질렀다. 지금 상황이 뭔가 좀 당황스럽긴 하지만 어쨌든 이기긴 했으니까!

[보상으로 경험치를 얻습니다.]
[레벨 업……]

[공적치……]

[아이템……]

온갖 보상이 메시지창으로 떴다. 물론 태현은 레벨 업을 하지 못했다.

'쳇.'

그러는 사이 사디크의 화신은 남은 뱀파이어들을 모조리 쓸어버렸다. 그러고는 힐끗 성벽 위를 쳐다보았다.

"어…… 우리가 잡아야 하는 건 아니겠지?"

"에, 에이. 설마."

플레이어들은 웅성거리기 시작했다. 아까 살라비안 교단은 상대할 자신이 있었지만, 사디크의 화신은 솔직히 무서웠다.

성벽이 아무 의미가 없게 느껴지는 것!

쿵, 쿵-

그러나 사디크의 화신은 덤비지 않고 거리를 벌려 도망치기 시작했다.

"잡…… 잡을 거냐?"

케인이 두려워하며 물었다.

"아니. 일단 내버려 두자."

잡을까 고민하던 태현은 결국 포기했다. 지금 안 그래도 적이 많은데 사디크의 화신한테 덤비는 건 너무 위험했다.

한 번에 하나씩. 일단은 살라비안 교단부터!

사디크의 화신은 다음에도 기회가 있을 것이다. 게다가 지금은 힘을 많이 썼으니 또 한동안은 모습을 드러내지 못하겠……

"아."

"?"

"에드안. 저놈 뒤 좀 밟아봐라. 위치는 확인해 둬야지."

"아이고, 태현 님. 저는 지금 팔도 없는데…… 으흑흑. 잡히면 벌레처럼 죽을지도 모릅니다!"

에드안은 가짜 눈물을 찍어내며 애원했다.

'확실히 지금은 팔도 없는데 좀 그런가?'

고민하던 태현은 누군가와 눈이 마주쳤다. 버포드였다.

"힉."

태현과 눈이 마주친 버포드는 고개를 깔고 시선을 피하려고 했다. 왠지 모르게 불길했던 것이다.

판온에서 구르고 구른 덕분에 많이 늘어난 직감!

그러나 이미 늦었다.

"하하. 버포드 이 녀석. 아까 감동적인 연설을 하던데."

"하, 하하…… 감사합니다……."

"난 네가 이럴 줄 알고 영지에 들여보냈지. 내가 안 그랬으면 왜 사디크 교단에 가입했던 플레이어를 받아줬겠어?"

버포드의 얼굴이 점점 창백하게 변하기 시작했다.

"사디크의 화신을 쫓아가."

"아니…… 그게…… 제가 사디크 교단 가입했었긴 했는데 이제는 탈퇴 상태고……."

"뭐 어때. 신성 스킬은 그대로 쓸 수 있잖아. 나름 사디크 교단 아니겠어?"

"아키서스 교단에 흡수된 사디크 교단이잖습니까……."

"괜찮아. 쟤도 제정신 아닌 거 같으니 그렇게 눈치채지는 못할 거야. 걸리면 딱 잡아떼라고."

"……."

"자! 빨리! 놓치기 전에 따라가! 못 찾으면 돌아올 생각 하지 말고!"

은근슬쩍 무서운 소리를 하며 버포드의 등을 떠미는 태현.

결국 버포드는 울며 겨자 먹기로 떠날 수밖에 없었다.

'크흑…… 무서운데…….'

아까는 뭔가 치밀어 올라서 겁도 없이 외쳤지만, 지금 와서 보니 새삼스럽게 사디크의 화신은 정말 무섭게 생긴 것 같았다.

〈사디크의 화신을 추적하라-사디크 교단 아키서스 교단 퀘스트〉

현 아키서스 교단(구 사디크 교단) 소속인 당신이지만, 사디크 성기사로서의 힘은 아직 잃지 않고 있다. 대륙에 나타난 사디크의 화신을 추적해 그 정체와 비밀을 밝혀라!

사디크의 화신이 가진 힘을 조금이라도 가질 수 있다면 엄청난 보상일 것이다. 이건 사디크를 배신하는 게 아니다! 이제 사디크 교단이 곧 아키서스 교단이기 때문이다.

보상: ?, ??, ??

아예 등까지 떠밀어주는 퀘스트 창! 〈아키서스를 믿는 사디크 성기사〉로 전직하긴 했지만 이건 너무…….

'좀 아닌 거 같은데…….'

버포드는 그렇게 생각하며 발걸음을 옮겼다. 옮기는 발걸음이 왠지 모르게 무거웠다.

"이 승리는 모두 여러분 덕분입니다!"

태현은 기분 좋게 성벽 위에서 외쳤다. 성벽 밑은 격전의 흔적으로 완전히 난장판이 되어 있었지만 그런 걸 신경 쓰는 사람은 없었다.

"와아아아아아아!"

승리의 기쁨! 공적치 포인트부터 시작해서 각종 보상이 승리한 플레이어들한테는 쏙쏙 들어오고 있었던 것이다.

"김태현! 김태현! 김태현!"

"왕위에는 언제 오르실 건가요!"

"수도로 언제 쳐들어가실 거죠?!"

태현은 진정하라는 듯이 손을 흔들었다. 그러자 그 수많은 사람이 순식간에 조용해졌다. 보고 있는 사람들도 믿기 힘든 장면이었다.

"여러분! 나중 이야기도 좋지만 일단 오늘 승리를 기뻐합시다! 여기 전장에 널려 있는 전리품들 같은 것도 챙겨야 하지 않겠습니까!"

"앗. 그렇지!"

"맞아!"

"그런데 저기서 어떻게 전리품을 챙기지? 남은 곳에서 챙기란 건가?"

플레이어 중 몇 명이 고개를 갸웃거렸다. 딱 봐도 성벽 앞 전장은 난장판이었던 것이다. 살라비안 교단이 오염시킨 땅부터 시작해서 그 위에 용암과 화염이 펄펄 흘러넘치고 있었으니⋯⋯.

[영지 근처에 살라비안 교단이 오염이 심합니다. 영지 성장에 전체적으로 페널티가 들어갑니다.]
[영지 뱀파이어들이 좋아합니다.]
[다른 뱀파이어들이 찾아올 수도 있습니다.]

'필요 없어⋯⋯.'

[영지 근처에 사디크 교단의 화염과 용암이 흐릅니다. 영지 성장에 페널티가 들어갑니다. 대장장이들이 좋아합니다.]

실제로 태현에게는 계속 메시지가 날아오고 있었다.
지금 치워야 한다! 사람들이 기분 좋게 모였을 때!
'공성전 끝나고 퀘스트 끝나면 다들 흩어질 테니까 시키고 싶어도 못 시키겠지?'
태현은 지금 기회를 이용해 전장을 복구할 생각이었다.
"화염을 끄고 용암을 식히고 오염을 없애면 됩니다! 그러면 전리품들이 우수수 쏟아질 겁니다!"

"오오오!"

"그런 방법이!"

"자! 여러분! 이제 정리하러 갑시다!"

사람들은 단체로 최면에라도 걸린 것처럼 성벽에서 내려오기 시작했다. 그리고 삽과 곡괭이, 각종 작업 도구들을 챙겨 들고 전장으로 향했다.

케인은 고개를 갸웃거리며 물었다.

"아니…… 용암에 닿았는데 전리품들이 남아나나?"

"쉿. 닥쳐."

To Be Continued

만 년 만에 귀환한 플레이어

나비계곡 퓨전 판타지 장편소설
WISHBOOKS FUSION FANTASY STORY

어느 날, 갑작스럽게 떨어진 지옥.
가진 것은 살고 싶다는 갈망과 포식의 권능뿐.

일천의 지옥부터 구천의 지옥까지.
수십만의 악마를 잡아먹고 일곱 대공마저 무릎 꿇렸다.

"어째서 돌아가려 하십니까?"
"김치찌개가⋯ 김치찌개가 먹고 싶다고."

먹을 것도, 즐길 것도 없다.
있는 거라고는 황량한 대지와 끔찍한 악마뿐!

"난 돌아갈 거야."

「만 년 만에 귀환한 플레이어」